闪亮的星

老兵新传

陕西省退役军人事务厅
陕西省作家协会 编

陕西新华出版
陕西人民出版社

图书在版编目（CIP）数据

闪亮的星：老兵新传 / 陕西省退役军人事务厅，陕西省作家协会编 . -- 西安：陕西人民出版社，2023.1
ISBN 978-7-224-14812-1

Ⅰ.①闪… Ⅱ.①陕…②陕… Ⅲ.①报告文学—作品集—中国—当代 Ⅳ.① I25

中国国家版本馆 CIP 数据核字 (2023) 第 011901 号

责任编辑：韩　琳　王　凌
整体设计：哲　峰

闪亮的星：老兵新传
SHANLIANG DE XING：LAOBING XINZHUAN

编　者	陕西省退役军人事务厅　陕西省作家协会
出版发行	陕西人民出版社
	（西安市北大街 147 号　邮编：710003）
印　刷	陕西金和印务有限公司
开　本	787mm×1092mm　1/16
印　张	23.75
字　数	270 千字
版　次	2023 年 1 月第 1 版
印　次	2023 年 1 月第 1 次印刷
书　号	ISBN 978-7-224-14812-1
定　价	98.00 元

如有印装质量问题，请与本社联系调换。电话：029-87205094

目录
Contents

蔡兴海
91 岁老党员的英雄底色 / 王洁　　　　　001

王青芳
春到青木川 / 陈雪萍　　　　　017

吴　芳
问得良药济苍生 / 陈雪萍　　　　　035

陈　冲
你是好样的！/ 陈益鹏　　　　　051

李东红
万紫千红情妩媚 / 邓丽娟　　　　　069

刘　维
脱下军装还是兵 / 冯兆龙　　　　　083

戴吉坤
向祖国报告 / 袁国燕　　　　　099

张忠海
车轮上的中国温情 / 袁国燕　　　　　117

张兴无
帮您解忧愁的全国调解能手 / 郭志梅　　　　　131

汪　勇
我依然是我 / 戴吉坤　　　　　147

王　飞
还要打得赢 / 章学锋　　　　　167

王　艳
永远最爱明天 / 章学锋　　　　　181

张　权
用创新去超越 / 章学锋　　　　　197

杨　忠
用人心换人心 / 章学锋　　　　　　　　　　211

王新蕾
永葆军人风采"第一书记" / 杨广虎　　　　225

王友民
一个不穿绿军装的"老兵" / 杨广虎　　　　241

吕书全
用匠心扮靓陕西 / 王晓云　　　　　　　　　255

曾朝和
一位退役军人的"和平"路 / 王晓云　　　　271

王振峰
诠释生命的意义 / 杨志勇　　　　　　　　　285

潘永安
牢记使命不停歇 / 周养俊　　　　　　　　　301

常建立
"兵支书"的担当 / 高安侠　　　　　　　　　313

崔世民
军人本色 / 高安侠　　　　　　　　　　　　327

高玉红
在希望的田野上 / 米宏清　　　　　　　　　339

张保祥
创业梦，在果乡飞翔 / 米宏清　　　　　　　351

王新发
脱下绿军装，依旧把责任穿在身上 / 王洁　365

蔡兴海

91 岁老党员的英雄底色

———

王洁撰文

王洁

中国作家协会会员、中国散文学会副秘书长、陕西省青年协会副主席、西安市碑林区作家协会副主席。出版有散文集《六月初五》《风过留痕》；长篇小说《花落长安》《花开有声》。曾获第八届冰心散文奖。长篇小说《花开有声》分别入选 2020 年 5 月"中国好书榜""助力小康社会与脱贫攻坚出版物书目""2020 北京阅读季社长、总编辑荐书单"。

2018年3月17日。

北京人民大会堂。

十三届全国人大一次会议表决通过关于国务院机构改革方案的决定。

不久，国家退役军人事务部正式挂牌。这是以习近平同志为核心的党中央着眼党和国家事业全局做出的重大战略决策。

一场前所未有的退役军人管理保障工作的大幕，迅速在960万平方公里的神州大地上拉开。

知道组织上要登记的消息后，蔡兴海在孩子的陪同下，走进了咸阳市渭城区民政局。当着工作人员的面，把自己的资料一样样地打开——

贵州剿匪荣立一等功一次

上甘岭战斗中，被中国人民志愿军政治部批准立特等功一次，授予二级战斗英雄称号和朝鲜一级国旗勋章

金城阻击战荣立三等功一次

被西藏昌都军分区记三等功一次

……

社区专职工作人员刘珂震惊了，几乎不敢相信自己的眼睛，那张发黄的立功受奖证书上，赫然写着，眼前这位普通的老人是与黄继光、邱少云同一期共同立功的！

天哪！邱少云和黄继光，是小学课本上的人物，是神一样的英雄啊，这位老人竟然跟他们是同一批立功的英雄。

震惊之余的刘珂，当天就将这位令人敬佩的老英雄的光辉事迹，发送到了自己的微信朋友圈。平时冷冷清清的朋友圈，一下

子热闹起来，朋友们纷纷为老英雄的事迹点赞。

得知邱少云、黄继光那样的大英雄，竟然长期默默地生活在自己的身边后，500万咸阳人感动了，3600万三秦儿女感动了，天南海北不可计数的网友们感动了。感动之余，人们将对英雄的敬仰，转化为努力学习、发奋工作的动力。

一

1952年10月，以美国为首的"联合国军"调集6万多兵力，300多门大炮，170多辆坦克，3000多架次飞机，对中国人民志愿军两个连防守的上甘岭阵地，发起超过第二次世界大战最高水平的猛烈攻击。

陕西泾阳小伙蔡兴海所在的志愿军第十二军三十一师九十一团八连四班，奉命从金城前线去守卫597.9高地的9号阵地。

夜色浓重，微弱的星光下，9名战士夜上阵地。

经过半个多月的反复争夺，炮火把山头炸低了两米多，地上一层厚厚的虚土。偌大的主峰上，已经没有了一棵树，也没有了一株草。山坡上，隐约有火光在闪，那是被炸飞的半截树根，在风中忽明忽暗地亮着。

深夜的寒风，刮在脸上刀一样刺疼。从地层传上来的热气，混合着焦臭和硝烟的味道，令人呼吸困难。岩石早被炸成了粉末，轻轻地踩下去，一脚一个坑，一步一团烟。

战士们相互拉开一两米的距离，眼看着路，耳听着炮声，前呼后唤进行联络。

途中，有一道七八百米长的敌炮火封锁区。

经过培训的志愿军战士，能根据炮弹发出的不同声音，判断出是近弹、远弹，还是照明弹。是近弹，立即卧倒在附近弹坑内隐蔽，爆炸后迅速前进；若是远弹，不停步继续前进；若是照明弹，正好借光观察地形、道路、敌情和我军军情。

从密集的敌方炮火下面，小心翼翼地越过，9名战士无一伤亡，全部悄悄爬上了597.9高地。

由两条东北和西北走向的山梁组成的597.9高地，形状像英文字母的"V"，共分为12个阵地。战士们要守卫的9号阵地，距敌鸡雄山阵地不到400米，是597.9高地的刀尖子。

阵地上，只有一个半塌的防炮洞。

研究地形后，班长沈金声和副班长蔡兴海决定兵分三路：一路守在左前方山梁上警戒，一路去右边观察，另一路借着半截山崖的掩护，抓紧时间抢修工事。

给麻袋装土石时，蔡兴海随便弯腰抓起一把碎土，从里面捡出3块小弹片，其中的一块还带着余温。

天麻麻亮，战士们肩靠肩、膝抵膝地坐在洞里，打算缓口气。

敌人的炮击，突然来了——

空中，4架敌机呼啸而来，向阵地轮番俯冲轰炸、扫射；对面山上，敌人的直瞄火炮不停歇地喷射；山脚下，敌8辆坦克，边向阵地冲来边接连发射炮弹。

刹那间，爆炸声此起彼伏，火光闪闪，烟柱冲天，烟雾、尘土，顿时笼罩了阵地。连夜抢修的工事，瞬间化为乌有。

蔡兴海心一横，命令大家把皮带都扎好，把手榴弹插在腰际，做到人不离枪，枪不离弹，弹不离身，随时打击敌人。

战斗了整整一夜，战士们都特别困乏，却又睡不着。

"副班长，来，抽一支。"老兵况厚胜递上一支香烟，"祖国人民慰问的光荣牌。"

接过香烟，上面赫然印着金色的5个字——"打击侵略者"！

"你是组织重点培养的团支部委员，要带领团员、青年，特别是新战士，打好这一仗。敌人炮火猛，变化多，你们要灵活。敌人变，我们也变，明白了吗？"蔡兴海想起出征前指导员对他的叮嘱。当时，指导员用手指着北面的大山，意味深长地说："祖国人民慰问团就在五圣山上看着我们啊！"

是的，祖国人民在看着我们！

是的，我们的身后站着祖国！

一想到祖国和人民，蔡兴海浑身热乎乎的，顿时精神振奋起来。

半小时后，敌人的炮火向阵地后面延伸，对面山上敌人的重机枪"嗒嗒嗒"地射来。

见状，战士们迅速从防炮洞中出来，趴在弹坑内。大家看到，200米开外处，密密麻麻地卧着200多个敌人，有三四个人举着黄、蓝、白色的小旗子左右摆动。

敌人步兵为啥不冲？看来敌人又使上了炮火假延伸的伎俩。一想到这里，蔡兴海立即命令大家躲进洞里。

刚进洞，敌人的炮弹犹如雨点般猛烈袭来。阵地上，再次成了一片烟云火海。

又过了20分钟左右，敌方炮火突然停止。这时，侦察兵陶远林大喊："副班长，敌人上来了。"

全班立即冲出防炮洞，占领各自的战斗位置。况厚胜先投了一枚手榴弹，通知埋伏在石崖那边的班长沈金声和战士向太金。

进攻的敌人，不知崖下有人，正想架机枪，掩护其步兵冲击。沈金声他们一连几个手雷扔过去，敌人连人带机枪都给炸飞了。

蔡兴海向敌人投了个小手榴弹，由于居高临下，用力过猛，手榴弹在一群敌人屁股后面爆炸，敌人反而冲得更快了。他立即改投了一枚大手榴弹，正好在敌群中爆炸。一声巨响，敌人的尸体和被炸伤的敌人横七竖八地躺在地上。

十来分钟的激战，四班成功击溃了两个连敌军的又一次猛攻。

战斗！战斗！战斗！

见敌人用了炮击，战士们忙撤到防炮洞。正商量下一步作战方案时，向太金跑来报告："班长的头部负了伤。"

刚换回受伤的班长，敌人又以一个排的兵力，发起了第三次轰击。战士们喊着"为班长报仇"，争先恐后冲到洞外战斗。

几十个敌人正从山脚往上爬。当他们行进到距防炮洞100米左右时，对面高地上敌人的重机枪猛烈发动射击，阵地上顿时腾起团团白烟。

在距离只有30米时，狡猾的敌人一看见战士们投手榴弹，就全都躲进弹坑内快速卧倒。

眼见着手榴弹的杀伤力大打折扣，战士们个个气得直咬牙！

蔡兴海突然想起连战斗英雄张象山给自己说过的一句话："手榴弹从拉弦到爆炸，有五到七秒！"

对呀，这么重要的方法，怎么差点忘了。

蔡兴海喊道："用手榴弹'打空爆'！"

他右手握紧手榴弹，左手用力拉断拉火线，手榴弹屁股"哧哧"冒起了青烟。只见蔡兴海右手紧握冒烟的手榴弹，在头上旋转一圈，两三秒后，才果断地将手榴弹投出。

"打空爆"，就是要让手榴弹在敌人头顶上爆炸。这不但需要掌握好时机，还要有足够的经验和技巧，引信拉开后握在手里两秒钟后再扔出去，杀伤力最大，但也很危险。

这"打空爆"看似简单，却是个经验活，操作时须胆大心细。揭开手榴弹的盖子，必须一拉就投。如果投慢了，可能会在手中爆炸，后果不堪设想。

这个方法，不到万不得已，没人敢用。

蔡兴海的投弹时间，拿捏得刚刚好。手榴弹在敌人头顶上爆炸，迸散的弹片如倾泻的雨点，让坑内的敌人再也无法躲藏。几番"空爆"过后，敌人有的被炸死，有的被炸伤，还有的连滚带爬向山下逃命。

激战到中午，敌人的炮火弱了。

回洞休整，战士们个个口干舌燥，喉咙里火辣辣的。

想起出征前挎包里装着水，蔡兴海还没摸着，旁边的战士就喊："副班长，你的挎包被打穿了。"

果然，挎包上被打穿了两个洞，相距仅一寸多。

"副班长，你命大啊！"战士安文成说。

"不是他命大，是美国兵的技术不高啊！"况厚胜的这句玩笑话，惹得大家都笑了。

下午4时左右，敌人以一个连的兵力来袭，又被战士们击退。

5点左右，敌人用两个多连的兵力发起进攻。炮火猛烈起来，爆炸的气浪夹着股股硝烟尘土，冲向天空，也卷进洞来，洞顶的土石，"沙沙"地落。

有些战士紧张起来，认为可能被包围了，主张突围打出去和敌人拼了。

在洞口仔细观察后，蔡兴海安慰大家道："沉住气，现在情况不明，出去伤亡会很大。敌人要是来炸洞子，我舍身爆破！绝不让敌人堵死我们的洞口。"说着，他顺手把两根爆破筒拿来放在身边，随时准备和敌人同归于尽。

洞内顿时安静下来，一颗颗揭开盖的手榴弹传到洞口。

敌人疯狂的进攻，又一次被成功击退。

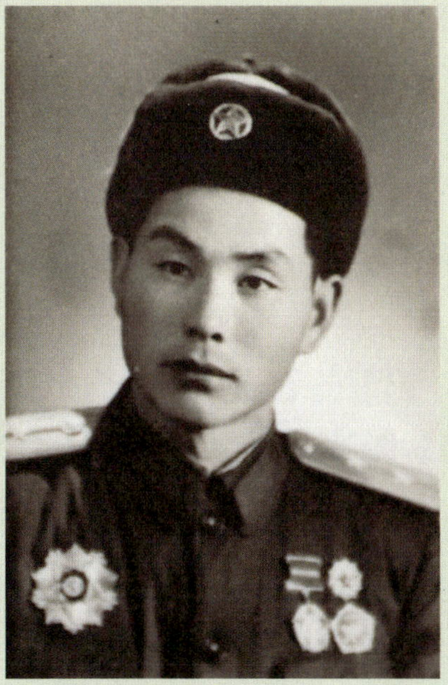

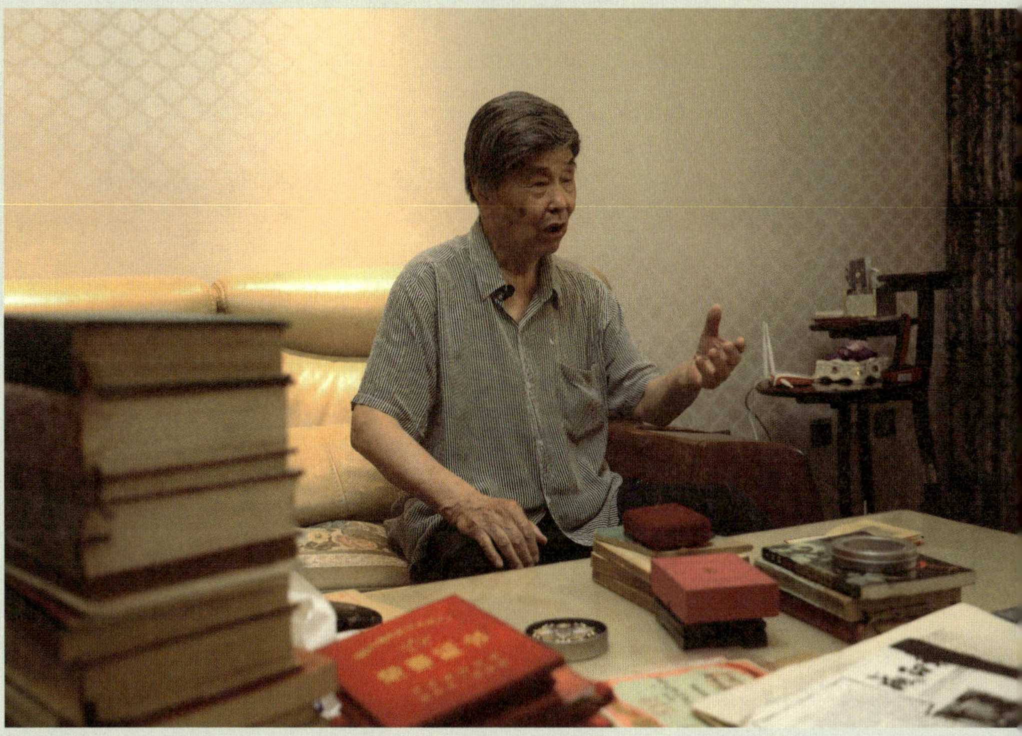

在一天一夜的激战中，连长三次要派兵增援，但蔡兴海都以阵地无工事依托，兵多徒增伤亡为由婉拒。

这场恶战，他带领全班以3人轻伤的代价，打退敌人7次进攻，歼敌400多人，创造了志愿军小兵群作战的范例。

二

上甘岭，已经成为新中国的国家记忆。这场举世瞩目的战役，涌现出无数战斗英雄，成为中华民族永远的精神高地。

1953年3月，在一片庄严肃穆的气氛中，面对鲜红的党旗，蔡兴海郑重地举起右手，庄严宣誓："我志愿加入中国共产党，承认党纲党章，执行党的决议，遵守党的纪律，保守党的秘密，随时准备牺牲个人一切，为全人类彻底解放奋斗终生。"

那一刻，蔡兴海觉得全身的热血都在沸腾。誓词里的这些话，是他发自肺腑的誓言。能够加入中国共产党，是他一直以来的梦想，也是他奋勇杀敌为之奋斗的目标。

那一刻，他对自己说：从今往后，一定要铭记入党誓词，并付诸实际行动，坚决听党的话，一辈子跟党走。我会铭记这一刻，铭记这一刻的光荣、自豪和今后自己身上的责任。

那一刻，他感觉自己的思想得到了升华，感到自己对党组织有了更深刻的理解，更加热爱伟大的中国共产党了，为共产主义奋斗终生的信念，情不自禁地充盈于心胸。

6月1日，志愿军政治部批准：蔡兴海荣立特等功，授予二级战斗英雄称号。

将金黄色的记功命令放进背包的底层，蔡兴海跟随部队一路进军。

坚决听党的话。

战斗者没有功成身退，继续战斗、战斗、再战斗！

星夜兼程战事急，哪里需要哪里去。千里奔驰战斗忙，攻坚克难显初心。西藏平叛、西南剿匪、中印边界反击作战……

一辈子跟党走。

在31年的军旅生涯中，共产党员蔡兴海不忘初心，先后10多次立功受奖，5次受到党和国家领导人的亲切接见。

共产党员蔡兴海和他的战友们，千千万万的革命英雄，犹如一道璀璨的流星雨，抒写了对党、对祖国、对人民赤子般的忠诚，让共和国历史的星空更加熠熠生辉……

三

战斗！战斗！战斗！

战斗者还在继续战斗着。

1981年10月，蔡兴海脱下军装从部队转业，到咸阳地区木材公司担任党总支书记。

在物资匮乏的20世纪80年代，木材公司可是数一数二的好单位。那时候，结婚流行"家具、手表、自行车"三大件。要打家具，就得用木材。因此，前来找蔡兴海的人多得能踏破他家的门槛。

蔡兴海在木材公司第一次亮相，就在全体职工大会上向自己开炮：我是一个普通的退役老兵，自身有很多的缺点和不足，希望同志们监督。

面对这场没有硝烟的战斗，他给自己"约法三章"：一是把好政治关。旗帜鲜明地和党中央保持高度一度，理直气壮地反对"金钱至上"的拜金主义。二是把好享乐关。去市内开会或检查工作，自己骑自行车，凡私事用车立即按规定交费。三是把好家庭亲友关。不借工作之便购买一寸国家计划内木材，也不利用权力给亲友提供方便。

他清醒地知道，要打赢这战斗，不给党和军队丢人，就先得把自己打赢。

人心都是肉长的。蔡兴海十分注意关心职工疾苦，尽力帮助困难职工。

木材公司职工蒋亚宁父亲患病去世后，弟妹五人挤在三间破屋里，雨天不能栖身，生活十分困难。蔡兴海主动上门，带去党的关怀，在政策许可的范围内，给蒋亚宁协调解决了盖房用料，帮助他修缮了新居。

1982年9月底，木材公司的年度任务统计报表显示：截至目前，只完成了全年货源任务的50%。

面对冰冷的数据，想到离年底只剩三个月了，蔡兴海和公司行政领导反复商量，决定立即派两个组分赴东北和中南地区调材，想方设法完成任务。

领命出发的蔡兴海，选择去气候恶劣、环境艰苦的东北组。冒着零下20多摄氏度的严寒，跑遍大小兴安岭、铁岭、甘河、牡丹江等11个林场，好话说了几火车，总算落实了调运木材之事，圆满地完成了任务，打赢了这场战斗。

战斗再次打响。

1984年前，咸阳市机电设备公司连年亏损，累计亏损60.98万元。一时间，机电公司成了让咸阳市党政领导头疼的老大难问题。

这年9月，蔡兴海临危受命，任公司党支部书记、经理。他把这次履新当成一场新的战斗，果断地将干部任命制改为聘任制，能者上，弱者下。打破平均主义，将完成任务同工资、奖金挂钩，当月兑现奖惩。

这一符合改革风向的崭新举措，极大地调动了干部职工的积极性，机电公司当年即扭转了亏损局面，经济效益逐年提高，利润年递增30%以上。在咸阳市召开的劳动人事工资改革经验交流会上，机电公司关于改革工资奖金分配的做法成了经验。

蔡兴海给自己定了条规矩，凡要求职工做到的自己首先做到、凡规定职工遵守的自己先身体力行。

1985年11月，机电公司准备建一座营业大楼。闻讯后，一个老部下兴冲冲地找上门来。来人在蔡兴海老家泾阳的一个建筑队工作，想承包建大楼的项目，并许诺送蔡兴海一台彩电和4000元作为劳务费。

话音未落，蔡兴海就严词拒绝。

末了，老部下气鼓鼓地走了。

几天后，蔡兴海的大哥上门了，先是绕了个很大的弯子，最后话题落到了营业大楼上，希望兄弟能通融，让家乡人把那活接了。

"为了今天的幸福生活，很多战友都牺牲了自己的生命！"面对受托说情的大哥，蔡兴海轻叹一口气，一把撩开衣服，指着身上的弹伤，说，"大哥，你兄弟我是一名共产党员，要对得起党的信任，我不能干那号事！"

说这话时，他缓慢的语速中流射出不容争辩的坚定，话语中的每一个字，如锤下钢钉一下一下地击到大哥心上。

看着大哥失望离去的背影，蔡兴海内心也很不好受：自己18岁参军，31年军旅戎马，是大哥代自己尽孝侍奉家中二老，这些年来，自己亏欠大哥的太多太多了……

对老部下和亲人走后门铁骨铮铮的蔡兴海，对有困难的同事却是柔肠一片。机电公司职工张永拾因公左腿致残，他多次到医院探望，并送上自己积攒的 200 元，叮嘱张永拾"买点营养品，补补身子骨"。

要知道，当时蔡兴海的月工资还不到 100 元。

1990 年 2 月的一天晚上，蔡兴海接到了父亲病重的电报，万不得已，他只好坐上公司的车往家赶。从泾阳一回到公司，他就按照里程，给公司财务交了 30 元油费。

从 1984 年 12 月至 1990 年 12 月的 6 年间，蔡兴海因私事先后使用公司车辆 10 次，共上交油费 195 元。

四

家，是温馨的港湾。

最亲的人儿，最懂蔡兴海。

妻子张世芳，和蔡兴海同一个生产队，比蔡兴海小 7 岁。结婚前张世芳对蔡兴海的妈妈非常熟悉。在村里，一见面就和村里人一样，大方地叫老人"蔡妈妈"。

抗美援朝回国后，村里好心的邻居把她介绍给蔡兴海。结婚时，她并不知道蔡兴海是参加过上甘岭战役的英雄。结婚后，知道了丈夫不同凡响的经历后，她打心底更爱身上多处留有一片片褐色疤痕的蔡兴海了。

这一过，就是恩恩爱爱的一辈子。

蔡兴海和张世芳，先后生育了 5 个子女，分别取名为蔡军、蔡光、蔡立、蔡文和蔡武。之所以这样取名，寄托着他们的美好心愿：希望孩子们参军、光荣、立功、有文化、会武艺。

1992 年，蔡兴海光荣地从咸阳机电公司巡视员的位子上退休了。在不大的书房里，每天惬意地看书学习，成为他最开心的事。

很多时候，他会不自觉地拿出珍藏多年的《上甘岭战役阵地编号战略图》，借着放大镜和老花镜的帮助，深情地回忆和缅怀与战友们在一起的点点滴滴，感叹幸福来之不易。

书桌的玻璃板下面，压着一段他亲手摘录的话——

上甘岭战役打出了"上甘岭精神"，这就是为了祖国，为了人民，为了胜利的奉献精神；不屈不挠，团结战斗，战胜困难的拼搏精神；英勇顽强，坚决战斗，血战到底的胜利精神。

几十年来，蔡兴海不太给孩子们讲他过往的经历，他不希望孩子们顶着英雄后代的名号去做事，他只希望孩子们自强自立，崇德尚法，不沾国家的光，不做损害人民利益的事。

让他欣慰和高兴的是，五个孩子中，有两子两女先后入伍，继承父业，成为党和人民军队的好战士。

蔡兴海是 1932 年 5 月出生的，但他从不过生日。

他拒绝的理由很充分也很坚决："面对敌人猛烈的炮火，我们守住了阵地，死了那么多人，我能活着走下战场，就是对我蔡兴海最高、最好的待遇了。"

80 岁那年，在儿女的央求下，他开始过生日了。

出人意料的是，他并不是按实际出生日期过生日，而是选择在上甘岭战役中那个特殊的日子——11 月 2 日那天，一家人聚在一起，炒几个菜，下一碗面，说些家常话，以最简朴的形式，来纪念那场难忘的战役和那些与自己并肩战斗的战友，激励全家人爱党爱国，珍惜当下美好的幸福生活。

战斗还在继续。

2017年，85岁的蔡兴海查出患有直肠癌。

拿到诊断书，家里人都惊呆了，不知道该如何面对。

得知病情的蔡兴海，一点也没有吃惊，他以革命乐观主义的精神，笑着劝家人："人吃五谷杂粮，生啥病都正常。和当年那些凶恶敌人相比，肿瘤算个什么呀！"

很快，他接受手术切除身体里的肿瘤，打赢了这场与病魔的战斗。

五

新的战斗，又来了。

习近平总书记在党的十九大报告中指出："中国共产党人的初心和使命，就是为中国人民谋幸福，为中华民族谋复兴。"

耄耋之年的蔡兴海，精神矍铄、思维清晰，他给自己下了一个新的任务：既然组织上需要，那么就到附近的学校，给年轻的下一代们，讲讲百年中国翻天覆地的巨变，说说那场艰苦卓绝的战役，谈谈今天幸福美好的生活……

"没有战友们的流血牺牲，我能当英雄？我如何立特等功？他们才是最可爱的人，我不是什么英雄。与牺牲的战友相比，我能活着走下战场就是最好、最高的待遇。"每当想起那段惨烈的历史，想起为国捐躯的亲密战友，刚才还慷慨激昂的蔡兴海，突然间泪流满面，"作为一名党员，我在过去、现在和将来，所能做也是唯一能做到的，就是坚决听党的话，一辈子跟党走！生命不息，战斗不止，为把我们国家建设得更美好竭尽全力，这也是对英烈最好的告慰……"

战斗者的一生，都在战斗着。

王青芳
春到青木川

陈雪萍撰文

陈雪萍

中国报告文学学会会员，陕西省作家协会会员，陕西省散文学会会员。有个人作品集《雪阆花开》。作品多次被"学习强国"《延河》《西北文学》《三秦散文家》《秦女子之声》等平台采用。

这是一个特殊历史时期的特殊岗位。

执岗的人有一个响亮的称谓，"第一书记"。

一、初见青木川

2019 年 5 月，衔陇望蜀的青木川乍暖还寒。走在回龙场的青石板古街上，想着群众口中的"王书记"每天几趟在这街上走过，亲切地跟群众打着招呼，或是哼着歌儿给自己鼓劲的样子。

忍不住翻她的朋友圈，几乎每天都不留白，出现频率最高的是"青木川"：

2017 年 11 月 16 日——代表归来话落实。党的十九大代表、省妇联主席龚晓燕走进"两联一包"扶贫点青木川；

2017 年 11 月 17 日——宁强县首个"光伏电站"在青木川并网发电；

2017 年 11 月 18 日——陕西嘉青食品贸易有限公司（青竺川原生态土特产）落户青木川；

2017 年 11 月 19 日——陕西省妇联"关注妇幼健康 助力脱贫攻坚"母亲健康快车项目十五周年宣传义诊活动在青木川举行；

2017 年 11 月 20 日——陕西省妇联"关注妇幼健康 助力脱贫攻坚"捐赠活动在青木川举行。

……

街道尽头，青木川景区管委会院内，王青芳曾经住过三年的宿舍里，墙上还挂着她和省妇联主席一起走访群众的照片，还有一张"摸清贫困底数 明确目标任务"的贫困户情况及扶贫计划一览表。

坪坝上，是正对着笔架山的辅仁中学，省妇联在这里帮扶筹建的青木川乡村青少年宫、留守儿童成长乐园里，传出孩子们做游戏的欢笑声和琅琅读书声。

街上，游人穿梭。

问一个摆摊卖竹编的大妈："生意好不好呀？"

大妈用手遮住太阳打量，"好呀，一到周末和节假日生意就更好。"

"您知道村上的王书记不？"

"王书记呀，人心善，实在，那可真是个有本事、有能耐的好干部，我们信得过她！"

街道外，金溪河潺潺流淌，河水清透。镇政府院内的一间会议室里，正进行第九届"全国人民满意公务员"候选人王青芳的考察座谈会。

镇干部说："王书记给我们的帮助，不仅仅是资金和项目支持，更宝贵的是精神力量。"

村干部说起王青芳在这里办的实事一桩桩、一件件，如数家珍……

一位40多岁的汉子说，"我家里只有我和70多岁的老母亲两人，我要照顾母亲，只能种一点地，一年到头混个肚子圆，三病两痛的常常没钱买药。王书记到我家后，帮我出主意，说镇上旅游发展起来了，让我搞餐具租赁，她还给大家宣传，让有红白喜事的都租我的餐具。现在我一年能挣三四万元。"

2019年6月25日，中共中央组织部、中共中央宣传部发布了《关于表彰第九届全国"人民满意的公务员"和"人民满意的公务员集体"的决定》，陕西省政府妇儿工委办公室副主任王青芳受到表彰。作为此次获奖的唯一一名省级公务员代表，在北京人民大会堂受到习主席接见，她无比激动，同时又感慨万分，在青木川的那些日子仿佛就在昨天。

二、缘起青木川

选派第一书记：一条加强农村基层建设的新路子

2015年8月1日，是王青芳以"第一书记"的身份第一次去青木川驻村的日子。

青木川，陕、甘、川三省交界，"一夫当关，万夫莫开"，是出秦入蜀的咽喉要塞，历来为兵家必争之地。军阀混战时期，从宁强县到青木川，每个隘口都有一个地方武装势力。

青木川虽说是位于三省交界处，但它是在三省的群山之中，四不着边。2012年，陕西省扶贫办将青木川确定为省妇联的扶贫联系点。2015年，脱贫攻坚战的号角全面吹响，各包扶单位选派干部驻村。

王青芳是这里的第一任"第一书记"。

她转业到省妇联之前，在军旅中已历练数十年。当省妇联领导考虑再三，将"驻村"这支令箭交给她时，她没有犹豫，脸上依然是"青芳式"的笑容。

去青木川之前，她对那里充满了神秘浪漫的遐想，应该是诗一样的田园生活吧。

"蜀道之难，难于上青天，使人听此凋朱颜。"李白诗里对入蜀道路的艰险有着生动的描述。

从西安到青木川，500多公里。那时，西成高铁尚未开通。她得从西安坐10个小时火车到四川广元或者阳平关，再转乘班车到青木川，若是火车晚点，错过班车，就只好自己想办法到青木川。想什么办法呢，搭乘三轮车或摩托车，在崎岖险峻的山路上颠簸几个小时。等到了青木川，浑身骨头就像散了架，冬天全身早就冻透了，夏天头上脸上的灰尘和汗水早已混合成泥。就这样，近三年的时间，她往返青木川百余次。

群山之中，金溪河水映着清晨的阳光，唱着歌儿，欢快流过。两条明清古街蜿蜒在河岸两边，古街里，红船坊、旱烟馆诉说昔日的繁华。一条"回龙场"古街从南向北把小镇拉得悠长，古朴的青石板街道尽显古镇的静谧安详。

初到青木川，看到"碧水绕村寨，青山映田园，丝烟系云雾，似画中仙境"的景色，看到保存完整的明清建筑、中西合璧的魏氏庄园、独具特色的陕南民居，王青芳感觉仿佛置身世外桃源，心旷神怡。

安顿好住处的第一个晚上，她在潮乎乎的被窝里睡不着。睁开眼睛，从玻璃残缺不全的窗户看出去，清冷的月光下，不远处的山坡上磷光闪闪，她知道那是她下午看到的几座坟。她闭着眼睛挨到曙光微露，努力不去想年迈的父母、爱人和女儿。

天明之后，出现在镇村干部们面前的又是那个有说有笑，活力四射的"王书记"。

"要学会用群众语言和群众交流。"走在石板街上，听到这里村民们接近四川口音的方言时，父亲的教导在她耳畔响起。

"底子清才能方向明、措施实。"来青木川前，省妇联的领导多次叮嘱王青芳。进村第三天，王青芳就组织召开村两委班子恳谈会，了解村情、民情、民俗和群众对脱贫致富的愿望。把已经当了14年的村支书杜晓燕拉到自己宿舍，嗑着瓜子，亮灯长谈，她一边请教、一边琢磨，琢磨村里的优势是什么，问题有哪些；琢磨这个"第一书记"跟村书记要分别怎么定位，怎么配合，怎么工作。

"全村594户、1558人中,贫困户就达130户,贫困人口320人。总共300多名儿童当中,留守、流动儿童占到2/3以上。"她在民情日记上记下这些数字。

8月的绵绵阴雨,挡不住她早出晚归的脚步。那一个月里,她一次次挽起裤腿,蹚过金溪河,任凭树梢的雨滴打湿她的额角,她顾不上裤腿沾着泥浆,在村干部的带领下,走访过267户较困难的村民家庭,与他们一边拉家常,一边在本子上记下每户的生产生活现状,为65户贫困家庭建档立卡。

"路是一定要修的,停车场也是一定要修的,这样才能推动旅游业的发展,使居住在青木川古镇的人们先富起来。"王青芳暗暗下了决心。

经过几天的勤学多问,王青芳以为自己摸清了村上的底,她信心满满。但当真正走进这画境,与散居山里的群众面对面时,王青芳的步履不再轻盈,心情越来越沉重。晚上躺在床上,听着窗外山上的猫头鹰叫声,白天走访看到的现状像过电影一样在她脑海里滚动。

70岁左右的侯健翠,因闺女车祸去世,思维和家一样凌乱。

胡启兰家木板搭凑的床上,蜷缩着骨骼变形的小美萍。王青芳走近床边,试图和孩子交流,小美萍像从梦中醒来似的,突然扯着她的衣角怯怯地说:"阿姨,书包,上学。"想着自己健康活泼的女儿和城里的那些孩子,她再也无法控制自己的感情,一下子把孩子搂在怀里,泪水滚落而下。

单身妇女陶芳,顺着别人家的墙沿,用牛毛毡搭起不到8平方米的"屋子"。

……

一家家走过,她把口袋里装的1000多元现金都掏出来给了

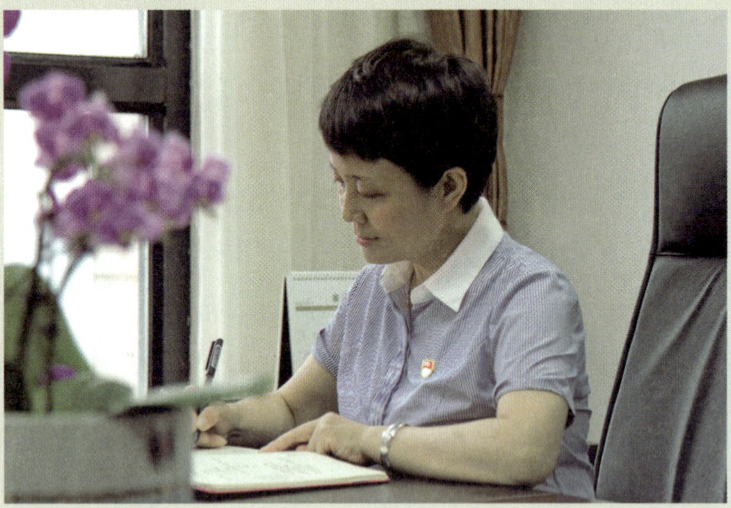

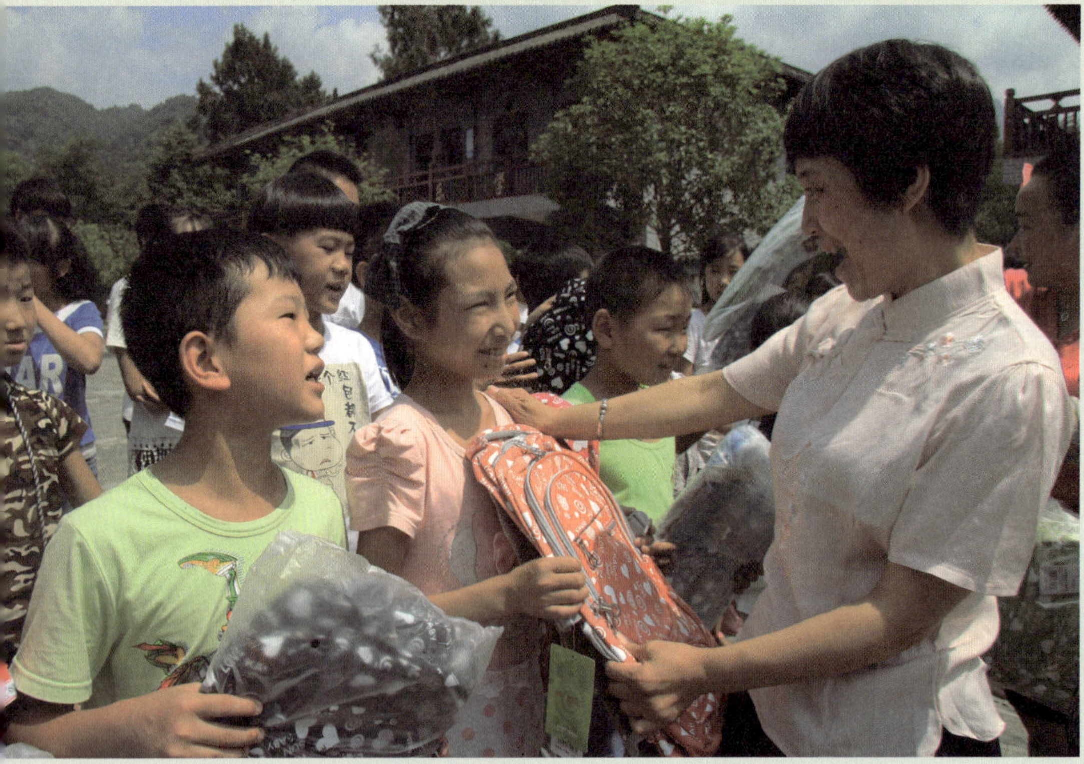

那些贫困老人和孩子。但是，这能给他们四处漏风的日子带来多少变化呢？

"这种种贫困，我怎么帮他们呢？"每每月上树梢，她躺在床上，看着窗上枝叶轻摇，再没有以前的诗情画意之感。她感觉无法正常呼吸，眼泪悄无声息地打湿枕头。

彷徨时，她想到了自己的娘家人——省妇联龚主席。恰在这时，龚主席轻车简从来到青木川，带着她一户一户走访，手把手给她讲政策、理思路、教方法、鼓干劲。

"一要依靠当地政府支持，凝聚起村两委班子力量；二要长短结合，制定规划；三要发挥当地资源优势……同时，不要忘了你身后的坚定后盾，省妇联这个平台。"

那一夜的长谈，让她重新鼓起了干劲，也给她吃了定心丸。

接下来的两个月里，她入户走访的同时，先后多次召开村两委恳谈会，与村两委委员逐个谈心交心。

她每天在村里走走看看，遇见大爷大妈大叔大婶，主动和他们打招呼、拉家常。她那向日葵般灿烂的笑容和亲切的话语感动了大家。慢慢的，山里的、村头街巷的男男女女老老少少，见了她都主动打招呼，"王书记"的名头越来越响，小孩儿们看到她就喊"王妈妈"。

在一次村民代表会上，她由衷地说："从我来的那一天起，我就是咱村里的人，我的任务就是和大家拧到一起，咱们一起努力，一定会改变村里的贫困面貌。"一句真诚的、质朴的但也是敞亮的话，收获的是热烈的、长久的掌声。

王青芳和村两委成员商议，制定扶贫规划，提出"输血与造血、长效与短效、扶贫与扶智、生态建设与脱贫致富四结合"的工作思路，敲定"抓党建，抓教育，抓旅游，抓项目，抓产业"的"五抓"工作方案。

省妇联党组召开专题会议，听取王青芳对青木川村的情况汇报，讨论明确了"五级联动、协调配合，特色支撑、产业拉动、一户一策、精准发力"的扶贫工作指导意见，吹响了精准扶贫攻坚战的号角！

很快，省妇联处以上干部来到村里、进入山里，与贫困户"结亲连心、结对帮扶"。改变青木川贫困面貌的攻坚战，就此拉开了序幕。

"人心齐，泰山移"

农民要致富，关键靠支部。王青芳跟村干部说："你们都是本地人，青木川发展好了，老百姓富裕了，你们生前立传，身后造福子孙后代。"将大家思想统一后，青木川村开展了"担当型村党支部"创建活动，进行"村里要脱贫、党员怎么做"大讨论，凝聚起"干部带着党员干，党员带着群众干"的意识，村两委和43名党员干部下定决心，用"实干真干苦干带头干"的实际行动，在群众心中树立起基层组织的良好形象。

"王书记是省城的干部，翻山涉水来到青木川，不怕苦不怕累，为青木川的事业操心，我们再不好好干，咋能对得住王书记的苦心？咋对得住老百姓对我们的信任？"村主任魏世明在干部会上说。

"再穷不能穷教育，再苦不能苦孩子"

扶贫先扶智，扶智靠教育。"孩子是父母的希望！"为了孩子们的未来，王青芳每天在脑海里搜索省妇联的相关项目，梳理自己的关系人脉，多方筹措资金60多万元。

教师节慰问坚守青木川的教师们，开展"童谣传唱社会主义核心价值观""三秦父母大讲堂"等10多项帮教活动。省妇联在青木川援建了全省首个集"留守儿童成长家园""儿童快乐家园""乡村少年宫"于一体的少儿课外活动场所。两次举办"青木川村留守儿童夏令营",让百名山里娃走进大城市,增长见识,开阔视野。

孩子们穿戴着省妇联为他们定制的衣帽,走出大山,走进陕西博物馆、试飞院、职业体验馆。爱心女摄影家全程陪同,为每个孩子留下精彩瞬间。

"青木川的绿水青山就是最好的资源"

"青木川有着得天独厚的旅游资源,是天然氧吧,但这里的村民不懂这样的资源是可以致富的,多少年来,端着金碗讨饭吃,过着穷苦的日子。对症下药才能药到病除,我就在提振群众脱贫信心和提高利用资源致富上做文章,增强内生动力,使人人成为青木川这个天然'会客厅'的接待员、宣传员、护景员。

"羌绣合作社也要继续扶持,可以把绣品销往外地或是卖给来旅游的人们。"

她说起这些头头是道。

村支书杜晓燕带头领办由省妇联支持成立的青木川村"羌绣合作社",着力挖掘具有当地特色的妇女手工艺品,极富爱心的宁强非物质文化遗产传承人王小琴毫无保留地拿出看家本领,认真培训每一位妇女。不久,妇女们的技艺提高了,产品质量提高了,脱贫信心也被激发了。

2016年11月,第23届中国杨凌农高会展位上,龚晓燕主席和姐妹们一起加班加点,用一件件制作精美又有特色的羌绣产品装点展位。龚主席还亲自为青木川产品代言。

借此东风,王青芳组织动员,建立了"妇女手工艺精品展示基地""青木川村羌绣合作社"等合作经济组织。又联系陕西省妇女摄影协会，组织上百名女摄影人十进青木川，拍摄"山水家园青木川"系列作品，在二十国集团妇女会议、二十国集团农业部长会议和中亚五国等地巡回展出。

2016年6月7日，高考当天，王青芳忍着腰椎不适，从青木川坐了3个小时的汽车，乘坐了9个小时火车赶回西安，下车后直奔西安育才中学，在炎炎烈日下，向考场外等待的家长发放青木川旅游宣传页。家长们伸长脖子望着校园里，没人关注她，她就站在一块大石头上，在人群中高声讲道："青木川为高考学子准备了免费游活动，去青木川旅游就是帮助那里的群众脱贫。"一个家长过来了，拿起了宣传页仔细看着；两个过来了，三个过来了，不一会儿，制作精美的宣传页一页不剩。

她争取到"吉祥中国2017农民春节联欢晚会"在青木川隆重举行，为当地百姓奉献了一场欢乐祥和的春节盛宴，也把山美水美人更美的青木川，完整地展现在世人面前。

"抓好产业，为老百姓建起绿色银行"

王青芳把争取项目作为扶贫开发的有效载体，充分发挥党员干部的致富带头作用，每名村干部领办一个示范项目，使"油用牡丹合作社""青木川农产品深加工"等项目落地实施，带动贫困户就地就业增收。

她主动出击，积极联系企业家来青木川实地考察。她在青木川时，不是在开会，就是在下乡或是走访；回西安时，不是在单位争取项目，就是去企业联系招商；手机一响，不是青木川人打来的，就是去青木川考察慰问的……家人和妇联同事说："青木川引力大呀，才去几天就是青木川人了！"

年近八旬的老母亲病重住院，她急匆匆从青木川赶回西安，想在老妈身边尽尽孝。一个已经约了大半年的跨国公司老总蔡大姐打来电话，确定第二天要到青木川考察。"如果错过这个时机，青木川也许就会失去一次极好的脱贫机会……"母亲说："去吧，知道你放不下你的村。"

天快亮的时候，想起组织的重托，她不再纠结，趴在病房的枕头上写下这天的民情日记："虽然，我不是孝顺的好女儿，不是称职的好妻子，不是合格的好母亲，但我要做一名优秀的第一书记，要把拼搏的精神种在山坳里，带领村民摆脱贫困，让他们都过上好日子。"

晚上，蒙蒙春雨中，古镇新街的一隅，王青芳又一次踏进了陶芳的家中。

"我很感谢王书记，是她帮我建起了房子。"不善言辞的陶芳端着饭碗说。"新居"虽然还没装修，但是比起篷布搭建的住处已经是天壤之别了。

"我已经帮她想出了脱贫的办法。"说到陶芳的脱贫计划，王青芳"诡秘"地笑着，那双清秀的眸子里浮着一丝神秘。

2019年，小美萍站起来了。这，成了青木川人心目中的奇迹。成就这个奇迹的是锲而不舍的爱心。

多雨季节，担心贫困户侯健翠生活不便，王青芳多次登门看望，捐钱给物，还联系县医院看好了她的白内障……就这样，村里的人接纳了王青芳，有话愿意跟她讲，有困难也都愿意找她帮。"王书记"成了青木川人的知心女儿、贴心妈妈。

2017年7月，省委组织部从101名"全省优秀第一书记"中选出王青芳等6人组成"省级优秀第一书记巡回报告团"，赴全省开展巡回演讲，提振第一书记履职尽责精神，助推脱贫攻坚和追赶超越。

"仰一脉山川，就要用心灵去感悟它们的壮美；爱一片热土，就要用汗水去滋养它们的生机；帮一方百姓，就要用真诚去点亮他们的梦想。"

王青芳那清爽利落的短发，干练挺拔的身姿，和这发自肺腑的、诗意的开头让大家耳目一新。

三、情定青木川

光伏项目生根

"小心路滑。"一大早，青木川村委会主任魏世明带着合作社的成员，陪着王青芳查看油用牡丹的生长情况。为了扶持当地的合作社，王青芳爬了这个山头，又下到沟底。一不小心，脚下打滑，摔倒在又湿又滑的河畔。还没等魏世明搀扶，她已经忍着疼痛站了起来，手指上出现了一道血痕。她擦了擦，没事人一样下到河底，踩着石头过了河。

"这个项目好啊，咱们要带动贫困户加入进来，让更多的人跟着合作社受益。"王青芳一手护着腰，脸上却显得很平静，大家不知道，腰椎病痛常常让她坐卧不宁。

那段时间，王青芳有些纠结。为了光伏项目落地，她带着考察团的人爬了几个山头，看上了两块地，都在山顶，地貌非常好，尽管施工难度很大，但是热心的投资者还是愿意付出艰辛和更多的人力财力进行施工。

当考察团成员带着满意的笑容下山的时候，王青芳感到浑身轻松。

她又带着大家马不停蹄地赶到镇政府查看地块遥感测量图，和宁强县土地部门对接，结果发现那块地是基本农田，这让她感到很失落。

"王书记，这块地不行再看看其他地方。"镇党委书记在一旁给她打气。

在村主任的带领下，又找到了一块地。"这块地比前面所看的那块更理想，施工也很方便。"企业家们甚至高兴地比画着如何摆放设备，于是大家兴冲冲地又往镇政府赶。

和有关部门对接之后结论是这块地也不能用。一次又一次的打击，不但让王青芳着急上火，投资方也有些不耐烦了。提出干脆实施屋顶式光伏电站。

"青木川是古镇，要避开景区建设的规划，屋顶光伏电站固然安装简单快捷，但在促发展的同时一定要保护好古镇原有的风貌和区域生态环境。"龚主席的指示又在耳边回响。

"对青木川来说，只能建集中式光伏电站。我们继续找，偌大的青木川，肯定能找到合适的地块！"王青芳在给投资方打气的同时，在心里也给自己打气。

"你不知道争取一个项目有多艰难，部、委、办跑了多少趟，好不容易敲定下来的项目，在实施过程中又面临被否决的命运，我的心不甘啊。再说，县上镇上领导对这个项目也很支持，我也想给组织交上满意的答卷，更想给山区群众一份脱贫的希望。"由于连续几个昼夜未能合眼，她显得有些憔悴。"只要还有一线希望，我们决不能放弃。"王青芳仍旧是信心十足。

经多方做工作，采取省妇联提供启动资金、地方财政配套、爱心企业资助的方式，共筹措资金205万元，光伏项目在青木川落地生根了。

建设过程中，克服了水泥沙子用料等都要用马帮和人工一袋一袋、一块一块往山顶运的重重困难，耗时6个月，2017年11月16日，一个欢乐的日子，群众奔走相告，汉中宁强县首个扶贫光伏电站在青木川并网发电了。该项目产权归集体所有，收益由集体与农户按比例分配，实现了贫困户的可持续收入和村集体经济积累的零突破。2018年底，青木川的老百姓正式收到了光伏电站的第一笔分红。

青木川感动之旅

2016年3月3日，厚德农业集团董事长张晓琳在自己公司公众号上发了一篇文章，记述了她结缘青木川的感动之旅：

"朋友告诉我，省妇联一个叫王青芳的干部在青木川'蹲点'，我拨通了她电话，并告之去意。'我代表青木川人民欢迎你们！'听上去有些'正式和官方'的话语，却像山泉滋润心田，像油菜花点亮春天。"

那是一个北风凛冽的寒夜，王青芳站在寒风中，苦苦等待了五六个钟头。

凌晨4点多，当考察团一行看到站在村头瑟瑟发抖的"第一书记"的时候，张晓琳因为王青芳的执着而动情了。

"就凭你这股子热情和顽韧，厚德一定会让项目在青木川落地的。"在随后的考察中，考察团一行看到了当地群众对王青芳无比的信任，更加坚定了他们的投资方向。

"之后，我和王青芳书记一直保持热线联系，对于厚德农业如何借巢生蛋，共同助力青木川发展充分沟通，也达成一些共识。征得董事会同意又遣专家暗察论证，我们拟带着使命和目的参与到青木川的共建共享之中。"

青木川遇见

安莉芳公司在《陕西都市快报》公众号平台发了一篇文章，标题为《安莉芳"蓝丝带行动"十周年——青木川遇见最美"第一书记"》。

专门记述"第一书记"事迹的公众号"郁秋说事"中有这样一篇文章：《王青芳，扶贫战场的铿锵玫瑰》，以散文纪实的笔法细腻再现王青芳两天的工作轨迹。

腾讯有一个《中狮联陕西尚善服务队关爱母亲 精准扶贫光伏发电项目之青木川探访》的视频，视频中，王青芳探望小美萍时，脸颊上的那串泪珠深深地印在我们心上。

2017年6月，王青芳任第一书记满两年。"王书记要走了"，消息传开后，村两委会的同志们来了，道不尽的牵肠挂肚，说不完的村情村事；村民们来了，拉的是家中的变化，传递的是由衷的谢意；孩子们来了，一个个端正的队礼，一个个依恋的拥抱，表达的是对"王妈妈"的亲昵和爱。

王青芳说，我要离开青木川了，但我的情留在了青木川，我的梦留在了青木川，我的心留在了青木川，青木川就是我难以割舍的第二故乡。

然而，她并没有能离开。

由于工作需要，她留了下来，直到2018年2月，把接力棒交到下一任书记手中，她才依依不舍地离开。

许多人说，因为王青芳，大家觉得"第一书记"是美丽的、温暖的。

但王青芳说："近三年的扶贫工作，取得了一点成绩，这些成绩的取得是组织关怀、培养的结果，是各级领导指导帮助的结果，是省妇联全体同志和爱心人士关心支持的结果，我个人的作用是微不足道的。感谢青木川的父老乡亲给了我为他们服务的机会。"

吴 芳
问得良药济苍生

———

陈雪萍撰文

好的习惯，其实就是在给自己的人生筑基，只有基础牢靠以后，你才无惧风雨侵袭。

——吴芳 7 月 16 日朋友圈 1

"俺吴总干起工作来就是女汉子，平日里又像个温柔的大姐，对俺们嘘寒问暖""俺吴总特别自律、特别励志"……

一上车，跟随吴芳 25 年的司机吴师傅就对这位"大姐"夸不够："她每天早上 4：30 起床，锻炼，然后发两条正能量的朋友圈，同时也给俺们发。晚上如果没有特别事情，她看看书，8：30 准时睡觉。她还经常给俺们买书，嘱咐俺们多学习。"

吴师傅边说，边缓缓降下车速。38℃的骄阳下，空气都在蒸腾。微卷短发、身着藏蓝连衣裙的吴芳手搭凉棚，巧笑嫣然，朝车里的人摆了摆手，仿佛一丝凉风拂过，顿觉清爽。

一、一枝红梅向阳开

方向，并非来自远方，而是来自脚下。方向，不是选出来的，而是走出来的。

——吴芳 6 月 29 日朋友圈 1

"这一路走来，凡是创业者经历的沟沟坎坎，我都经历过。"吴芳上车落座后，车子朝她那位于鄠邑区沣京工业园的世纪盛康制药厂驶去。城市的喧嚣渐渐隐去，一个退役女军人的创业故事在她温婉清晰的讲述中徐徐展开。

1982 年，怀着五彩的军营梦，吴芳参军入伍，在兰州军区总医院做通信兵。每天清晨从军号声中醒来，入夜枕着黄河涛声入眠，三年军营生活给她的生命深深地烙上了阳光、坚韧的底色。

从部队退役后，她在兵器工业部213研究所工作。在父母亲友眼中，女孩子有这样一份稳定工作是很理想的。有一天，她打印文件时，"停薪留职"几个字让她心动，打完文件，她去找处长，详细了解停薪留职的具体政策。回家跟爱人一商量，同样军人出身的爱人跟她一样心动了。

有了爱人的支持，她心里增添了底气，就去跟老人商量。她去找父亲，父亲听了直摇头。她又拉着爱人去找公公，公公听了直摆手，母亲和婆婆就更不用说了。"家里又不是过不去，一个女人家，守着稳定的金饭碗不要，去瞎折腾什么嘛！"

但此时的吴芳决心已下，家人也就勉强同意，"最多签一年的合同，先试一下，不行再回去。"她到人事处办停薪留职手续时，却瞬间决定，签了五年的合同。

从天天坐办公室的金丝鸟，一跃到了"海里"，可以像海燕一样，遨游长空，中流击浪，天高云淡，阳光灿烂海水暖，这才是她想要的生活。这时的她，还是一只雏鸟，只是羡慕父亲和公公那淡定自若、运筹帷幄的风度，还没有见识过什么是乌云压顶、什么叫风高浪急。

还没有想好干什么时，她先去给别人帮忙，练练手。摸着了市场的脉搏后，她开始做贸易，最初做的是家电产品，积累了一定的经验和资金，收获了第一桶金。斗转星移，毛丫头渐渐成熟，眼界宽起来，胆儿也大起来了。

一次偶然的机遇，她将商业触角延伸到房地产领域，成立了地产公司，那时的房地产市场正是蓬勃发展的初起阶段，吴芳付出了心血，也抓住了机会，积累了第二桶金。

当时的贸易和房地产门槛不高，但一单做了就结了，又得继续找下一单，没有一个可持续发展的实体，总觉得心里不踏实。有了一定的资本积累之后，吴芳开始有了向实体经济转型的想法。她开始寻找新的发展路径。

和爱人去北京出差之际，有幸听到当时的卫生部领导讲："不管是战争年代还是和平年代，只要有人，就会生病，所以制药业既是造福苍生的产业，也是朝阳产业。"一句话惊醒梦中人！"造福苍生""朝阳产业"，这两个词在她脑海中快闪若干遍之后，她和爱人商量，决定一起干！

二、问得良药济苍生

> 其实人只有在正确的事上磨，才能成大器；在正确的事上修，才能明大德。
>
> ——吴芳 7 月 15 日朋友圈 2

"选定路子，说干就干！"这是吴芳的风格和行事方式。她一边把手里原有的土地和资源进行收尾，一边寻访医药领域的专家和高人。

凭着她的干脆利落和慈爱智慧，她很快搭起了最初的班子，因为一个共同的目标——做好药、济苍生，某著名医科大学原校长、原科研处处长等都先后加入了团队。这是 1996 年的事。

此后，就开始了 11 年的漫长求索之路，研发、办证、报审、征地、建厂、设备定制等等，每天一睁眼，就是一个个要迈的坎和一个个要钱的报告，至于何时能生钱，却是遥遥无期的未知数，这些难处，凡是做企业的闭上眼睛都能想象出来。但吴芳说："那时候，压力肯定有，但好像没有觉得有什么过不去的坎，只管一步步脚踏实地去做就是了。"

制药，制什么药？世界卫生组织 1978 年颁布的《疾病分类与手术名称》第九版 (ICD-9) 记载的疾病名称就有上万个。人类研发出的药物有多少种？还有哪些空白？我们要针对哪个方向去研发？

她四处寻访求索，和专家们反复研讨，形成初步意见：中医药是中华民族的瑰宝，我们应该沿着这个大方向去找路子。

然而，针对每一种疾病的治疗药物少则几种，多则几十种，我们又要在哪个病源上下功夫？

方向定了，思路也逐步清晰。有朋友向她推荐成都中医药大学的院内制剂——肾康注射液，此品种临床效果显著，是我国著名肾病专家叶传蕙教授，历经数十年研发的治疗慢性肾功能衰竭的中药复方注射剂。

当时有四五家企业都看好此品种，其中还有两家是上市企业，但都没有最终决定，因为中药注射剂风险太大。

得知此消息，吴芳兴奋不已，她终于看到了希望的花蕾。似乎是冥冥注定的机缘和使命牵引着她，从此她开始了与肾康注射液的深厚之缘。

年还没过完，街边的法桐被厚厚的积雪压弯了枝。大年初三，吴芳就带着自己的核心团队西行去成都，经过与叶传蕙教授多次洽谈沟通，她们取回了真经——肾康注射液研发成果，共九页半纸，还有半页缺损。

从她决定做药开始，之后可是房地产业快速发展的黄金二十年。

其间，不止一个人劝她，"你有那么多的资源，去整个只见投入不见回收的破药厂干什么？"

那时的吴芳，是"任尔东西南北风，咬定青山不放松"。

拿回处方，算是迈开了万里长征第一步。因为药品从研发到投产，中间需经过长毒、慢毒、药理、药效等等多个试验环节，然后才是审批的各个流程，哪一个环节出现问题，都会前功尽弃。

记得某药理基地主任对她说："你赶快把方子卖了吧，肾病不可逆，就不可能治好。而且中药注射制剂的安全性基本不可能过关，你就别往枪口上怼了！"

她看着主任说："你实话跟我说，10%的可能性有没？"主任摇头："我不敢跟你保证。"她又问："5%呢？"主任说："也许吧。"她说："这就行了，反正没有退路。"分手时，主任真切地告诉她："你要做好各方面的心理准备……"她郑重地握了握主任的手。

投产之前，她的前两桶金都投进去了，还贷了款，借了钱。进行肾康注射液临床试验的那段时间，像期待自己的胎儿健康成长那样，她每天都提示自己要淡定，又止不住内心的激动。她逢人就讲肾康的故事，讲到最后她自己都被自己感动了。

Ⅰ期临床（人体安全性及耐受性评价）做了八个月。Ⅱ期临床（药效的初步评价，也包括安全性评价）期间，有患者会有药后发热等情况，那段时间，她一听见电话铃响，汗毛就跟着竖起来。最终，Ⅱ期的药效结果还不错。

Ⅲ期临床（对药效及安全性的确证，评价利益与风险关系，最终为药物注册申请的审查提供充分的依据）总结会召开时，她刚做完剖宫产手术21天，不顾家人劝阻，硬是亲自去组织并参加了总结会。

药物获准上市后，仍然需要做进一步的Ⅳ期临床研究，考察药物在广泛使用条件下的疗效和安全性。每一个步骤都是一座火焰山，大量资金撒进去，看不见影子也听不到声响，然后就是坚持、坚守，随时有宣判"死刑"的可能。道阻且长，行则将至；行而不辍，未来可期。

2004年底，她拿到了国家药监局的批准文号。在产业化初期，又经历十八般火烧油炸后，2007年，西安世纪盛康药业有限公司正式成立。

车子缓缓驶入秦岭北麓的沣京工业园，一栋栋端庄大气的厂房外，树木翠绿、草坪青青，沿着绿化带，两排停车位上整整齐齐停放着几十辆轿车，在午后的阳光下闪闪发光。"俺厂区的这些车辆是工业园的一道风景线。"吴师傅自豪地说。这些都是公司员工的车。对面，终南山麓起伏绵延，朵朵白云在山巅飘浮。

进入楼内，公司的发展历程、核心理念跃入眼帘。"做好药、济苍生"是核心使命，"厚德、专业、创新、共赢"是核心理念。

在公司发展初期，正是秉承"厚德、共赢"的理念，才渡过一个个险滩，化解一次次危机。

肾康注射液在行业属于大品种，很多人看好，但投入大、风险大，因此许多人找上门来要合作。最后，吴芳选择同北京一家资本运营公司合作。

由对方负责日常运营管理，吴芳负责外围协调。合作两年后，对方未按合同约定内容执行，双方经多次协商无果，最终依据相关法律处理，吴芳恢复对公司的经营管理。

在提取浓缩车间，只见锃亮的钢罐林立。分别从西藏昌都、四川中江、甘肃岷县、新疆等种植基地采来的大黄、丹参、黄芪、红花四味中药经过精选后，在这里进行提取精制和双效浓缩，成为膏状半成品。

车间里，没有一个工人，黄褐色的药液在玻璃管里跃动，白

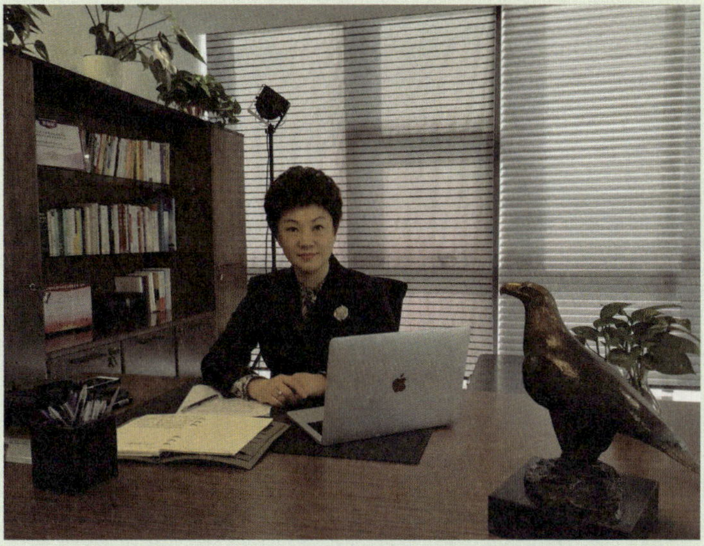

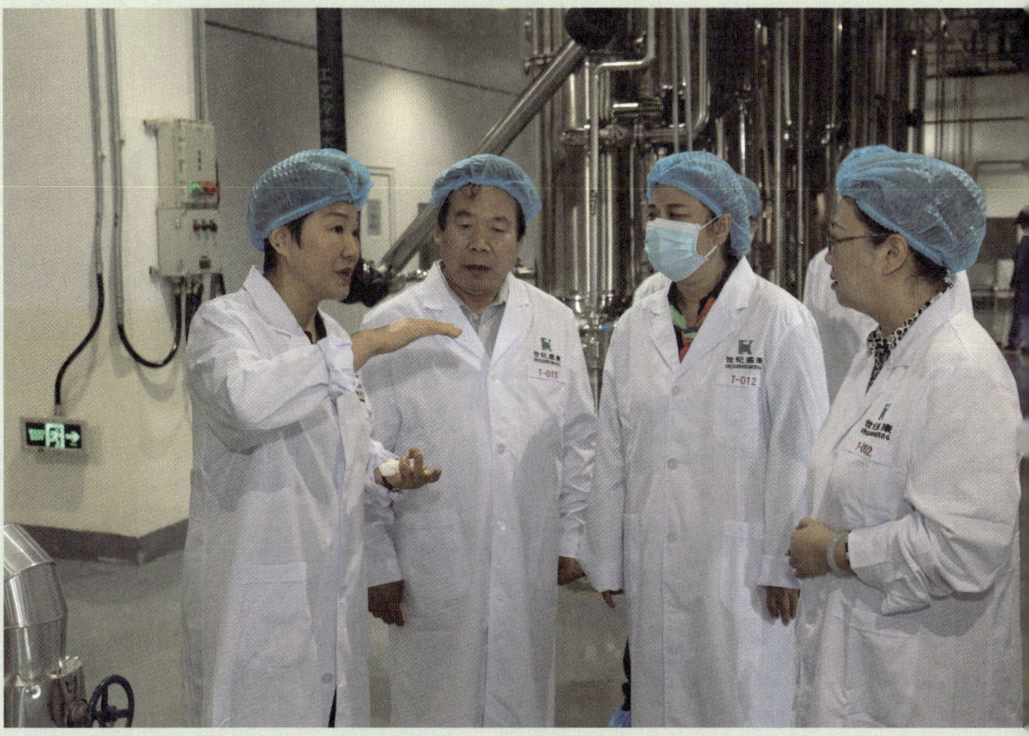

色浮沫在欢快舞蹈。侧边的控制室里，三个工作人员坐在电子屏幕前，观测调整数据。

因为是中药复方制剂，静脉用药，一要确保纤毫无尘，无一丝杂质；二要全程无菌、热源双控，并尽可能保留有效成分。净药、润药、洗药、切药、真空浓缩、醇、水沉……每个环节严格把控，从投料到中间体要12天，到成品放行要42天。

"一支针，两条命——患者生命和企业命脉。"世纪盛康公司副总、工厂厂长、68岁的张雪说，"用这种精雕细琢和对生命的敬畏精神所生产出来的每一支肾康注射液，通过一线临床推广人员的沟通，取得符合适应证的患者，再通过医生的临床方案产生治疗作用，这才是我们'做好药、济苍生'价值观的核心体现。"

2017年，肾康注射液、肾康栓进入《国家基本医疗保险、工伤保险和生育保险药品目录》，现代化中药前处理、提取、精制车间也立地而起。2018年通过GMP认证并顺利投产，肾康注射液由试行质量标准转为正式质量标准，西安世纪盛康药业有限公司于2018年、2019年、2020年、2021年连续4年进入年度中国中药企业TOP100强。肾康注射液获得中国发明专利34项，2015年被认证为中国驰名商标。2020年肾康注射液被陕西省政府评定为"秦药"品种。

三、秋高和露采芙蓉

一个对事物有态度的人，从来不会做"差不多"的事。
——吴芳7月13日朋友圈2

习近平总书记在党的十九大报告中提出："人民健康是民族

昌盛和国家富强的重要标志。要完善国民健康政策，为人民群众提供全方位全周期健康服务。坚持中西医并重，传承发展中医药事业。支持社会办医，发展健康产业。"

世纪盛康人正是秉着"做好药，济苍生"的仁爱初心，蹄疾步稳，虽经风雨亦无悔，使得世纪盛康在中医药肾病治疗领域独占鳌头。

2000年以前，医药界一直没有治疗肾衰的针剂和栓剂。肾康注射液和肾康栓属于同一组方不同剂型的药物，通过"针栓序贯"的方式治疗慢性肾脏病。肾康注射液为静脉制剂，具有生物利用度高、起效快的特点，患者在住院期间使用能够快速改善慢性肾脏病的临床症状和指标，不适感得到显著改善，肾小球和肾小板部分功能可获得恢复。肾康栓为直肠给药，在住院治疗期间及结束后继续使用肾康栓，能够继续发挥相近的药理作用。无论在品种，还是剂型上，都在肾病诊疗领域内一枝独秀。

公司的核心产品"肾康注射液"是目前国内外唯一一种治疗慢性肾脏病的中药注射液。从吴芳到副总张雪、总工王刚和一线员工，大家说起肾康的出身和特质都如数家珍。

最让张雪难忘的是，河南新乡一家医院有位患者曾在其他医院用过这个药，症状很快得到缓解，而且药又便宜。患者住院时出现恶心呕吐、心力衰竭、气促、失眠、水肿、皮肤瘙痒，极度痛苦，要求医生给用肾康制剂，但医院库房没有这个药，断货了。患者家属不相信，以为医生不愿意给用便宜药，在争执中砸了药房。那边的医药代表把这个情况反馈回来，吴芳连夜召开经理人会议，讨论如何在扩大种植基地，扩大生产能力上下功夫。因为制药周期6周是不能压缩的，这个是质量和安全的生命线。

正在开会时，四川的医药代表又打来电话，四川某医院也因为缺货，患者难受，医院没药，患者家属竟然打了110……

"我们的产品没有存货，合格就发，有时还面临产品不够供货的情况。"总工程师王刚语气中透着自豪。全国每天有近2万名患者在使用肾康产品，累计接受治疗的患者达4200万人次以上。

公司的市场版图覆盖了全国30个省和4个直辖市，300个地级市，近4000家二级以上医疗机构。作为"2019年中国中药百强企业"，自产品上市销售以来，公司经营业绩逐年上升，纳税金额逐年增加。自2014年开始每年纳税超亿元，累计向国家纳税12.6亿元，2016年为省民营企业纳税十强第四位。

企业赢利了，吴芳并没有停止前进的脚步，她的目标是做百年企业，为社会创造价值。要做百年企业，创新才是根本。为了研究、探讨肾康产品防治慢性肾功能衰竭的作用机理，进一步促进中医药学术发展，公司同北大、中科院上海研究所深入合作，拟在国内建立首家慢性肾衰患者血、尿标本库，深入开展产品防治CKD原理研究。

世纪盛康在新品研发和发展战略上，不断提升和优化现有产品的潜能，结合企业自身特点，完善产品结构，主要聚焦具有独特疗效，拥有完全的自主知识产权，并具有高科技含量的创新药品。2018年公司和北京、上海的著名科研团队共同投资药物研究所，开发了两个独特新药，一个用于治疗脑卒中、一个用于治疗肾脏病，未来，这两个新药项目的落地都将填补相关治疗领域的空白。

"比利润更有意义的是价值，比竞争更有价值的是服务""热爱医药专业，热爱盛康事业，热爱健康产业""健以苍生创盛业，康泽天下动云天。风雨同行共成长，青春不负梦不歇"。这些是世纪盛康中流砥柱们的座右铭，他们是世纪盛康的未来，将为传承与发展中医药事业，为打造肾脏病领域治疗用药先锋企业挥洒青春和汗水。

世数载，纪百年，盛业留芳，康泽天下。

在致公司员工的新年贺词中，吴芳说："我们将始终保持对生命的尊重与敬畏，不投机、不侥幸，足够明理、足够善良，懂得人间病与痛，永远记得来时路，永远不负初时心。以正道济苍生，以诚信造好药，以好药济患者。"

四、愿是红杏一林春

> 靠谱的背后，是数年如一日的勤奋耕耘，是日日不息、水滴石穿的信誉积累，是创造价值、踏实做事的尽责态度。
>
> ——吴芳8月2日朋友圈1

如今的吴芳，是西安市第十四届政协委员，中国中药协会中药注射剂研究发展专业委员会副主任委员，先后荣获2018年"西安市首届女性经济人物"，"西安市十佳科技企业家"，2019年"西安市最美退役军人"，"西安市鄠邑区最美退役军人"，2020年"陕西省最美退役军人"等荣誉称号，荣登2020年"全国退役军人创业光荣榜"，曾荣获"西安市市长特别奖提名奖""陕西省科学技术奖一等奖""陕西省科学技术奖二等奖""西安市科学技术奖一等奖"等奖项。

虽然荣誉加身，虽然2021年6月企业已完成4.9亿元的销售收入，但在动辄38℃的8月天里，她依然从容不迫地穿梭在开会、出差的路上，你很难相信气质雍容、言语柔和、面色红润、眼里有光的她竟然是60后。

从车间出来,看北方,终南山麓白云悠然。返回的路上,吴芳说:"我一到厂里,看到终南山,就感觉特别舒服,这就是风水吧。"其实,人也是自带风水的,跟吴芳在一起,就是舒服沉静的感觉。

在世纪盛康,从司机到员工到中层以上管理人员,每个人都自带阳光。

在这里,员工餐费全免。在这里,有四医大、步长、505等知名医药单位和企业过来的人员,因为一份情怀。研发团队有北大、中科院等高等科研院所来的人员。其中,有20多个都是跟着吴芳一步一坎不离不弃走过了20多年的老员工,即使是在企业只投入无产出的那11年里,司机吴师傅和一班人都坚定追随。有少数分道而行的,后来又萌生悔意,想要再回来,吴芳说:"只要有合适岗位,都接纳。"

世纪盛康,仁心大爱,载誉前行,洒向人间都是爱。2020年,新冠肺炎疫情肆虐时,世纪盛康不减一个人不减一分薪资。先后为"治边稳藏"、天津滨海火灾爆炸事故、美丽乡村建设、抗击新冠病毒疫情、助力扶贫等公共事务和国家脱贫攻坚事业捐款捐物,用实际行动履行企业和企业家的社会责任。

"奋进新时代,颂歌献给党。"2021年7月1日,吴芳的朋友圈一片红:吴芳在前,身后身着红衣的世纪盛康人整整齐齐在党旗前庄严宣誓;台上,世纪盛康人整齐地放声歌唱;台下,吴芳和张雪、王刚等挥动鲜红党旗,桌子上插着国旗……吴芳发文:今天,世纪盛康药业有限公司全体员工庆祝中国共产党成立100周年,我们要坚定不移听党话、跟党走,树立积极向上的企业价值观,持续学习传承红色基因,坚忍不拔开创事业。历史并未远去，荣光还在书写，让我们一起祝福伟大的中国共产党生日快乐！

字字真诚，句句真情。

"如今，党和国家的事业发展正站在新的历史起点上，新时代、新征程，亟待我们去奋斗。跳出舒适区，直面挑战，超越自我，艰苦奋斗，不断提高素质，不断创造未来，让我们的人生彩虹更加绚丽灿烂。"

常人以为，大多时候，女人事业成功，必定影响家庭。吴芳温和自信地说："家庭和事业不矛盾，该工作时忙工作，忙完工作陪家人。我们每月开一次家庭会，在一起谈谈心……"

吴芳一直都这么淡定自然，从不急躁吗？比如说在那只有投入没有产出，结果还是未知数的时候，在资金告急的时候，在药品试验阶段质量有问题的时候……司机吴建师傅说："从来没见吴总给俺们摆脸子，或是生气训话。难的时候肯定有，但吴总说她从来不把不快乐带入公司和家庭里。"

都是凡胎肉身，她是怎么做到的呢？

吴芳说："菜市场和家都是我减压的地方。家跟前的菜市场里，菜摊老板都认识我，我不仅给我家买菜，还常常给两边老人家买菜。我还喜欢收拾家，跪在地上擦地板。甚至家里的螺丝钉都是我买，因为我是完美主义者。每天忙完工作，我会一个人在房子里静静待上一会儿，把当天的事情捋一捋，看看还有没有没考虑到的。再把明天要做的事情在脑海里过一遍……"

我一遍遍地翻她每天早上4：30发的朋友圈。

"如果说，一个人抬头激昂地活着，那是一种不畏艰难的勇气；那么低头微笑的态度，则是一种洞察世情的智慧。"

"其实，我们仔细观察一下身边的成功人士，就会发现，那些人中，没有一个人是散漫的，没有一个人是慵懒的；他们永远朝气蓬勃，永远对生命充满敬畏；他们对时间有着极高的掌控，他们对情绪亦有着足够的自持。"

"安静，指的不是真正意义上的寂静无声，而是身处尘世却心无旁骛的那种笃定和淡然，是内心的一种波澜不惊的平静。"

"人生没有真正的穷途末路，有的只是绝望的思维。"

……

从她每天清晨醒来面对这个世界的第一轮思考、第一声问候里，或许可以窥得些许答案。

她，是一个睿智、大气的女人；她，是一个坚定、阳光的军人；她，是一个平和、慈祥的妻子、母亲；她，是一个务实、有担当的企业家……她是勇者，更是智者，不仅思考人和人的关系，人和自然的关系，更多的是思考个人和社会和世界的关系。

2021年7月23日，陕西省中医药大会在西安召开，省长赵一德主持，省委书记刘国中出席会议并讲话。刘国中强调，要深入学习贯彻习近平总书记在庆祝中国共产党成立100周年大会上的重要讲话和来陕考察重要讲话精神，抓住中医药振兴发展的机遇，传承精华、守正创新，加快推进中医药强省建设，更好服务和保障陕西新时代追赶超越。

作为参会一员，吴芳认真聆听和领会会议精神，她由衷地说："个人命运、企业命运和国家命运息息相关。我是幸运的，赶上了改革开放的好时代。近几年，习总书记在不同场合反复强调，大力支持民营企业发展，更加坚定了我前行的脚步，我要通过企业做好产品，为中华民族医药传承多做贡献！"

陈 冲

你是好样的!

陈益鹏撰文

陈益鹏

供职于中国长城资产管理股份有限公司陕西省分公司纪检审计部，中级业务主管（副处级）。中国金融作家协会会员、中国散文学会会员、陕西省作家协会会员、陕西金融作家协会副主席。现已出版诗歌、散文、长篇小说7部。

世上有朵美丽的花，那是青春吐芳华。铮铮硬骨绽花开，滴滴鲜血染红它。啊……啊……绒花绒花，啊……啊……一路芬芳满山崖……

当我看到"陈冲"这两个字，首先想到的是一部名叫《小花》的电影。该电影插曲《绒花》的旋律也随之在耳边响起。而让我下定决心从 150 多位"退役军人先进人物榜"中选定陈冲作为我的采写对象，除了"陈冲"这个名字吸引我，还因为陈冲是"退役军人先进人物榜"中唯一的纪检监察干部，而我的工作岗位恰好也是纪检监察。我们之间，应该有很多的共同语言，不存在交流障碍。

和 20 世纪 80 年代火遍全国的那位电影女明星陈冲不同，此陈冲是一位男性。他充满磁性的男中音从手机里传过来，我从中听出了男人的坚定和果敢。拨通电话时，我人在武汉，他人在汉中，我们相约，7 月 17 日在西安见面，找个茶馆，坐下好好聊一聊。

提前看了他的事迹材料，对他已经有了一个大致的了解。

陈冲，1990 年 3 月参军入伍，2008 年 12 月从武警商洛支队转业至中共商洛市纪委工作，长达 18 年的武警生涯，锤炼出他坚强的意志和永不言败的拼搏精神。面对新的"战场"，他迅速转换角色，从头开始，苦练本领，长期奋战在审查调查第一线，配合中、省纪委参与多次大案要案审查调查，历时十余载，经办案件 100 多起，由一名普通纪检干部，成长为深受中、省、市纪委领导和当地群众好评的商洛市纪委监委第四审查调查室主任。

和陈冲通电话时，他正在汉中办案。听说要采访他、宣传他，他有一丝犹豫，觉得自己做得还不够好，要把这个机会让给其他人。我说，你是退役军人在纪检监察战线的典型代表。反腐倡廉是我们党常抓不懈的一项重要工作，党风政风和社会风气如何，要靠纪委监委去打造和维护。

在茶馆等待与陈冲会面时，我一面想象着他的模样，一面再次细细地翻阅着那一沓厚厚的资料。那些资料里，有他被中共商洛市委授予红星党员，市直机关优秀共产党员荣誉称号，也有"2019商洛十大感动人物""2020年陕西省最美退役军人"的先进事迹，还有来自报刊和网络的宣传报道。他的事迹看上去虽然都很平凡，并无惊天动地之举，但却让我看到了他无论身处何地都始终保持着的勇往直前的战斗姿态！

早在部队期间，陈冲便练就了纪律严明、雷厉风行、挺身而出、争做先锋的作风，在急难险重任务面前，他总是冲在最前面。

据报道，1995年8月，连续的雨天导致丹凤鱼岭水库水位激升，眼看大坝即将崩塌，而附近的老百姓还未撤离。这时，接到任务的陈冲，立刻带领中队10名官兵及时赶到现场，在房屋倒塌、道路毁损、山坡上尚有群众被洪水围困的紧急关头，他临危不惧、果断指挥、有序营救，用绳索等工具，将处在危险之中的百姓转移到安全地带，将灾害损失降到了最低。

在部队，执勤训练和处置这样突击出征、抢险救灾的突发事件的情况还有很多。他不畏艰险、敢打敢冲的作风，也延续到了他转业后的新岗位。自2008年离开部队从事纪检监察工作12年来，他一直冲锋在案件查办的第一线，与形形色色的违纪违法人员做斗争。面对别人不愿接不敢接的案件，他总是主动请缨，挺身而出。

在陕西网《走百县讲百名退役军人故事》栏目中，我还看到了有关陈冲《对党忠诚，对人民负责，勇于担当，踏实干事》的报道：

故事一：

2015年3月，时任调查组组长的陈冲在查办局长李某违纪问题线索时，李某委托陈冲好友打探案情，被陈冲一口回绝。那晚，陈冲给朋友讲了很多做人原则和工作纪律，回忆两人相处的愉快时光，聊得很是火热。然而，离开时，朋友却趁陈冲不注意，偷偷往他包里塞了一个装有现金的信封。陈冲得知后感到既气愤又失望，觉得一片苦心全白费。当晚立即托人把钱送了回去，从此以后，两人再无联系。

故事二：

2016年8月，正值市、县换届和"两学一做"学习教育的关键时期。百度陕西贴吧、天涯社区等多家网站发布题为《车绵延数百米，前往吊唁千余人，三天收礼近百万》的帖文，反映某县领导干部大操大办母亲丧事。网上舆论一片哗然。

"八项规定"精神这么严，还有人置若罔闻，纪律规矩的刚性何在？

陈冲受命后精心谋划工作方案，带领调查组赶赴当地。经过大量细致摸排，发现前往吊唁的公职干部达120多人，其中县级以上干部就有10多人，百余辆车造成道路堵塞，群众反响极大，社会影响恶劣。调查取证期间，有好心人善意提醒他："吊唁的人中有市级领导，你最好别趟这蹚浑水。"陈冲对此一笑了之。

为查清此案，他20多次往返于该领导工作地和家庭住地，经过一周深入细致的调查，凭借多年来严谨细致的工作态度、精益求精的业务水平，这起公然违反中央"八项规定"精神的典型案件终于水落石出，当事人和相关人员受到严肃查处，他给社会和群众交上了一份满意的答卷。

故事三：

2019年3月，商洛市纪委调查组着手调查某县汪姓领导干部妨碍公务、受贿等问题，因涉案人数多，既要确保安全保密，防止打草惊蛇，又要敢于大胆突破。面对这起复杂的案件，陈冲主动请缨，率队出征。纪委刚进驻酒店，就有人打电话给陈冲，扬言"汪某在官场能量很大，最好少插手"。陈冲对此嗤之以鼻。经过梳理、汇总，在大量证据面前，汪某不得不承认自己存在受贿和伙同弟兄敲诈勒索的犯罪事实。最终，该案以"以证促供"，顺利移送司法机关。

陈冲对待腐败现象，疾恶如仇；面对贫困群众，却是侠骨柔肠。

故事四：

2018年7月，陈冲发现某县村监委会主任祝某在兼任村民组长期间，擅自将该村两户低保户的42050元低保资金收缴，将33667元分配给其他群众，将6000元以弥补工资不足等形式占为己有，将2383元用于组集体公务支出。

"咋能这样干？！良心都叫狗吃了，困难群众就靠这钱救命哩！"

冒着37摄氏度的酷暑，陈冲一遍遍翻看村委会账本，彻夜分析调查记录。法律意识、法律知识缺乏的群众害怕打击报复，并不相信这个其貌不扬的纪委干部能为他们主持公道，支支吾吾，不敢讲真话。陈冲耐心细致地反复讲政策，做思想工作，群众才说了实情。违纪事实终于查清了，祝某受到应有处理，贫困群众攥着退还款，憨笑着，感动得说不出话来。

山阳县板岩镇安门口村杨碥组村民李华明是陈冲的"穷亲戚"。因20岁的儿子患白血病离世，老年丧子的李华明夫妇一蹶不振、债台高筑。陈冲办案之余，常去看望二位老人，陪他们说说话、拉拉家常，帮助他们重拾生活信心。他联系了一家企业，老两口为企业看大门管吃管住，月薪2000元，生活一下子有了保障。陈冲又遵从老人意愿，协商村委会帮助选址建新房。

"要不是陈主任和村干部帮助，张翠兰倒塌的房子还没着落；要不是陈主任把残联同志请来，我们村三个长年卧床的残疾人的证咋能办下来；要不是……"两年来，陈冲为安门口村群众协调解决大小问题18件，受到群众高度赞扬。

触动我泪腺的，还有这样一个感人的故事：

2016年3月，陈冲的母亲在甘肃省临洮县人民医院被确诊为脑梗，经治疗有所好转，陈冲松了一口气。2017年4月，却又查出父亲心脏衰竭和肺部积水，经过四个月住院抢救，父亲最终还是与世长辞了。承受不住打击的母亲再次住院。强忍着悲痛的陈冲每个周末穿梭于甘肃临洮和商洛之间，往返1600公里路程照顾母亲。

工作最忙的时候,他只好委托左邻右舍或者同学亲戚照顾母亲。这个耿直倔强的汉子,咬紧牙关,从来没有向单位请过一天假,没有耽误过一项工作。

母亲住院期间,高额的治疗费让陈冲捉襟见肘。其时,他正忙着调查某县林业局局长之案。闻风而动的局长拿着一个厚厚的信封到酒店说情,被陈冲拒之门外。回到市上,该局长还多次托陈冲朋友找到陈冲家,拿着钱物打探消息。陈冲生气地对朋友说:"你再这样,我们连朋友都没得做了。"朋友只好悻悻而去。

"又得罪了一个朋友,身边还有几人?"陈冲苦笑着摇摇头。

2017年10月,母亲脑梗严重,同时又被确诊为肺癌晚期。在母亲的最后时日,陈冲正经办着的一个案子历经曲折终于取得突破性进展。然而,此时却传来母亲喊着陈冲的名字撒手人寰的消息,这个47岁的汉子一下子瘫坐在地上,号啕大哭。少时入伍,就业异地,离别家乡20多年,他没有尽到做儿子的责任,甚至没能见上母亲最后一面……

默默料理完母亲后事,他又被省纪委抽调办理安康"8·31"赵某涉黑案件。该案背后牵扯公职人员,存在利益链和保护伞,涉案人员众多,案情复杂,工作量巨大。时间紧、任务重,案情就是命令。陈冲悄悄抹去眼角的泪水,二话没说就踏上办案征程。亲朋好友议论纷纷,暗地指责他这个"不孝之子"——母亲尸骨未寒,又走了。不善言辞的陈冲没做过多解释,便迅速投入到紧张的案件办理中,凭借丰富的办案经验和敏锐的洞察力，历经数月，终于结案。30多名为赵某充当保护伞的公职人员最终受到严惩！

风尘仆仆的陈冲，终于来到我的面前。

他前庭开阔，几近谢顶，两鬓已显花白，看上去与他47岁的年龄似有不符。只有风里来雨里去，整日殚精竭虑的人，才会过早地把沧桑写在脸上。同时到来的，还有几位与他一同办案的同事。听说我要采访陈冲，他们纷纷主动向我讲述他们眼中的陈冲。

来自商洛市公安局的森林警察李娜说：陈主任工作上雷厉风行，在办案过程中，注重调动专案组成员的力量，发挥团队精神，明确分工，分析案情思维缜密，安排工作井井有条，忙而不乱。尤其对年轻干部，既放手压担，又适时给予指导。在生活上，处处关心年轻干部，消除他们的后顾之忧，使其轻装上阵干好工作。

商洛市商州区纪委常委、监委委员、反贪局原局长刘民锋说：陈冲身上有一股冲劲，这是他在部队锻炼养成的。在他眼里，没有攻不下的山头，没有战胜不了的困难。凡他经手的案子，都是铁案。他的军人作风和战斗精神，在他从事的纪检监察工作中，也体现得淋漓尽致！

……

大家你一言我一语，表达着他们对陈冲的敬重和热爱。

在酒店二楼的一个房间里，我和陈冲面对面坐下。我有一个采访提纲，上面列了长长一串问题，想要得到他的回答。

在正式采访开始之前，我先问了他这样一个问题：你觉得当兵对你的人格塑造影响大吗？

他笑笑说：有一首歌唱得好，其中一句歌词是，生命里有了当兵的历史，一辈子也不会感到懊悔。

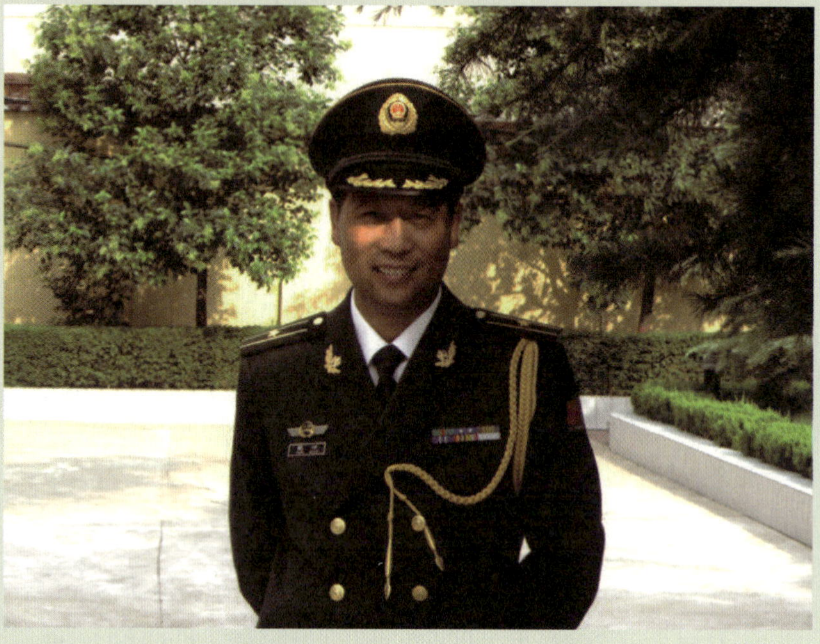

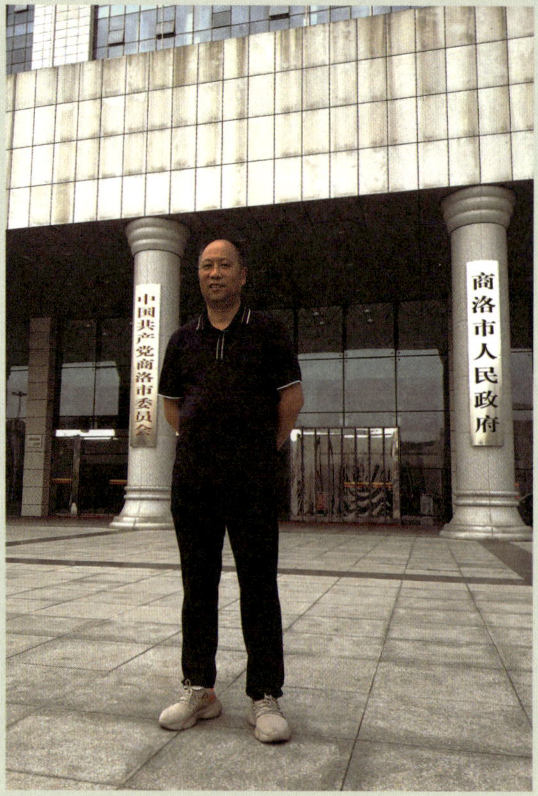
中国共产党商洛市委员会
商洛市人民政府

我知道这首歌,歌名叫《当兵的历史》,是谭晶唱的:

18岁18岁我参军到部队,红红的领花迎着我这开花的年岁。虽然没戴上呀大学校徽,我为我的选择高呼万岁。啊,生命里有了当兵的历史,一辈子也不会感到懊悔。

我们合唱了几句,情绪立刻变得有些高涨,随后转入正题。我们采用了一问一答的方式进行谈话。

问:为何取名陈冲,有何寓意?

答:可能是父母希望我敢于面对困难、勇往直前吧。

问:在你成长的过程中,父母对你的影响大吗?

答:父亲经常讲,做人要诚实;母亲也常说,要守庄稼人的本分。

问:在你经办的100多起案件中,给你印象最深、感触最大的是哪一件?

答:应该有很多吧。主要是那些当初看起来阻力很大,可能会给自身带来不利影响的案件,通过全员配合,最终拿下,这类案件,给我留下的印象较深。如百度天涯帖文曝光某县组织部部长大操大办其母丧事,影响极坏。此人是镇安人,在山阳任职,参加吊唁的人涉及多地。我在办案过程中,也曾接到说情电话。通过审查调查,最终给予此人党纪和免职处分,起到了查处一人,警示一片的作用,对当地政治生态和社会风气的净化和好转起到了震慑和风向标的作用。

问:在办案过程中,感觉最艰难的是什么?

答:涉及上级部门领导的案子办起来相对比较棘手一些。但都不是问题，再艰难也能攻克。

问：2016年天涯社区帖文反映某县领导大操大办母亲丧事那起案件影响不小，其中就涉及市级领导，但原材料中没有详细讲，是否方便透露一下，你们最终是如何妥善处理一些棘手问题的？

答：简单地说，就是涉及谁就查谁，党纪国法面前人人平等。所谓棘手，无非是有障碍，存在一些干扰因素。作为纪检人员，我认为只要出于公心，抱定"立党为公、执政为民"的心态和理念，就不会被这些所谓的障碍和干扰所影响。

问：在查办商洛汪姓领导妨碍公务、受贿等问题时，你们采用了"以证促供"的策略，在有人劝告你，"汪某在官场能量很大，最好少插手"时，你当时是怎么想的？有过犹豫吗？

答：他这样说，只会激发我更大的斗志！官场能量再大，也大不过党纪国法。如果人人都明哲保身，个个都瞻前顾后，党内腐败问题谁来追查，群众利益谁来维护？对此，我不会有丝毫犹豫和退缩。

问：材料中介绍，为了办案，你得罪了很多朋友，拒绝了别人送你的"信封"，这种情况多吗？你是如何筑牢"廉洁自律"这道堤坝的？

答：正人先正己，打铁须得自身硬。纪检监察干部如果自身不廉洁，公正无私办案就是一句空话。纪检监察人员如果贪赃枉法，就会寒了老百姓的心！

问：材料中，特别令人感动的是，你父亲去世后，紧接着母亲也患癌去世，这对你的打击是可想而知的，但你却在母亲去世不久就返回工作岗位，以至于别人骂你不孝，当时为什么要这么做？

答：无论在部队还是在地方工作，我最对不起的人就是父母。离家将近30年，回家的时间少，照顾父母的时间就更少。在母亲离世时，没能见上母亲最后一面，是我今生最大的遗憾。但自古忠孝难得两全。我的职责告诉我，任何时候，公事都要大于私事，吃了纪检这碗饭，就要对得起组织和群众对我的信任。

问：在处理村干部违纪侵吞群众低保资金案件时，你吼了一句："咋能这么干，良心都叫狗吃了！"可见你当时的义愤。对待山阳县板岩镇安门口村杨碥组村民李华明等村民，你视同自己的亲人，帮他们解决生活困难，这本不是你该管的事，何以如此亲民爱民？你对老百姓的关爱之心是否与你出身农村有关？

答：有一定的关系。我自幼生活在农村，对农民的疾苦感同身受，能尽我所能帮他们解决一点问题，心里会舒坦一些。在我的职责范围内，绝不允许有侵害老百姓权益的事情发生，更不允许有人把手伸进困难群众的口袋！

问：你有自己的座右铭吗？

答：我的座右铭是：律己廉为首，立世德为先，打铁必须自身硬。从事纪检监察工作，廉洁是底线，清白做人，干净做事，以德服人是基本要求。我总是时刻警醒自己，廉洁自律，以德为先。

问：纪检监察工作充满风险，同时又事关重大，在从业过程中，你有过委屈，产生过动摇吗？你的家人支持你的工作吗？

答：纪检监察机关作为管党治党的政治机关，其岗位有特殊性。在父亲病重期间，我正在办理重大案件，无暇照顾病重的父亲，家人不理解，而自己却无法解释，内心的委屈只能自己默默承受，但我却从未后悔选择纪检监察工作。看见犯罪分子被绳之以法，家人起初的不理解也变为支持。

问：你对自己未来的人生有何期待和打算？

答：纪检监察工作是一场没有硝烟的战争，是光荣的历史使命。在改革开放的最前沿，我们要维护党纪国法的尊严，在千万种利益争夺中，我们要保护人民群众的利益，这是纪检监察干部的职责所在。一转眼，从事纪检监察工作已数十载，我将继续在平凡的岗位上干出不平凡的事业。

常原恒是陈冲的同事，与他在一个办公室工作，对陈冲的了解最深。他说：陈主任是军人出身，能抗压，能吃苦，是一个干实事的人。工作中即便遇到委屈也从不抱怨。有时办案时，嫌疑人拒不开口，他就开会鼓励专案组成员要有耐心，要有信心，不能心急，更不能泄气，突破往往是在紧张对峙的最后关头。

——他不是孤军作战，而是注重发挥团队力量，让参与专案组的每一个人都发挥各自的能量，最多时，同时成立了三至四个专案组，人员多达30余人。无论从哪条战线抽调来的人，他都根据各自的专长和优势，将他们放在合适的位置，做到用人不疑，各尽其才。

——陈主任给我的感觉是本分、沉稳、不浮夸，生活上比较朴素，平时穿着一般，不追求高档豪华。一心扑在工作上，才47岁头发就有些花白了，都是因为他平时操心太多。

——在留置点，只要有留置人员，就必须24小时有人值班，不得离人。节假日时，陈主任常常主动值班，让年轻同志回家休息。即便在平时，他也很少回家，不是在查案，就是奔赴在外出查案的途中，或者待在办案点，脑子里成天装的都是案子。

——他常说，咱们办案，一定要有原则，决不能办"人情案""金钱案"。

——案情就是命令。凡领导交办的案子，即便有困难也要顶着上，坚决完成；别人不愿接手的案子，他主动请缨，绝不退缩。

——记得有一段时间，在查办某村主任案子时，因为非常棘手，常见他一个人在院子的水渠边来回转圈，思考一些问题。

——陈主任因为当过兵，练习过擒拿格斗，身体素质好，否则，巨大的工作压力、马不停蹄的连轴转，搁在其他人，早累趴下了。

——陈主任还有一个最大的特点是，能把大家团结起来，凝聚在一起，共同完成任务。还有就是善待部下，对专案组成员存在的问题能及时指出，但从不轻易训斥、批评人。也可以说，他是靠自己的人格力量带动和影响周围的人，所以大家都愿意和他一起共事。

谈话结束后，我们又前往商洛市委和政府大楼，走进陈冲的办公室。

这是一间不足20平方米的普通办公室，小小的房间里，挤了四张办公桌，一个处级干部，竟没有一间属于自己的独立办公室。陈冲说，没关系，够用了！

在他办公桌隔板上，贴着《党员廉洁自律规范》、《党员领导干部廉洁自律规范》、《商洛市纪检监察干部"十必须""十不准"》、"'四种形态'提示语"等等，可见他是时刻将这些规范内化于心，外化于行的。

桌面上，一份打印材料吸引了我的目光。那是陈冲2020年的个人述职报告。透过这份报告，以及报告中的相关数据，可以看到陈冲对政治学习的重视，对工作的严谨细致、认真负责，以及在短短一年里所取得的工作成果：

——积极参加机关组织的中心组学习、支部学习和各种研讨，参加党委机关组织的"不忘初心、牢记使命"主题教育实践活动。坚持边学边思、边学边用、边学边干，用学习成果指引日常工作，在深学细研中改造思想、汲取营养，在笃行实干中破解难题。一年来记学习笔记 2 万余字，写心得体会 4 份。

——按照中、省、市纪委全会精神，积极履行审查调查责任，深入整治人防系统、扶贫领域、涉黑涉恶和落实惠民政策中的腐败问题。一年来初核问题线索 15 件，党政纪立案 10 件，移送司法机关 2 人，采取留置措施 10 人。

——根据审查调查工作需要，从市检察院、市公安局、市中院，各县区、单位抽调专业性强、业务水平高的 20 余人先后组建了"4·20""8·17""11·7"专案组……提出坚持以党建引领抓队伍建设，确保审查调查工作有序开展和安全无事故的思路。4 月 20 日专案组成立临时党支部，通过抓支部建设充分发挥支部战斗堡垒作用，进一步增强专案组的责任感和使命感，为工作有序推动提供坚强保障。

——坚决落实习近平总书记关于人防系统腐败问题专项治理的重要批示精神。2020 年 11 月，在省纪委交办反映省人防系统在综合训练基地施工、绿化、设计、信息化建设等项目中存在串通投标的问题后，成立专案组，抽调人员，在西安设点核查，面对省审计厅审计的一张张移交单，组织专案组人员调取 11 家银行近万条交易流水和相关书证，与相关人员谈话发现蛛丝马迹，循线追踪，最终发现省人防办原主任王某某涉嫌受贿违法问题。案件立案后，始终坚持把思想政治教育贯穿审查调查全过程，春风化雨换初心，通过对留置对象白某等六人的思想教育，政策攻心，深挖调查，为调查王某某在人防系统利用职务之便，为他人谋取利益，涉嫌犯罪提供了关键性证据支撑，受到了省纪委专案组的表扬。

——领导干部违规插手干预工程建设和矿产开发突出问题专项整治取得新成果。2020 年 8 月，在前期初核的基础上，对商南县金丝峡镇党委书记郑某某涉嫌严重违纪违法案进行立案审查。查明了郑某某违反党的政治纪律、组织纪律、廉洁纪律、工作纪律及中央"八项规定"精神,插手干预工程建设,利用职务便利为他人谋取利益,收受礼品礼金、贿赂,违纪违法资金折合人民币124.97万元。

——涉黑涉恶腐败和"保护伞"问题取得新突破。7月28日,商洛市公安局以商公函〔2020〕12号向市纪委监委移送商州分局党委委员、纪委书记杨某某涉嫌严重违纪违法的问题线索。经过翻查32起案卷,询问60余人,调取50多份证据,历时3个月的核查,对杨某某违反廉洁纪律,违规从事有偿中介,违反工作纪律,对"9·11"专案组查处涉黑涉恶案件线索不力负有领导责任的问题进行党纪立案审查。为了惩前毖后,警示他人,在案件办理后期,配合市纪委宣传部制作了警示教育片,让广大党员干部在心中筑牢不敢腐、不能腐、不想腐的"防火墙"。

在返回西安途中,我忍不住又唱起了没唱完的歌,用心体会陈冲的心情,再一次确认:部队是一个大熔炉,用部队铁的纪律和顽强作风训练出来的战士,是经得起任何风吹雨打的。"退役不退色"这句话,在陈冲的身上,通过无数事例,再次得到了有力的验证!

李东红
万紫千红情妩媚

邓丽娟撰文

邓丽娟

中国散文学会会员，陕西省作家协会会员，陕西省散文学会会员，陕西省编剧协会会员。曾在《人民日报》《解放军报》《橄榄绿》《西北军事文学》《红豆》等报刊发表作品，多次荣获国家、省、市奖项。电视单本剧《一个家庭的烦恼》荣获"陕西省人口文化奖"一等奖。

8月，激情奔放。在一个炎热的桑拿天里，我顶着烈日来到陕西省肿瘤医院，采访了"三秦最美医生"、西安市适龄妇女"两癌"筛查工作技术专家组组长、陕西省肿瘤医院妇瘤病医院副院长李东红医生。

我在给一篇关于妇幼生命健康的纪实作品精选样本时，幸运地在全省150万名退役军人中找到了著名的妇产科专家李东红。这位西安市妇产学科的领跑者，一生都以中国妇产科学先驱林巧稚为榜样，以精湛的医术、诚挚的情怀，诠释着医者初心。

他妙手仁心，是迎接新生命到来的人，他的故事感动着身边的每一个人，也温暖着我。

讲好退役军人的故事、讲好"最美医生"的故事，我责无旁贷，这也是一件非常有意义的事情。

李东红，医学博士，国际妇癌协会（IGCS）会员，中华医学会妇产科学分会第十一届委员会委员，中国性学会第五届专业委员会委员，中国优生科协阴道镜和宫颈病理协会（CSCCP）第一届委员会常务委员，中国优生科学协会理事，《中国计划生育和妇产科杂志》编委，《现代肿瘤医学杂志》编委，《中国妇产科临床杂志》编委，陕西省医学会妇产科学分会第九届委员会主任委员，陕西省医学会妇科肿瘤学分会第二届委员会副主任委员，陕西省抗癌协会妇科肿瘤专业委员会副主任委员，陕西省保健委员会专家，西安市适龄妇女"两癌"筛查工作技术专家组组长。2018年度荣获"三秦最美医生"等荣誉称号。

鲜花朵朵吐芳菲

除人类之病痛，助健康之完美，是李东红的人生理想。正是为了这个崇高理想，他秉承医为仁术、救死扶伤的希波克拉底誓言，带着对中国妇产科学先驱林巧稚的仰慕和崇拜，义无反顾地选择了妇产科工作。这一干，就是一辈子，终生奋斗在医疗战线上，为妇幼生命健康保驾护航。

1989年，他从华西医科大学毕业，分配到中国人民解放军第四军医大学唐都医院工作，历任助教、讲师、副教授。从医30多年来，他关爱患者、医德高尚，始终把妇幼生命安全放在第一位，坚持"科学、严谨、奉献"的态度，从事临床工作，承担教学任务，挽救了千万妇女的生命，为患者提供了最先进的治疗，并带领团队接诊全国各地患者5万余人。

生命的意义在于不断进取。他知道，妇产科医生的理论与技术和患者的预后恢复有着密切的关系，特别是病理产科的工作，涉及内科、外科、儿科、重症监护等医学专业知识，所以初入职时，他格外注重知识储备，刻苦钻研技术，周密制订学习计划，利用业余时间重温内科、外科、儿科、重症监护的全部课程，提高自己的综合素质，很快成为单位里的业务骨干。1996年，他硕士研究生毕业后，成为产科病区的主治医生。那年冬天，第二炮兵工程学院一名教员怀孕的妻子，因车祸紧急转到唐都医院。检查后发现胎盘早剥、胎儿已经死亡，孕妇生命垂危，情况十分危急，他便立即施行剖宫产手术。手术中，他细致沉稳，凭借熟练的技术成功挽救了患者的生命。但术后患者很快出现弥漫性血管内凝血（DIC）、成人呼吸紧迫综合征（ARDS）、多脏器功能衰竭（MOF）症状。当时，医院还没有重症监护病房（ICU），他便从心脏外科借来呼吸机，在外科医师切开气管后，在产科病房内对患者进行机械通气。在那20多天里，他吃住在病房，时刻观察着呼吸机的各项参数变化和患者的血气、电解质等变化情况，使患者度过了出血、心衰、肾衰、呼衰、感染等一道道险关，最终痊愈出院。两年后，这名军人的妻子再次怀孕，在他的帮助下，顺利生下了一个漂亮又健康的女婴，圆了这个家庭的梦想。

女婴的第一声啼哭，成了产房里最美妙的乐章。那一刻，那名军人怀抱着初生的宝贝，欣喜不已，热泪盈眶，所有的感激都汇集在一句深情的话中：李军医，谢谢您！

李东红长期从事妇产科医疗、教学、科研工作，有着丰富的实践经验。为适应现代教学的需要，他自编英语教材，不仅课堂上用英语教授妇产科学内容，课余时间也用英语辅导学员们，还将英语教学内容纳入考试范围，极大地调动了学员们学习临床英语的兴趣。他工作认真，成绩突出，多次受到奖励，提前晋级，荣获第四军医大学"十佳青年教师"荣誉称号，2003年又代表第四军医大学参加了解放军总后勤部举办的外语教学观摩活动，同年被总后勤部评为"解放军总后勤部优秀教师"。

种桃种李种春风

铁打的营盘，流水的兵。2005年，李东红脱下军装，光荣转业。作为西安卫生系统引进的优秀人才，他担任了西安市第四医院妇产科主任一职。在这所百年老院，他的才华得到了充分展现，凭着一双救死扶伤的妙手，很快成为行业里的领军人物。

他作为学科带头人，优化学科建设，树立品牌理念，将教学医院的教学查房制度引入医院，进行示范查房，并对医生查房制度的落实进行督导，使医生们养成了认真查房的工作作风，减少了医疗隐患。在他的努力下，医院建立了严格的住院总医师培养制度，为青年医生搭建了发展平台，使他们快速成长，从而提升了所在科室在全省的影响力。

为开阔视野，获得先进经验，他多次出国深造，如2001年赴澳大利亚皇家妇产医院妇瘤中心进修，2008年赴法国鲁昂医院参观学习。进修学习后，他带着前沿的医疗技术回来，带领团队不断进取，攀登妇产科学领域里的一个又一个高峰。

发现一个早癌，挽救一条生命，拯救一个家庭。他将宫颈癌筛查技术应用于妇科门诊，每年筛查出300多例癌前病变患者和60多例无症状的癌症患者，维护了成百上千人的生命健康，受到广大群众的好评。

在开展"女性盆底手术"工作的过程中，他邀请国外著名的妇产医生来医院讲学，演示手术全过程，这一做法不仅填补了医院的技术空白，并培养和造就了一批年轻有为的高层次人才。

西安市第四医院是陕西省综合医院中妇产科床位最多的一所百年老院，具有特色和优势，每年的分娩量10000多例，同时又是西安市危重孕产妇的转诊单位。为给高危孕产妇和新生儿保驾护航，提高医生护士处理产科危重急症的能力，李东红经常组织他的团队进行急危重症孕产妇的抢救演练。演练中，医生和护士及时到位，抢救流程流畅，操作规范熟练，配合默契，总能达到演练的预期效果，体现了团队协作的力量。

他不忘初心，无愧于白衣天使的称谓，探索求新，以身作则，甘为人梯，在团队树立了传、帮、带的良好风气。无论是节假日，还是深夜，不管他是否上班，只要不出差，接到电话他总是在第一时间赶到抢救现场。最让人感动的是，他为人谦和，关心下属，不仅会替他们值班，还会用自己的方式爱护他们。在他的带领和影响下，他的团队技术过硬、纪律严明、作风优良，把"不可能"变成"可能"，全力解除患者病痛，极力维护女性的尊严和幸福，为陕西妇产科学的发展努力拼搏，并取得了优异的成绩。

妇产科是医院最出成绩的科室，但也是最容易产生医患纠纷的科室。一次，有一名患者跑了很多医院也没有看好病，经人介绍到李东红所在科室住院。但这位患者往往因为一点小事就会和陪她的家人争吵，还常把为她治疗的护士骂哭。有一次，她把科里脾气最好、扎针技术也最好的护士骂哭了，一位年轻的医生忍不住劝了患者两句，患者便情绪失控，哭闹不止，同病房的病人都看不下去了。在一旁的爱人也拿她没有办法，难为情地说："我爱人以前脾气可好了，都是这个病害的。"说着，眼圈都红了。刚做完手术的李东红看到了这一幕，专修过心理学的他知道问题出在哪儿，患者是因长期患病，情绪焦虑，患了心理疾病。还好，她只是轻微抑郁。找到了症结，他便耐心细致地轻言相劝，平息患者亢奋的情绪，让来送饭的患者女儿把她领回了病房。后来他不仅为患者制定了切实可行的治疗方案，还进行心理疏导，让她感受到了温暖。痊愈出院时，患者万分感激，不仅送来感谢信，还向那些被她骂哭的护士道了歉。

这件事情过去很多年了，但李东红记忆犹新，常以之为例，在晨会上对医护人员进行作风教育，分析目前产生医患纠纷的原因，客观地指出医疗环节出现的问题。他说："只要我们真正地关心患者、爱护患者，绝大多数的患者是尊重我们医生的。我们医护人员和患者就是鱼和水的关系，换位思考一下，如果我们是一个病人，又会怎样要求医护人员呢？所以，我们要微笑服务，对待病人要像家人一样亲切。"

他循循善诱，让同事们如沐春风，学会了换位思考，从而最大限度地避免了医患纠纷的发生。

Cervical Cancer in the Asia Oceania Region: Move from Control to Elimination
亚洲-大洋洲地区宫颈癌：从控制到消除
17th NCCC & AOGIN 2019
北京 中国
Beijing, China
第十七次全国子宫颈癌协作组工作会议暨2019年亚洲-大洋洲生殖道
区域大会
The 17th Annual Meeting of National Cervical Cancer Consortium
The Regional Conference of Asia Oceania Research Organization on
Host Organizers
Cancer Foundation of China
National Cancer Center
Cancer Hospital Chinese Academy of Medical Sciences
荣誉证书

彩云飞处尽朝晖

有人问李东红："你的梦想是什么，最大的快乐又是什么？"他的回答是："护佑生命健康，解除病人疾苦，这就是我的梦想，也是我最大的快乐！"

新技术的运用是妇产科持续发展的动力。自 2003 年起，李东红先后在唐都医院、第四医院、省肿瘤医院担任科室领导，开展了微创腔镜技术在妇科恶性肿瘤治疗中的应用。

宫颈癌是女性常见的恶性肿瘤，手术是早期宫颈癌的治疗手段之一。2006 年 5 月，李东红给一名宫颈癌患者进行微创治疗后，患者发生了严重的手术并发症——输尿管瘘。这在多数情况下，会成为医患纠纷的导火索。但李东红工作再忙，每天都会去看患者两次，给予她无微不至的关怀，让患者感到无比温暖。不到一个月，患者输尿管瘘自愈。她出院时，很感激医生的关爱，给他们送去锦旗，还和他们成了无话不谈的朋友，每逢过节都会去看望他们。他这些温馨的举动，暖暖的，感动着每一位医护人员和患者，成为医患关系上一段佳话。

宫颈癌的致死率在妇科肿瘤中排名第二位，在生殖道恶性肿瘤中排名第一位，是威胁女性生命健康的杀手。我国各级政府高度重视妇女健康工作，2009 年，在全省部分区县开展了农村妇女宫颈癌免费筛查项目，李东红被任命为西安市宫颈癌筛查专家组组长，负责筛查项目的落实实施、技术指导及质量监控。由于西安市各区县缺乏病理医生和阴道镜医生，宫颈癌的筛查工作开展起来比较困难，不能达到预期的目的。虽然市政府的专项资金已下拨，但技术力量薄弱，仅凭借基层的工作人员是无法完成任务的。为此李东红十分着急，于是便在百忙之中利用周末休息时间，带着阴道镜医生和设备，赴户县、周至、高陵、临潼等区县，为广大患者进行阴道镜检查。在协助各区县完成了第一年的筛查任务后，他意识到为基层医院培养技术人员的重要性，在西安市卫健委的大力支持下，每年举办一次宫颈癌筛查技术学习班，从理论到技术，为西安市各区县及乡镇培养了合格的阴道镜医生，从而加强了基层的技术力量。他还利用微信建立了陕西省阴道镜医生技术交流群，邀请国内著名专家在群内进行理论指导，互相交流临床工作中遇到的问题。每年组织各区县的筛查医生进行集体培训，并定期下乡督导。2013年，李东红担任了西安市妇产科学会主任委员，其间，在他倡议下举办了3场国际学术会议及多期培训班，普及了胎儿医学的理论及宫颈癌的防治知识。

实施"两癌"筛查民生工程，提高广大妇女健康水平。每年开展免费检查妇女病活动时，李东红的团队最喜欢挂在嘴上的一句话就是："查出病，咱们治病，没病，咱们听听知识讲座，可以学会如何预防疾病。"培训中，他们还会用许多事例告诉广大群众妇科检查的重要性，并要求她们做到早发现、早治疗。10多年来，通过李东红他们的辛勤努力和付出，西安市各区县不仅完成了国家下达的筛查任务，还建立了一支合格的"两癌"筛查队伍，为全市降低宫颈癌的发病率奠定了基础。

2015年，李东红担任陕西省妇产科学会主任委员，肩上的担子和责任更重了。2016年11月，他参加了在武汉召开的全国宫颈癌筛查总结大会，会议排名，陕西省的宫颈癌筛查工作位于全国后列。看到这样的排名，他的心情很沉重。为了改变这种落后局面，他一回到西安，就立即向省卫计委妇幼处领导汇报了会议情况，并提出了改进工作的建议。该建议提出以培养基层阴道镜医生为重点，简化筛查流程、减少失访率等改进措施，得到了各级领导的大力支持，提升了基层的服务质量，让广大群众享受到了贴心的优质服务。工作中，他还多次赴宫颈癌高发地区的汉中市镇巴县进行调研，制定了切实可行的宫颈癌筛查方案，指导县级医院完成宫颈癌筛查任务，并成功举办了3期阴道镜培训班，为全省的县级医院培养阴道镜医生100多名。

癌症是严重危害人类健康的重大疾病，国家把攻克癌症作为实现"健康中国"战略的重要组成部分。李东红到基层医院调研时，发现很多的妇科恶性肿瘤患者由于初次治疗不规范导致了肿瘤复发转移，为了加强基层医生的业务能力，他在全省各区县举办培训班3期，将自己成熟的治疗技术毫无保留地传授给基层的医生，提高他们的服务能力，并向广大妇女普及癌症相关健康科普知识。

当医生的有三种境界：第一种境界是只会看病做手术，为患者解决一些问题；第二种境界是不仅能独立承担临床工作，还有一定的社会影响力和名气；第三种境界是能充分调动团队的力量，为更多的患者服务，做出更大的贡献。显然，李东红是处于第三种境界的医生。

多年来，他和他的团队足迹遍布陕北、陕南和关中等全省的基层医院，不仅和基层医生交朋友，帮助他们解决临床上有关妇女恶性肿瘤治疗的问题，还引导适龄妇女积极进行"两癌"筛查，进一步提高了陕西省妇女宫颈癌和乳腺癌筛查率和早诊早治率。

在繁重的临床与管理工作之余，李东红和他的团队还承担着国家的科研项目，发挥着引领作用。他们利用互联网，建立了自己的网站，目的是更好地为全国各地的患者答疑解惑，并将他们精湛的医疗技术推广出去，让他们的科研成果更好地服务群众，让更多的患者受益，目前网站浏览人数已达370万人次。

尾声·生命的璀璨瑰丽

夏日的阳光明丽,李东红的办公室宽敞明亮,桌子上的奖杯、荣誉证书,墙上的牌匾、锦旗,足以展示他的斐然成绩。

我坐在他对面,听着他谈对中国妇产科学发展的展望,目前陕西省能够为广大妇女提供哪些优质服务,西安市未来的服务方向,以及大健康战略下的发展机遇等话题,真是意气风发,充满热情。

一个国家国民的健康水平保障如何,很大程度上可以从妇女和儿童身上看到。

妇女儿童是全民健康的重要基石。陕西省卫计委以满足妇女儿童美好生活需要为目标,加强政策和服务资源整合,积极推进生命健康全程服务,标志着陕西妇女儿童健康服务质量已达到了新水平。李东红他们把人民健康放在心上,为生命健康保驾护航,是最美的医生。

李东红心胸坦荡,气质儒雅,谦逊低调,他说:"我做得还不够。我是一名普通的医生,没有做什么工作,只是对咱们陕西妇产科学领域一些薄弱的环节进行研究,以缩小和先进地区的差距……"

我说:"你们是在用实际行动践行习总书记的'没有健康,就没有全面小康'的讲话精神啊。"

李东红喝了一口水,润了润嗓子说:"人民对美好生活的向往就是我们的奋斗目标。我既然选择了与生命有关的职业,就应该把这项工作做得更好。"

他的生命如此璀璨瑰丽。我知道,他是在用精湛的医术为人民服务，在用每一天的付出，书写一个退役军人最美的人生，诠释着一个医生最美的初心。

群星闪耀时，他就是一颗闪亮的星。李东红说："陕西的妇产科技术手段还比较薄弱，我和我的团队只是做了一些基础性的工作，谈不上伟大和尖端，但我们的工作是有意义的。"

我说："是的，你们的工作是有意义的。陕西的医疗卫生工作有你们的努力，一定会大踏步地迈向国内领先水平，和世界接轨。广大患者也能享受到最好的服务和治疗。"

提到陕西妇产科学事业未来的发展，李东红充满信心地说："我们既要抓当前，也要谋长远，将健康融入所有政策，一切以人民健康为中心，提高中国女性的生活质量，推动'健康中国战略'的实现……"

听着他描绘的美好前景，我心潮澎湃，感到李东红他们就是妇女生命健康的守护神。万紫千红情妩媚。李东红的笑容与窗台上那一束红花相互辉映，格外灿烂。

春天可期，夏日缤纷，秋果甜蜜。走在归途中，艳阳高照，我放飞遐想：李东红他们这些大国医生，是在用最先进的医疗技术为祖国效力，为人民服务，而我呢，就是生活在他们中间的一名歌者，如果能用最美的文字讲好他们的故事，讲好生命健康的故事，献给我亲爱的读者们，那我就是最幸福的歌者了。

刘　维

脱下军装还是兵

———

冯兆龙撰文

冯兆龙

中共党员,转业军人,陕西省作家协会会员,碑林区作协副主席,在各级报刊发表作品百余万字,报告文学作品有《城改革命的先行者》《为兵而歌的百灵鸟》等,出版有散文集《珍藏心底的记忆》。

> 在我国，有这样一群人，曾经是兵，是祖国的保卫者，脱下军装后，又成为各行各业的建设者。每一次临危受命，他们总是迎难而上打头阵，冲锋在前。那义无反顾的身影，承担的是责任和使命。他们虽然脱下军装，却依然是战士。
>
> ——题记

刘维说，不管是18年前去北京抗击"非典"，还是2020年奔赴武汉抗击新冠，都是自己义不容辞的责任。但她没有想到的是，自己刚刚入职地方医院工作不到一年，组织上就将"2020年陕西最美退役军人"的荣誉授予了她。

扎着马尾的刘维，给我的第一感觉就是沉稳大气，思路清晰，干净利落，说话如蹦豆，走路带阵风，干啥事就一个字：快。她说，这是在部队一点点练出来的。我想，这种性格的人做事一定不会拖泥带水，犹豫不决。在2020年抗击新冠疫情中，她担任了第二批支援武汉医疗队护理组副组长的职务。

一

15岁那年，刘维考上了第四军医大学护理系，紧张严格的军校生活，让来自汉中农村的刘维养成了勇于吃苦、坚韧不拔、雷厉风行的军人品质。军校毕业后，刘维被分配到西京医院消化内科做了一名护士。

2003年，一场突如其来的"非典"疫情，扰乱了人们正常的生产、生活秩序。这个病很特殊，来得很突然，传染性极强，能致人死亡。人们不认识它，内心极度恐惧，不知道疫情会持续多久。

4月中旬，北京的"非典"疫情一夜间就进入了高发期，为了阻断疫情，国家决定临时建设北京小汤山医院。该医院从决策到建成仅仅用了七天时间。七天后，这个能容纳1000张病床的医院似乎是从地里冒出来一样，拔地而起。随后，中央军委从全军114家医院迅速抽调1200名骨干医护人员奔赴小汤山医院。

24岁的刘维随第四军医大学医疗队出征北京。那天早上她刚值完夜班，突然接到开会的通知，她已经预感到要奔赴北京抗击"非典"，但真的接到命令时，她内心仍然有一丝紧张。

从开会到通知出发，中间只有几个小时，有的同事刚值完夜班，有的同事刚从手术室出来，很多人来不及和家人告别，便和大家一同乘坐飞机赶往北京。许多医护人员还悄悄地留下遗书，做了最坏的打算。那份慷慨与悲壮，刘维记忆犹新。

那天早晨，送行的亲人站满了院子，有父母送孩子的，有丈夫送妻子的，也有妻子送丈夫的。刘维和同事告别后，就站在院子一旁看着送行的情景。她父母在汉中，突如其来的命令让她没有时间回家看望父母，父母也来不及赶过来送她。前一天晚上，她跟父母通了电话。电话里，母亲翻来覆去就一句话："要注意安全。"母亲低沉的声音让她心疼。

"妈，不会有事的，别为我担心，您要养好自己的身体。"刘维擦了擦眼泪，她知道母亲患有甲状腺炎，此时此刻她最放心不下的就是母亲。父亲说："孩子，放心去吧，有我照顾你妈，你就不要牵挂家里，安心工作，军人就要以服从命令为天职。"如今，站在这偌大的院子里，面对这依依不舍的告别场面，刘维并没有感到孤单。她说团队就是家，我没有什么好孤单的。

到了北京小汤山医院后，他们整建制被分配到了重症监护室。

2003年5月1日，第一批患者就住了进来。当时的北京，天气逐渐热了起来，而医护人员戴的是12层厚的纱布口罩，穿的是3层布做的防护服，透气性极差。同时还要戴上四周与脸密合的塑料眼罩以及鞋套、橡胶手套才能进入"非典"病房。大家身体不灵便，呼吸也非常费力。但那时医护人员根本顾不上自己，眼里只有病人。

尽管心里早有准备，但第一次走进病房的刘维还是有一点紧张，她和护士们每天除了做输液、抽血等基本护理工作外，有时还要给病人喂饭喂水，甚至照顾病人大小便。防护服不透气，几分钟后，汗就顺着身体往下流，衬衣裤都会湿透，体力消耗非常大。有时给病人抽血气，需要股动脉穿刺。平时抽完血气后，病人按住抽血的位置过一会即可止血，可重症监护室的病人基本上都不能自理，需要护士们帮他们按着。有一次，刘维为一位病人抽完血气后，帮他按住抽血的地方，谁知，病人的血凝功能比较差，穿刺点出血较多，需要按压更长的时间，她就在病人床边足足待了半个多小时。虽然她知道在病房待的时间越长，危险就越大，可她不能不顾病人。望着重症监护室那些无助的病人痛苦恐惧的脸，她的内心受到了巨大的触动。她暗自下决心，一定要用最贴心的服务、最专业的知识护理好每一位患者……

重症监护室是最易感染的地方，特别是救治呼吸道病人，施行气管切开手术，每一次都会使气管分泌物喷涌而出，带血的泡沫状痰液在空中散开，如果溅到医护人员的身上，每一滴带血的液体里都藏着无限的凶险。

值得庆幸的是，在51个日夜护理的日子里，他们以精湛的技术、严格的管理圆满地完成了任务，小汤山医院的病人全部治愈出院，医护人员也做到了"零感染"。

回忆起这段经历，刘维说："能经历那样一场大灾难，经受那样严峻的生死考验，对我来说不仅仅是个人经历，更是一笔宝贵的财富。"

二

载誉归来，刘维被评选为"首都防治非典型肺炎工作先进个人"，2008年，她被提拔为西京医院消化病院护士长。

优秀的人，不会停下奔跑的脚步。从护士到护士长，刘维知道这是自己人生的一次提升，也是一次挑战。角色变了，但她为患者服务的热情没有变；职位变了，但她对自己的要求更严了。

作为护士长，病区管理、护理文书、规章制度、急救器材、消毒隔离、危重患者护理质量、血浆置换、血浆吸附、护士排班等科里日常运转的大小事情都要管。护士的业务要管、生活也得管，就连他们的婚姻大事、孩子上学都要操心。光听刘维的这些工作日常，我就感到烦琐和不易。但让我惊讶的是，作为"一家之长"，刘维不仅把护理团队打造成一个团结的大家庭，还带着团队一起进步。护理组科研成绩连续两年居全院前五名，并获得医院"最佳钻研奖"。她所在的科室多次被医院评为护理教学先进集体。

在带好护理团队的同时，刘维自己还利用繁忙的工作之余，在各类医学期刊发表论文31篇，平均每年将近3篇，完成医院学科助推计划1项，获得中国人民解放军医疗成果三等奖1项。

2015年，刘维晋升为西京医院质量管理科主任，从管理护士团队到管理医生团队，历练的不仅是业务能力，更是管理能力。

医院病历质量控制、基础质量考核、非计划二次手术情况、核心制度检查、质量指标管控、医疗不良事件上报与管理……在新的领域，刘维同样做得有声有色。她带领科室成员主抓的医院不良事件报告与管理制度，上报事件累计已超过千例，监管的"住院死亡率""非计划二次手术重返率"两项负性指标逐年下降。

在履职质量管理科的四年时间里，刘维组织编印了《医院医疗质量安全管理核心制度》《医院病危病重目录及界定标准》《医院疑难复杂疾病目录》《医院病历书写手册》口袋书等。同时，还组织举办了医院第五、六届病历展，医院青年医生病历书写演讲比赛，质控组长基础质量培训班，科主任质量管理经验交流会，疑难病例讨论远程观摩会等活动。

亮眼的成绩，让她成功当选中国医院协会医院标准化管理委员会第一届委员、中国医院协会病案管理专业委员会第六届青年委员。

2019年，刘维脱下军装，自主择业来到西安大兴医院这个退役军人"扎堆"的"众创空间"。

大兴医院是一所新兴的民营医院，刘维初到大兴医院，正值医院消化病院整合组建。18年消化病院的护理生涯，让刘维当仁不让地成为消化病院总护士长兼消化内科护士长。

三

2020年1月23日上午10时，谁也没有想到中国武汉会"封城"。这是农历除夕前的最后一个工作日，武汉成了一场战役的中心。

"封城"让武汉人民紧张起来，也让更多的人担忧起来。

管控一座千万人口城市的人员流动，世所未见。又值阖家团圆的传统佳节，更显不同寻常。

早在2019年12月，一个看不见、摸不着的"恶魔"就已降临武汉。被"恶魔"缠绕的病人发烧、咳嗽、肺部感染，且久治不愈。

"武汉又出现不明肺炎的病人并致人死亡"的消息迅速在社会上扩散。到1月24日，全国已有30个省、区、市报告确诊病例，确诊人数超过1000人。

2月8日，国务院联防联控机制办举行新闻发布会，将这种新型冠状病毒感染的肺炎统一称为"新型冠状病毒肺炎"。

这是新中国成立以来传播速度最快、感染范围最广、防控难度最大的一次重大突发公共卫生事件。

武汉告急！湖北告急！中国告急！

此时，普通的老百姓还没有意识到疫情的严重性。然而，已脱下军装，在西安大兴医院工作的刘维却预感到这次疫情的不同寻常。随着春节临近，她让放寒假的女儿先回汉中老家，自己却退了早早买好的大年三十回老家汉中过年的车票。1月22日，已经下班回家的刘维接到让她速回医院的电话，此时已是晚上8点多。原来西安市第一例新冠肺炎患者在莲湖区确诊，医院接到了莲湖区要求对区里两例确诊新冠肺炎的密切接触人员进行医学观察的通知。刘维迅速返回医院，和同事们在一个多小时里就消毒整理出11间病房，当晚就接收了9名隔离对象。

自从穿上防护服走进隔离病区再到驰援武汉，其间，刘维就再也没有回过家。她知道，穿上防护服就是承担了使命和责任，必须全力以赴完成任务。

1月26日晚上8点多，刘维还在医院隔离病区工作，这时护理部雷晓芬主任打电话问她："医院要抽调人员去武汉一线，你这边有没有困难？"

"没有，主任，我没有任何困难。"她脱口而出。

之所以这么急切地回答，是因为她没有想到民营医院也能奔赴抗疫一线。也因为大年三十（1月23日）晚上，她昔日西京医院的同事已经接到命令奔赴武汉了。如果没有脱下军装，她相信此时的自己也已身在武汉一线了。

回到办公室，刘维的思绪久久不能平静，上战场是战士义不容辞的责任，自己虽然已经脱下军装，但还是一名战士。她迅速铺开信纸，写下了人生的第一份请战书：

尊敬的大兴医院党委：

17年前，正值青春年华的我，跟随战友们奋斗在北京抗击"非典"的一线，圆满完成了任务。如今全国人民又一次直面新型冠状病毒的肆虐，作为一名曾经在小汤山战斗过的老兵，我责无旁贷！

特此，我向院党委请战，在抗击新型冠状病毒感染疫情的关键时刻，随时听候调遣，愿奔赴武汉一线，贡献力量。

在此，我积极请战：若有战！召必至！战必胜！

消化病医院：刘维

2020年1月26日

写完请战书，刘维郑重地按下了手印。2020年2月2日，刘维随陕西省第二批医疗队"出征"武汉。

出发前夜，在医院宿舍，刘维打开行李箱又清点了一遍：医用口罩、常备药品、成人纸尿裤、日记本……一切准备妥当。她躺在床上，想快点入睡，但大脑却一直在飞速运转：护理感染患

请您检阅
020年度“陕西最美退役军人”暨“陕西退役军人企业家先进个
发布
主办单位：中共陕西省
人事务厅
陕西省军
业联合会
2020

者都要留意哪些问题？这时，手机的微信声响了一下，她拿起手机，发现是女儿给她发的：

2003年，你出征北京抗击"非典"；

2014年，你备战埃博拉；

2020年，你即将出征武汉……

加油，最美逆行者！加油，白衣天使！加油，妈妈！

"宝贝，妈妈爱你！"刘维将手机放到了胸口上，任长流的泪水模糊双眼，任愧疚的哭声回荡房间。这么多年来，她对女儿的付出太少了，整天早出晚归，有时出差十天半个月都顾不上孩子。可懂事的孩子并未落下学业，成绩优秀，品学兼优。有一个如此贴心的小棉袄，让刘维愧疚的同时又感到幸福。

就在这时，她又接到上级通知：除担任西安大兴医院医疗队护理组组长外，她还将负责陕西第二批驰援武汉医疗队护理组副组长的工作。

陕西第二批驰援武汉医疗队来自全省41家医院，共121名队员，其中，护士100名。

41家医院、100名护士？数字划过脑海的一瞬，刘维腾地一下从床上坐起来。明天就要出征武汉，即将面对陌生的医院、陌生的病区、陌生的战友。如何让这些来自不同医院、不同专业，性格迥异、彼此陌生的队友迅速融合在一起成了摆在她面前的当务之急。身为护理组的负责人，她不仅要救治感染患者，更要确保100名护士的安全，刘维深感肩上担子的沉重。

"知人善用，用人所长"，前提首先在于了解。刘维拿着名单在上面勾勾画画，试图让每一名护士的形象在她脑海里都立体起来。从医院出发到机场的班车上,她在研究名单;在飞往武汉的航班上,她在研究名单;飞抵武汉住进酒店后,她还在熟记一个个护士的名字和单位。"打胜仗、零感染"是出发前院领导的再三要求和叮嘱。作为"临时管家",她必须做到"心中有数"。

四

2月3日一大早,刘维和带队领导马不停蹄赶往武汉协和医院西院。看到由普通病区临时改造的治疗区域,刘维知道这并不符合传染病"三区两通道"(清洁区、半污染区、污染区,病人通道、工作人员通道)的布局。但情况紧急,收治患者刻不容缓。有问题,解决问题;有困难,就攻破困难。刘维身上那股倔强的闯劲又上来了。刘维明白,新型冠状病毒传染性极强,护士护理患者的时间越长,接触越久,危险程度就越大。病区改造与穿脱防护服强化训练必须同步进行。

在训练队员们穿脱防护服的过程中,刘维发现有一名队员居然做错了一步,还没取下护目镜,就先把手套给脱掉了。她严厉批评道,这要是在病区现场,如此失误就等于在谋杀自己。

为了规范操作,避免意外发生,刘维连夜迅速梳理出13个穿防护服流程和26个脱防护服流程,并将每个流程打印出来张贴在通道。同时还专门设立感控岗,监督大家穿脱防护服的每一个细节。紧接着,她又制定出护理人员工作职责、护理相关工作流程、危重症患者抢救制度等,护士在病区的每一项工作,都被她安排得一清二楚。她还从建章立制抓起,化繁为简提高效率:各种规章制度上墙,标准要求一目了然;重点工作逐日提醒,头绪再多不打乱仗;重症患者列出"清单",因症施策"专案护理";

逐人逐项"量化评比",奖优罚劣激励争先。

　　武汉的3月天,温度已经不低,穿上两层防护服,戴上两层口罩,光穿脱就一身汗。而医护人员进病房就是四五个小时,甚至七八个小时。这期间不能吃饭、喝水、上厕所,否则就会浪费一套防护服,因为这东西是一次性的,成本高,还紧缺,所以医护人员都特别珍惜,基本都是穿着成人尿不湿连续工作。说到这里刘维有点激动,她擦了擦眼泪接着说,很多女孩子生理期的时候不能去厕所,裤子都湿了……他们的艰辛,我们真的无法想象。

　　100名护士承担了协和西院两个病区的护理工作,每个病区50张床位,全部收治重症患者,平均每天要完成呼吸机治疗5人次、普通吸氧37人次、高流量吸氧2人次、咽拭子采集11人次、静脉输液40余人次、雾化吸入18人次、静脉穿刺36人次、测血压385人次、测血糖32人次、喂饭10余人次、协助排便22人次,协助翻身25人次……

　　护士的压力,可想而知。

　　深夜,常常是刘维和护士们通过电话谈心的时间。有一次,一名年轻的护士打电话给刘维说她总是紧张,睡不着,通话中刘维得知这位护士怀疑自己感染了病毒,精神处于高度紧绷状态。刘维询问后判断她并没有感染,只是这位护士没有经验,太敏感了。刘维就耐心地把自己在北京小汤山的经验传授给这名护士,并鼓励她先休息两天,调整一下。一个多小时的谈心,终于让这名护士卸下了包袱。从那以后,刘维只要有时间就进病房给护士们指导护理和防护细节。大家都觉得,只要刘维在,她们就神稳心定,仿佛有了主心骨。

　　为了及时关注大家的心理动态,刘维还建了微信群。哪个护士身体弱一点,哪个护士正值生理期,哪个护士的情绪有波动……

刘维都熟记于心，并适时安排她们调休。晚上睡前的关心和问候是刘维每天的功课。一旦发现谁的情绪有波动，刘维就利用休息时间及时谈心，不让护士的负面情绪影响工作。每天晚上，当队友们都睡下时，刘维才伏案桌前，汇总分析每一位护士的工作量，结合病区收治危重患者的人数、气管插管人数、呼吸机治疗的例数，动态调整值班护士的数量。对于身体出现不适的护士，随时调整休息。

新冠肺炎临床重症患者主要是中老年人，身边不能有家属陪伴，患者的情绪异常烦躁。在此情况下，护士成了他们唯一的依靠，在照顾好他们身体的同时，更要关心他们的心理感受。刘维在病房忙完手头的工作，常常会留下来陪病人聊会儿天。听武汉话很吃力，有的老年患者本就气喘吁吁，还要一个字一个字地反复说自己的情况，刘维就耐心地和他们聊。久而久之，患者们只要看到刘维进病房，就招手让她过来，刘维总是微笑着点头，尽量不让患者们失望。

有一次查房时，刘维看到一位患者情绪激动，就问怎么了，患者说因为手机丢了，他从隔离点到住进重症监护室，整整41天没和家人联系，说话间眼泪就流了下来。刘维立即要了他家人的联系方式，用科室的公用手机帮他拨通了电话，通完话后，患者高兴地向她伸出了大拇指。在病区，只要有患者去世，家人不能来告别，刘维就和护士们帮患者擦身、穿衣服，做完尸体料理后，再深深地三鞠躬，让患者有尊严地离去。

正是因为对每一个生命的敬畏，他们也赢得了患者家属的尊重，不远千里寄来的锦旗、字里行间充满深情的感谢信、快递小哥送到医院门口的鲜花……都是对他们最大的认可和尊重。

2020年4月初，刘维和队员们平安归来。因为在抗疫中的突出贡献，刘维先后被武汉开发区新冠肺炎疫情防控指挥部和陕西省护理学会授予"新冠肺炎疫情防控白衣卫士"和"优秀护理工作者"称号。2020年12月，刘维被中共陕西省委宣传部和陕西省退役军人事务厅等单位评为"陕西最美退役军人"。

"疫情面前，病房就是战场，拯救生命就是践行使命。穿不穿军装有什么关系，只要祖国召唤，我定会义无反顾奔赴战场。"在刘维看来，自己虽然脱下了军装，但依然是一名"战士"。称谓可以改变，但改变不了兵的本色；衣服可以更换，但换不掉兵的使命。

戴吉坤
向祖国报告

———

袁国燕撰文

袁国燕

中国作家协会会员。陕西省"百优计划"创作人才、陕西省文学院签约作家、陕西省散文学会副会长，西北大学现代学院文学院研究员。在《人民日报》、《人民文学》、新西兰《乡音》等发表文章百余篇。出版著作6部，获冰心散文奖、陕西省五一文艺奖。长篇报告文学《古村告白》入选2018年中国教育部全国高校主题出版项目、2019年国家新闻出版署全国农家书屋书目、2020年中国作家协会"中国一日·美好小康"全媒体直播项目。

> 为自己的历史而活着，为国家的今天而写着。
>
> ——题记

五星闪耀，花团锦簇，红歌嘹亮。

远远地，党和国家领导人迈着矫健的步伐，走向盛典礼台……礼炮声、欢呼声、掌声，像母亲炒菜的热油爆响！

沸腾的声浪，让戴吉坤从恍惚中回过神来，他仰望着飘扬的五星红旗，举起右臂，默默地敬了一个军礼。此时，他正置身中国共产党建党100周年庆典现场，作为陕西新闻团带队人，带领记者在天安门广场进行新闻报道。

朝阳喷薄升起，照耀着戴吉坤眼眶下的一滴热泪，晶亮晶亮的。

这样的重大报道，戴吉坤经多了，生死战场、重大现场，从炮火硝烟中摸爬滚打出来的他，早已百炼成钢。然而，当我那晚接通戴吉坤的电话时，他竟把"钢"化成"钢水"倾泻而来：

> 要把这份神圣，告诉每一个人，特别是牺牲的战友。

一、百米生死线

1985年10月的一天清晨，陕西渭南华阴县，巍巍华山脚下，微凉的秋风中，兰州军区某团整装待发，即将奔赴云南老山前线的对越自卫反击战战场。

22岁的戴吉坤，就在这支队伍中。

彼时的他，已经入伍四年，成了训练有素的报道员，稿件已经从师、团广播站，刊登到了《解放军报》《人民军队报》。当时国内外最先进的海鸥照相机、理光全自动照相机，他已经熟练掌握使用方法。署着他名字的文章，正雪片似的飞向全军。

那是一个大晴天，晨曦照亮了一张张青春的脸。望着东方升起的一抹红霞，戴吉坤感到自己咚咚的心跳，他激动着，也忐忑着。早在上初中时，他就在广播里关注中越边境打仗的情况，那些英雄的名字、英烈的壮举，撞击着他稚嫩的心灵，让他幻想着有一天自己也能冲锋陷阵。

现在，这一天竟真的来了。

到达后戴吉坤才知道，他和战友们要守卫的，是那拉口子阵地。

放眼望去，妈呀，这老山哪是山呀，被炮弹深炸过的土地上，没有一棵树、一株草，甚至没有一片完整的土，脚下全是裸露的粉石，远处峰岭狰狞，硝烟肆虐。两军阵地如犬牙交错，危险，时时都会从石缝中飞来。

战士们就在凹凸不平的粉石上战斗，在闷热潮湿的猫耳洞里坚守，吞咽着压缩饼干。几个月不能洗澡，气味袭人，很多人默默忍受着热带雨林气候引发的烂裆病。

那一刻，"战场"两个字，从笔下深深刺进心里。

让戴吉坤兴奋的是，他们奉命守卫的是"李海欣高地"——一位传奇英雄带队浴血奋战55昼夜保卫了这片阵地。李海欣精神激励着包括戴吉坤在内的每一个战士，哨所内士气高昂。

经几个晚上的排雷后，班长决定去炸一处威胁最大的越军屯兵洞，途中要经过一道"百米生死线"——从这个山体到对面的山洞，100多米的必经之路，没有任何掩护，完全暴露在敌人的射程内，脚下，可能还有漏排的地雷。

班长把三个爆破筒捆绑到一起，整理着引线，戴吉坤急忙举起相机，看着镜头里班长大义凛然的神情，一股热血冲上心头，他请求随班长同去。

"很危险，只能去一个人。"

"战士在哪里，我就要去哪里！我手中握的也是长枪呀！"戴吉坤举了举手中的相机镜头。

"真要去？"

"是！"

班长看着他坚定的表情，最终点了头："行，但有一点，必须跟我的脚印走，不能有半点闪失。"

天擦黑时，两人悄悄出发。戴吉坤挎着两个照相机，紧随着班长匍匐前进，不敢越雷池半步，心里怦怦狂跳。

"嗖"的一声，一发子弹射来，擦着头皮而过。紧接着，耳边又是"嗖嗖"几声，班长死死按住他，两人贴在地上，久久一动不动。

这一刻，生死，血淋淋地摆在面前。每一秒，都将是临界点。

漫长的半个小时过去后，越军哨兵麻痹了，没了动静。班长趁着夜色继续匍匐向前，戴吉坤发现，自己竟然浑身瘫软。

终于，班长把爆破筒塞进屯兵洞口，拉了引线，两人迅速顺着百米生死线撤离。一声巨响中，戴吉坤举起镜头，留下了越军老窝被炸毁的场景。

经过这次百米生死线的考验，戴吉坤再也不紧张了，此后多次去炮火猛烈的阵地采访，历练了他在生死钢丝线上攀爬的定力。他的文字，从此有了精气神，蘸了鲜血；他的镜头，也拍出了神韵和力量。

为了让战友早点看到照片，戴吉坤把药水、放大机、冲洗器材带到猫耳洞里，自己学习冲洗黑白照。但彩照和发稿，必须出老山才能完成。有一天，戴吉坤去昆明发完稿返回，接近团部指挥所时，忽然听到一声长长的啸叫，他心里一沉：不好，遇上炮弹袭击了！

他急忙撒腿向隐蔽处跑。很快，轰炸声四起。大量炮弹落到河里，水柱像一棵棵粗壮的树，直直耸起，此起彼伏。

他一边用耳朵辨别炮弹的距离一边奔跑。一声沉闷的声响让他头皮一紧，他知道，有个"家伙"就要在近处炸开了，看来在劫难逃，但军人所受的严格的训练，让他在关键时刻保持清醒，懂得与敌人、与死神斗智斗勇。就在近身爆炸来临前两秒，他挺身一跃，跳到山丘一处反斜面处，迅速卧倒。

一声巨响后，他什么也听不见了。

睁开眼时，他身上、脸上落了厚厚一层石子、沙土，只见10米外被炸了一个大坑，他爬起来，又继续跑。四周蒸腾着如细纱般的雪白炮弹烟雾，路面在这层雾里时隐时现。视线不清，他的脚几次陷进弹坑里，不断绊倒、爬起、奔跑，那一刻，他感觉自己就像电影镜头里的人，不同的是，这是用血肉之躯直播的场景。

多年以后提及这一切，戴吉坤感慨道："过百米生死线是自己吓自己，但这次的体验大不一样了，独自在生死场走了一回后，我才更深刻地明白，生命至高无上，军人的牺牲更是至高无上的。"

崇拜英雄的戴吉坤，注定会成为一个兵。

早在上小学时，他在课本里读到南泥湾三五九旅英雄"气死牛"的事迹时，崇拜极了，就想做那样的人；10岁时过年做新衣服，他缠着母亲到裁缝铺去，照军装的款式、颜色给自己做衣服，要有红领章、红星星；15岁时就四处借书，如痴如醉读完了《林海雪原》《智取威虎山》；1979年中越自卫反击战打响，16岁的戴吉坤每天关注广播里的战况，一边听一边想象着作战的场景，热血沸腾……

两年后,他如愿入伍。

新兵训练强度大,浑身每个关节都作痛,上厕所都蹲不下去,但戴吉坤却很享受,因为部队的广播每天都播着他连夜写的稿子,一个个早晨、中午、傍晚,戴吉坤的名字都会飞入每个战士的耳朵。

新兵训练结束,团机关三个单位都向戴吉坤发出了调令,他选择了报道组,获得了600个新兵里唯一的一个名额。

从此,部队新闻战士专门教他写新闻稿、通讯、报告文学,部队领导看他是棵好苗子,又给他配备了当时最先进的照相机,请专人教他学摄影。悟性颇高又勤奋好学的戴吉坤,很快成为写稿、摄影皆能的"明星"。

1988年戴吉坤从老山前线回来以后,部队又安排他当了六个月指导员。戴吉坤刻苦练习军事本领,在营连军官比武中,连获三个奖项。他最看重的是冲锋枪射击第一名:"一手拿笔,一手握枪,以记者和军人的双重姿态战斗,更能体现我的价值。"

"是部队因材施教,给我塑形、塑魂,才有了我的成长和成就。"回望自己成长之路,戴吉坤庆幸当初步入军营,从此踏上了人生的阳光大道。

每个人的身上都有太阳,只是要让它发光。军营里的戴吉坤,生命在发光,更寻到了心灵的光源。

二、"非典"隔离区的采访

健康与病毒之间,隔着一道"生死门"。

2003年5月7日,穿着厚厚防护服的戴吉坤,义无反顾地走向这扇门。映入他眼帘的,是几个灼目的字:隔离病区。

退一步,海阔天空;进一步,生死未卜。而他,选择了进一步,来到这扇威胁生命的门前,踏进了西安交通大学第一医院"非典"隔离病区。从安全区的普通人,变成直面 SARS 病毒的抗非战士。

这是戴吉坤转业到《陕西日报》当记者的第三年。"非典"疫灾突然降临时,《陕西日报》决定成立抗击"非典"特别报道组,戴吉坤第一个递上请战书:"让我去蹚火海,我有战斗经验!"

他以 18 年军龄、上过老山前线、三次立功的绝对优势,第一个通过报社的审核,作为"尖刀班"成员,投入"另一种战场、另一种冲锋"。

几天后,戴吉坤发回一篇报道:《护士节没有仪式》,看哭了许多人。抗击"非典"疫情之时,正值 5 月 12 日护士节,全体护士都战斗在工作岗位上,自然没有节日仪式。

那一天,戴吉坤注意到,医护人员的孩子、丈夫,还有爱心人士来献花,而护士们却穿着厚重严实的防护服,在隔离病区一刻不停地忙碌。家属只能把花放在隔离区红线外、医院门口,插上写着祝福话语的卡片。凄清、悲壮,却又温情的场景,让戴吉坤鼻子发酸:"像给烈士献花一样。"

其实,穿着防护服的戴吉坤,也是一个特殊的"护士",在拍摄照片时,目光需穿过两副眼镜,一副是他平日戴的眼镜,另一副是防护服的护目镜,加上呼吸的气体,让他的眼前模糊不清。凭着敏锐的感知力和场景判断,他的镜头,总是恰到好处,留下一幅幅珍贵的现场照。

采访"非典"病人的记者,自然会被隔离。

"一张卫生床,一张桌子,一把椅子,还有洁白的墙壁",戴吉坤就在这不足 12 平方米的房间里,写稿、思考、与病毒战斗。

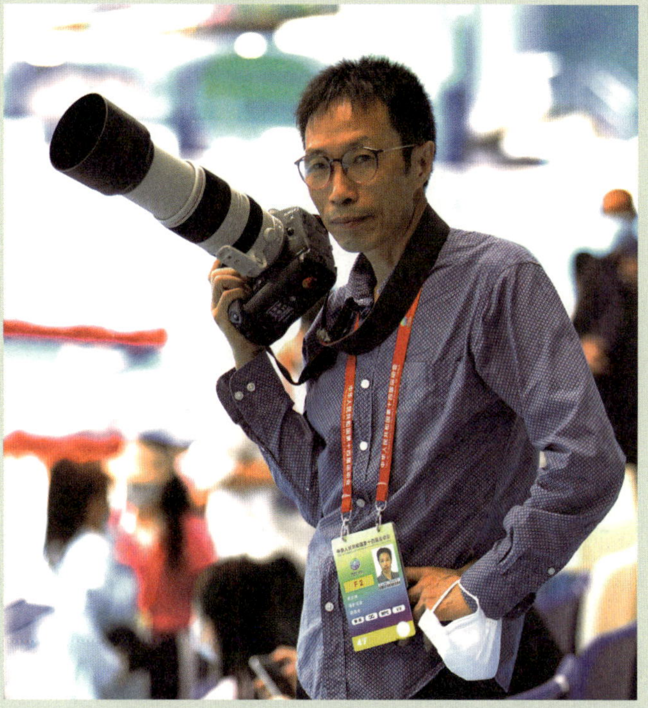

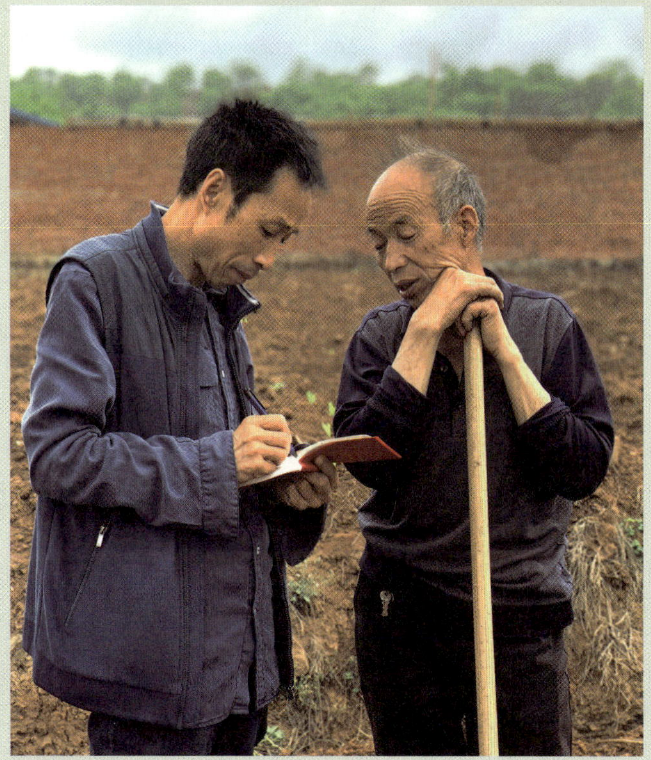

隔离的日子是难熬的，"非典"谣言满天飞，担心、恐惧中，有些被隔离者整夜整夜不睡觉，有的使劲拍门，有的不吃不喝，有的想越窗逃离，情绪极不稳定。戴吉坤安抚、鼓励他们，用自己乐观、镇定的情绪感染他们。被隔离的人面对同样被隔离人的采访，同病相怜，纷纷吐露真情，不断丰富着戴吉坤的文字和镜头。

多年以后，戴吉坤回忆当时的场景时说："我也怕，但我是军人，是以笔为枪的战士，咋能后退！"

记者的敬业精神，军人的献身精神，始终在戴吉坤身上闪闪发光。

凭借着这两种精神，戴吉坤在隔离病区写下了长篇报道《"非典"隔离区采访日记》，拍摄了40余组新闻照片。医护人员冒着生命危险的坚守与奉献、被隔离者的坚强与恐惧、社会民众的担忧与乐观，在他的笔下、照片中得以鲜活、真切地呈现。

报道刊登后，一时洛阳纸贵，人们争相传阅，渴望从记者笔下了解那段非常时期的疫区现场。政府、报刊零售亭、医院、民众，纷纷打电话要求增印报纸。

解除隔离上班的第一天，戴吉坤一来单位，蒙了，只见门口挂着大红横幅："欢迎戴吉坤同志采访抗非载誉归来"，一进楼门，省委宣传部、报社的领导和同事们站在两边夹道欢迎。掌声、鲜花、笑脸，深深留在戴吉坤的脑海中："像欢迎英雄一样！"

他当然是一个英雄。

"在抗击'非典'的新闻宣传中，戴吉坤似乎又置身于战场，以战士的姿态，只身进入'非典'病区采访。"

"抗击'非典'的侵害是一场没有硝烟的战争，这场战争赋予新闻记者真实记录、客观反映的历史使命，而此使命严肃地考验着记者精神。"

"疫情大考中淬炼的新闻战士、隔离区的如椽巨笔。"

这是当年新闻媒体对戴吉坤的评价。

那一年，是他的"光"年，荣誉接踵而来——

中宣部、中华全国新闻工作者协会授予他抗击"非典"优秀记者、全国新闻界抗击"非典"宣传工作先进个人称号；陕西省委、省政府授予他陕西省抗击"非典"先进个人称号。

其实，他的"光"，早已闪烁在危急时刻，从不缺位。

1998年百年不遇的特大洪水灾害中，他深入官兵抗洪抢险第一线采访，靠着自己从小在江边练就的游泳功底，随战友跳下洪水，用身体打桩。

2008年爆发惊天大雪灾，他随陕西电力驰援队奔赴江西抚州，一路跟随采访、拍照。在全国抗击冰雪灾害巡回摄影展开展仪式上，他被特邀进行了剪彩。

2010年，中宣部、陕西省委宣传部先后组织新闻媒体驻村蹲点采访，他带头深入丹凤县棣花镇、扶风县法门寺，一住就是好几个月……

无论在哪里，他的镜头都在用心捕捉，"不是冷血影像的合成，一定要凝聚情感的温度、社会的审美、人性的光芒"。

2020年，是戴吉坤离开部队的第20年。57岁的他，又直面"新冠"疫情的考验。自然，他又是抗击疫情现场的新闻勇士。

"只要你离得足够近，镜头就能感受到被拍摄者跳动的心脏、直面生死的抉择和职业操守。"

我看到他在抗击新冠疫情期间抓拍的一个瞬间，画面简单却传递出无限丰富的情感：列车开动前，车窗内外，两只手掌隔着冰冷的玻璃，紧紧相合。那种决绝向前，却又不忍离别的深情，穿越冬天的寒冷，撼动着我的心。

这是正月十五日，戴吉坤赶到西安交通大学第一附属医院大门口，拍下医疗骨干们"逆行"武汉时，出发的场景。他给照片取名：《出征》。

我久久凝视着这幅角度独特的摄影作品，忽然想到，戴吉坤不也是一个出征者吗？总在急难险重时锵锵向前，彰显着军人的形象、体魄、初心，还有战斗力……用奋斗的姿势，铸就生命的姿态。

正如报社同事对他的评价："一个人像一列队伍。"

三、军人也有"金牌"

2010年，西安。

初秋的阳光中，刚刚完成采访、急着赶回单位的戴吉坤，伸手挡了一辆出租车。一拉开车门，就听到车载广播里，一个磁性的声音正在播一段对话：

"我已经和厂长谈了，停薪留职，什么也不要了。"

"那这些年不是白干了！"

"怎么能说是白干呢，没有这几年，我怎么敢朝海里跳！"

戴吉坤一听乐了，这不正是自己的长篇小说《栀子花开》中，高秀山和王志的对话么。

司机不到50岁的样子，有些发福，把冷气开得很足，只问了去哪里，就不再说话。很明显，司机正沉浸在广播剧中。戴吉坤暗自高兴，却没有声张。

下车前，他忍不住问道：这小说咋样？

嫽扎咧！这高秀山，不就写的我吗！

那小说，是我写的。

话音刚落，司机侧过头，惊讶地看了他一眼，一脚油门，把车开到报社大门侧面停住,扣下"空车"的标志,不走了,要和他谝。

原来，这位司机之前在一家工厂上班，表现很好，有提拔希望，不承想工厂倒闭，下岗了。干过几个行当，都不顺，现在开了出租，生活刚稳定下来。感觉小说里高秀山的经历和命运，尤其是心路历程，和自己太像了。

戴吉坤鼓励他："时代在淘汰人，但也在成就人。开出租也是一种就业和职业，能在工厂干得好，也就能在出租行业干好。"

告别时，戴吉坤付司机车费，人家死活不收，他只好从半开的窗玻璃塞了进去。

望着司机和绿色的出租车消失在车水马龙中，望着街上行色匆匆的人群，戴吉坤并没有因"粉丝"崇拜而飘然，他感到欣慰——自己用文字反映了一个时代青年男女的命运，他们的痛点和拐点，恰恰推动了时代。

其实，小说《栀子花开》在民众中产生了影响，也得到了著名文学评论家、茅盾文学奖评委李星等专家的盛赞。书一经出版，就获得西部优秀图书评选一等奖，被录制成广播剧在全国播出，列入国家新闻出版署全国农家书屋重点推荐书目。

各方盛誉涌来，文学创作的"金牌"熠熠生辉。戴吉坤却异常清醒，他知道，自己仅完成了一个心愿：告慰故乡、反哺故乡。在他的心灵世界，始终有一片丰厚的土壤，那就是山清水秀的故乡。正是陕南山水的灌溉和滋养、军营生活的阳光和淬炼，才使自己的梦想破土而出，在时间和时代的助力中，开花结果。

此后不久，戴吉坤去陕南下乡调研，偶然在枣阳镇的农家书屋，看到了自己的《栀子花开》。他没有向陪同的人声张，悄悄取出一本，郑重地在扉页写了一句话："我和我的书在故乡。"

在众多的文学作品中，戴吉坤最看重他在部队时写的一篇报告文学《军人》。

20世纪80年代在老山前线参战时，戴吉坤注意到一支特殊的队伍，他们不作战，任务却比在战场守阵地更艰巨：每天夜间急行军，源源不断地给前线送炮弹、药品、水和食物，冒着敌人的枪炮抢运伤员，在危情四伏的山路上肩扛背驮，遇到任何情况都不出声响，不能中断，必须隐蔽前进！

有一夜暴雨如注，电闪雷鸣，山路湿滑陡峭，炮弹炸出的碎石地像刀子，反着寒光，他们跪着挪，爬着走，膝盖磨破了，露出白森森的骨头，膀子、大腿全是血口子，心里却只想着：快，更快些！

戴吉坤采访这18位专挑最危险地带行进的战士时，被深深打动了：没有这支勇士突击队，战场上的战士就无法存活。他们用肉体和鲜血，筑就了一条生命供给带。他饱含深情和敬意，写就了4万字的报告文学，在文章定题目时，他特意用了简单的两个字"军人"。

没上战场前，戴吉坤笔下的军人只是一个名称，一个身份，是保卫国家的，就像工人是做工的，农民是丰收的，教师是解疑释惑的。

但是，从老山的枪林弹雨中冲出后，在握过被战友鲜血染红的沙石后，"军人"两个字，就变成了筋骨和血肉、信念和力量。

被战地精神深深震撼的戴吉坤懂得了：在所有职业中，唯有军人，是向死而生的。

在他心中，这支勇士突击队，最配得上这两个英雄的字——军人！

这篇稿件一完成，还没来得及变成铅字，就被直接送到了政治总部，十八勇士的事迹自此被广泛传颂。

戴吉坤用文字和镜头，为军人筑就金牌，不经意中也让自己摘得了军人的"金牌"。

2019年9月，陕西省隆重表彰首届最美退役军人，戴吉坤榜上有名。各种国家级奖项一大堆的他，获得这尊关乎"军人"的奖杯，竟像运动员夺了奥运会金牌一样激动。

他披着大红绶带、戴着军功章坐在最前排，欣赏着政府专门为军人编排的晚会节目，"高光"环绕之时，宿命般的，他竟然又想起了战友："要是袁熙活着，这荣誉一定是他的，他比我拍照好！"

戴吉坤想起的袁熙，是英勇战斗牺牲在老山阵地的一等功臣，当年正是他俩轮流在老山前线拍摄。

后来，戴吉坤向我讲述了袁熙在老山战场拍到的两个经典镜头：

一幅照片叫《特殊的项链》。几个战士正在把手榴弹挂在脖子上，准备万一被敌人俘虏就拉环把自己"光荣掉"。袁熙抢的这个镜头，把战士的献身精神、向死而战的勇气，呈现得恰到好处。

还有一幅叫《梳我男儿妆》。阵地上水金贵如油，喝都不够，当然舍不得用来洗澡、理发、刮胡子。袁熙抓拍到一个战士用手指蘸了雨水，开心梳理长胡子的镜头……死亡阴影下，战士美好、乐观的追求和信念，全在画面上。

"可惜的是，他中了炮弹，心爱的照相机都被炸飞了……"

听戴吉坤讲这些时，我的情绪一会儿飞向山巅，一会儿又沉入沟底。看着他英气的脸庞上忧伤的表情，我忽然明白了，他面对荣誉时，常常矛盾、"恍惚"的根源——

鲜花、荣誉的花枝向上开，戴吉坤军人的根须，却使劲向土里扎。

最美退役军人表彰典礼不久,他去了一趟麻栗坡烈士陵园,和战友们一起分享荣誉。

远远望去,老山上那些密密麻麻的墓碑,像一栋家属楼的一扇扇窗户。戴吉坤总是觉得,战友们并没有死,而是集体住在这个水泥构筑的小区里。

沿着坡道层层走近,眼前一座座整齐划一的墓碑,仿佛一扇扇水泥门,战友正在里面工作着、生活着、爱着恨着。他抚摸着每扇"门"上熟悉的名字,似乎随手一敲,那张张脸庞就会露出来冲他笑……

此刻,没有久别重逢的拥抱,没有喜极而泣的热泪,戴吉坤默默站着,看着几只蝴蝶在碑前的鲜花和红星上翩然起舞,他觉得,自己和战友,从来都没有分离。

山坡上,烈士纪念塔高高耸立,像巨大的奖杯。戴吉坤抬起头,看到那行题词,在阳光下闪闪发光:"你们活在我们的心中,我们活在你们的事业中。"

四、活着活好

此刻,走出文字和摄影的戴吉坤,以最美退役军人的身份坐在我面前,像邻家大哥,朴实、善谈,散发着亲和的气息。他看上去并不高大,甚至还有些单薄,也没有我想象中的剑眉星目,却有坚定的眼神。

这眼神,闪动着生死战场、灾难现场磨砺过的英雄气概,也闪动着高级记者、军人、作家的睿智与深情。

掐指一算,戴吉坤离开部队,开始转业后的城市生活,已经

20年了。

这20年里,他常常在繁华热闹之中,亲友聚会之时,忽然沉默,几分钟不说话,坐在那里发呆,神情忧郁。熟悉他的人,都知道他"又想起老山了"。

他总是在幸福、快乐的时刻节制自己,在"高光"的时刻低调处之,否则,就觉得愧对牺牲的战友。

在和戴吉坤的交谈中,我深深感受到他胸中满当当的感恩、珍惜、悲悯,以及使命感。

他说:"和牺牲的战友比起来,我的后半生都是白赚的,还有啥理由争多呢。"

他说:"只要你是军人,生与死就没有界限。"

他说:"今天你采访我,就是因为我活着。而且活好了每一天。"

采访完戴吉坤,我的脑海里久久萦绕着两个发光的词:活着,活好。翻开他的《情岭》一书,不期然间,在后记中看到这样一句话:"人是为自己的历史而活着。"

不是吗?一个有历史的人,才能活好。一个有历史的国家,亦如此。

现在,为历史活着的戴吉坤,正为国家的今天而活好。他活成了时代的亲历者、在场者、战斗者,更是记录者。

他一直用笔、用镜头,向心灵报告,向人民报告,向祖国报告。

张忠海

车轮上的中国温情

袁国燕撰文

2020年2月，武汉。寒风肆虐。

新冠肺炎疫情告急！

医疗药械药品告急！

群众生活物资告急！

就在白衣战士擒拿"疫魔"、全城封闭之时，在中国大地上，有这样一群绿衣使者，在车轮上传递着中国式温情——

武汉救命的医用物资，他们运；

市民网购的口罩、消毒水，他们运；

安心宅家的蔬菜蛋奶肉，他们运；

孩子上学的网课工具，他们运！

曾记得，火神山、雷神山医院紧急开建时，在全国围观的直播镜头里，万名工人昼夜不停，展示"基建狂魔"实力；而直播镜头外，中国邮政的绿色邮车，不间断地向武汉运输工地建材、医疗器具、急症药品、爱心蔬菜，展现"快递狂魔"速度。

中国医学和病毒赛跑，快递邮哥向疫区奔跑——快！更快！

那一辆辆开往武汉的绿色邮车，像奔跑着的春天。

退役军人、西安邮区中心局运输中心驾驶员张忠海，就是奔跑队伍中的一员。

危难之时显身手。

2020年大年初一下午，张忠海第一个向党支部递上"驰援武汉请战书"，满载着陕西援助的防疫物资，向疫区星夜兼程。在武汉封城的76天里，他和驰援车队成员从西安"逆行"武汉19趟，行程十几万公里，为武汉运送15000件救援物资、31万封邮件。

车轮和方向盘知道，那一趟又一趟"逆行"背后的故事。

那盖着交通运输部"抗击新冠肺炎疫情"先进个人，党中央、国务院"全国劳动模范"大红印章的证书,知道主人的赤子之心。

一

冬日的寒夜,一辆开往武汉的绿色邮车,正在高速上疾驶。西安邮区中心局运输中心驾驶员张忠海紧握方向盘,眉头微蹙,目光穿过黑夜,看向前方的灯光。宽阔平坦的高速路上,空无一车,这是他几十年驾驶史上难遇的路况。

此时,正是2020年大年初二零时,气温零下9摄氏度,距立春节气还有10天。他突发奇想,自己不仅拉着医疗物资,还拉着春天!想想,春天就在自己的车上,疲劳顿消。

昨夜零点钟声敲响的时候,张忠海刚刚从兰州运送邮件返家,从冰箱拿出啤酒和馒头,开吃迟到的年夜饭。兰州境内雪大,耽误了行程,但总算赶上了回家过年。明天大年初一,就可以回汉中老家陪母亲了。

一觉睡到9点,刚刚起床,手机响了。他一看,是单位调度中心打来的。赶紧接通:

"今晚要安排一辆车去武汉运送急需的防疫物资,单位决定派你去,有什么困难没有?"

"没问题,啥时发车?"

张忠海想都没想,一口答应。

执行紧急任务,张忠海并不陌生,跑长途,也是家常便饭,身为省劳动模范的他,早已久经沙场,常年跑西安到兰州、长沙的省际邮路,硬核技术傍身,无论40℃的暴晒,还是零下15℃的寒冷,或是遇堵缺水少食,从来挡不住安全行驶的车轮。从事驾驶工作28年来,行驶260万公里无事故,什么样的考验和艰险,他都能化险为夷。

可这次，他面对的，不是惯常的恶劣天气、路障和疲劳，而是无形无影的敌人——肉眼看不见的病毒，时刻都可能傍上他。

放下电话，他第一反应，是给汉中老家的哥哥打电话："回不去了，给妈说一声，说我加班，别说我去武汉。"儿子过年在姥姥家，他赶过去，把给回老家采买的东西交给儿子，叮嘱了几件要处理的事。刚上大学的孩子叮嘱爸爸：路上千万小心，不要下车，多喷酒精。

张忠海赶到单位时，同事们都围了上来，七嘴八舌地叮嘱，有的提醒他注意事项，有的继续和他开玩笑，有的啥也不说，重重地拍拍他的肩。张忠海领了车钥匙，开始出车前的检查。

这辆陕AQ8070的车头他熟悉，车况不错，领导让他选车时，他亲点了它。仔细检查了一下，发现托盘缺油。在修理处找了一盒黄油仔细涂好，又用抹布擦洗了车头。一切就绪，张忠海围着熟悉的车头和厢体转了一圈，对病毒的忧心，早就跑到九霄云外了。

晚上10点，医疗仪器、化学试剂等抗疫物资已抬上车厢，张忠海和副驾戴上口罩、帽子、手套和护目镜，拉好绿色邮政服的拉链，向送行的领导、同事们挥了挥手，迈上邮车踏板，系好安全带，发动车辆，缓缓向大门外驶去。

车窗外，一排排整齐停在院子里的绿色邮车，像一个个老朋友，和他默默作别。

大街上，霓虹灯和路边的大红灯笼，装点着新年的喜庆。张忠海却再没有回老家过年的心情。出发前，单位举行了简单的仪式，领导和他的一问一答，足够在空荡荡的路上回味：

你政治过硬，技术过硬，作为第一梯队支援武汉，要做好表率！

这些都是救命物资，要在第一时间快速、安全送达，有信心吗？

——保证圆满完成任务！

掷地有声的回答，又在耳畔响起。危难之时的重托，不就是信任和责任么！张忠海挺了挺腰，目光向前方侦探，这是首趟"逆行"，一定要开好头。

张忠海的目光触到副驾座椅前的几个大塑料袋，除了消毒水和N95口罩，里面塞满牛奶、面包、方便面、矿泉水，都是领导和同事们因超市买不到，从各自的办公桌抽屉、车里找到的，甚至有人把自己家里仅有的口罩拿来，"贡献"给他的。

正想着，红灯亮了，尽管前无车影后无尾随，但他还是踩了刹车，争分夺秒与遵守法规，他要兼得。沿着福银高速行驶，路况不错，只是春节又遇上疫情，服务站都关门了，幸好厕所开放，开水房的指示灯还亮着，给他莫大的安慰。

跑了一夜，早上7点，到了枣阳服务区，天已大亮，平日熙攘的服务区异常空旷，任隆冬的寒风寂寞地撒着野。张忠海把车停好，去了趟厕所，泡上方便面，打开面包袋，开始大年初二的早餐。将近50岁的他，因连续的星夜兼程，腰疼。

不过，导航显示，再有四个小时，就到武汉邮件转运中心局了。

中午12时，经过十几个小时的行驶，武汉邮区转运中心局几个大字，终于出现在张忠海眼前。

武汉，我来了！陕西来了！

张忠海把因患腰疾而微驼的背挺了挺，将车稳稳停在大门口。穿着白色防护服，背着蓝色药箱的工作人员立即过来，给邮车仔细消毒，喷头不放过任何一缝隙。停到指定位置后，张忠海习惯性地把手伸向车门，准备帮忙卸货。忽然想到出发前领导的交代："咱们还没购到专业防护服，到达武汉后不接触，不停留，卸货即返！"

他从窗口递出清单。接货人都"全副武装"，张忠海看不清他们的容颜，彼此只用话语和护目镜后的目光和手势沟通、交流。看着一张张急切的面孔、一双双奔跑的脚，张忠海忽然意识到自己请战"逆行"是多么正确，连夜奔跑，太值了！

临走前一刻，张忠海把从家里带来自用的酒精，塞给了一个接车的小伙子。车里还有单位配备的84消毒液，足够了。

2月4日，中午12点。张忠海和同事驾驶着陕AQ8070邮车，满载西安交通大学第一附属医院捐赠给火神山医院的医疗器械，又一次抵达武汉。

大街依然空荡荡的，偶尔出现几个拉着购物小推车的行人。

路过十字路口时，行人绿灯亮了，张忠海缓缓刹车，他已养成车让行人的习惯，但奇怪的是，这些行人却不走，反而向邮车里的他招手。张忠海明白了，行人是在礼让物资车辆。看着风中静静站立的行人，张忠海接受了他们的好意，争分夺秒继续前行。

车辆不能直接去火神山医院，而是指定由武汉同济医院接货。通过导航的精准定位，张忠海将这批贵重的呼吸机顺利送达。门口保安给车辆消完毒，得知是给28号楼送货后，便在前面带路。张忠海发现，这里并不像网上说的那样混乱，院内搭着临时帐篷，几个佩戴志愿者标识的人组织卸货，忙前忙后，有条不紊。

张忠海准备下车帮忙的时候，一个穿着志愿者马甲的小伙跑过来，站在距驾驶室3米处，大声说："师傅，请不要下来，好好在车上休息一下！"但张忠海发现志愿者人手不够，而且这批呼吸机是在医院正在使用时特地拆卸下来援助武汉的，没有原封包装，为保证精密仪器完好，送到即可使用，他一路上开车都小心翼翼，避免颠簸。

　　想到这里，他整了整防护服，给手套上连喷几下酒精，下了车，帮忙把笨重的仪器一件件挪下来。关键时刻，作为在军营历练过的人，不能退缩，而且，自己"逆行"时写下了"不顾生死，不计报酬"的请战书，说到就要做到。

　　卸完不远千里送来的救命"宝贝"，张忠海在同济医院大院调头返程。预留车道对车体庞大的邮件运输车来说，实在狭窄，且两侧都有小汽车挡着，无法掉头。看着排成长队停泊的私家车，张忠海正暗自着急，这时，大院广播突然响起："28号楼口停车的各位车主，请你们赶快下楼挪车，给陕西运送急救物资的邮车清除路障！"

　　很快，楼里快步走出一位又一位车主，急急发动车辆，在志愿者指挥下让出一片宽阔的场地。挪好车的车主们，特地走到张忠海的邮车前，挥手示意。

　　有人说：对不起了，伙计！

　　有人说：谢谢你们！

　　有人说：一路平安！

　　张忠海在这些温暖的话语中将邮车掉好头，一个穿着防护服的工作人员在车前引路，一直把邮车护送到大门口，张忠海脚踩油门，准备驶出时，忽然从后视镜里看到，那人竟然弯下腰，向他鞠躬致谢。

　　在张忠海17年的邮车驾驶生涯中，这么隆重的礼遇，未曾有过。他的第一反应，是想回个军礼，或者说句话，最终却什么都没有做。在任务完成后隔离时，他终于有空，把这一路的见闻和感受，记在日记里："那一天恰巧是立春。去武汉时，天气阴沉，

☆ 正在中国邮政车辆上运输邮件

大雾迷漫。返程时，春阳明媚，照在身上暖暖的，很舒服。"

二

没有从天而降的英雄，唯有奋不顾身的赤子。

张忠海并不认为自己是"英雄"，但很看重胸中的一颗赤子之心，他把这称为"仁"。在一次给新党员做报告时，他在自己的稿子里写道："所谓仁，孔子解释为仁者爱人，我引申为热爱生活，爱是一切动力的源泉。"

张忠海爱的源泉，来自陕南一个山清水秀、民风淳朴的小山村。从小学到初中，张忠海每天必做两件事：上学和放牛。农村的学校下午两点半就放学了，做完作业，他就牵着生产大队给自家分养的两头牛到山上去吃草。

在近十年的时间里，生产队给他家分来大大小小好几头牛，不管是老牛还是牛犊，一到张忠海手里，他都养得膘肥体壮，健硕无比，成为村里耕地的主要劳力。

村里的大人们很好奇，问他：你这娃还挺能的，咋把牛养得这么好？

张忠海只是憨憨一笑，当时，他也说不清楚缘由。

长大之后他渐渐明白，其实没有什么诀窍，就是把牛当作自己的伙伴和朋友。20世纪70年代出生的穷孩子没有玩具，也没故事书看，就把爱全部倾注到牛身上，总是不怕路远，把它们牵到水草最丰美的地方，精心喂养。

正因为心中有爱，这个并没有什么养殖经验的小孩，做出了让成年人为之叹服的成绩。

中学毕业后，张忠海应征入伍，成为解放军西安政治学院的一名战士。他放牛养成的"用爱做事，做到最好"的品质，让他在一次打扫花圃卫生的过程中，脱颖而出。

那是一个冬日的下午，连队派新兵去清理花园的杂草和枯树叶。张忠海用扫把怎么掏也弄不干净，他干脆把手伸进灌木间隙，把落叶和杂草一片一片捡了出来，十几平方米的院子，费了好大的劲才干完，他的手也被灌木枝干划了一道道血痕。

指导员检查卫生时，在张忠海打扫的区域仔细看了看，立即召集全体集合，命令道：张忠海，出列！

是！张忠海应声而出，暗自忐忑着。没想到指导员走到他身边，忽然抓起他被树枝划出血痕的手，高高举起，说：

"大家看到没，同样的事，同样的时间，不同的人来做，就产生了不同的效果，为什么会这样？

"区别就在做事的态度，以热情、积极、负责的态度去做事，就会事半功倍；以消极、懒散的态度去做事，不但事做不好，你的人生也会很卑微，人的命运掌握在自己的手中，自己身上发生的事，都是由自己的心造成的。

"你们初来部队，在这个大熔炉里很快就会检验出你们谁是钢铁，谁是炉渣！"

刚刚走出大山的放牛娃张忠海，顾不上品味被表扬的滋味，完全被指导员这段铿锵有力的话震住了，直到今天他还记得当时自己的激动，还有心里掀起的惊涛骇浪。他回忆道："这段话点亮了我的精神世界，影响了我的人生。"

在此后的部队生活中，这段话像太阳，始终照耀在他的心头。他自始至终用热情的态度去训练、去做人、去做事，表现非常出色，并真的改变了自己的人生。

在部队服役期间，张忠海入了党，练就了过硬的驾驶技术。

获得3次嘉奖，连续4年被评为优秀士兵，连续5年获得优秀共产党员称号。

退役转业至西安邮区中心局从事长途邮运驾驶工作后，他每天工作、生活在不足2平方米的驾驶室，披星戴月、雨雪兼程。漫长的邮路枯燥且充满危险，但张忠海热爱这行当，"哪怕是一颗螺丝钉，也要做最牢固的"。他以车为伴，以车为家，待在邮车里的时间比在家的时间还要长，对待车里的零件都像对待家人一样爱护。

洗车、修车、养车，他干，技术堪比专业修理工；

急、难、险转运任务，他上！总是最给力的那一个。

不是冲锋，胜似冲锋。岁月荏苒中，先进个人、优质服务标兵、汽车驾驶技术比武冠军等荣誉不期而来。

三

从手牵放牛缰绳到手持钢枪；从手握邮车方向盘，到手举党中央、国务院颁发的荣誉证书；从在小山村翻山越河，到走进庄严的人民大会堂，参加全国抗疫表彰大会，张忠海迎来了人生的高光时刻，赢得了发光的人生。

第二次采访张忠海时，提起在武汉疫区那些危险的情境，我问他："你当时害怕吗？"

"顾不上害怕，相反，我有一种使命感，只想着争分夺秒。"

后来聊天时才知道，张忠海当时其实怕一件事儿：他不怕病毒，但怕洗澡。

在向武汉运送医疗物资、生活用品的近两个月里，张忠海不是在武汉与西安的路上，就是在单位的隔离室，一直都没有洗澡。

单位专门腾出房间,供抗疫车队驾驶员返程后临时隔离、休息。安装了热水器等生活设施,但暖气温度不是很给力。

"如果因洗澡受凉,感冒或发烧,跑不成了,我会遗憾终生。"

"不是我境界有多高,而是必须把这事做完,有始有终,不能半途而废。"

聊了一个下午,他始终没有提"劳模"两个字,事实上,眼前这位头发黑亮茂密、身材看上去比同龄人单薄的张忠海,已经是国家级劳模了。从他的日记、朋友圈的信息,还有此刻的言谈中,我感受到,他不是为当劳模、为争荣誉而拼命工作,更多的是因为成长环境铸成了他的这种做事态度、奉献精神。

他有着最朴素的认知:"既然劳模这头衔落到自己头上,就不能辜负它。最起码,要给儿子做个榜样吧。常年跑长途,陪儿子的时间真是太少了。"

仁爱的心、朴实的想法、笃定的信念,成就了张忠海,也影响了他身边的人。

张忠海用微信给我发来一条链接,我打开一看,是去年他"逆行"武汉后的隔离期间,陕西科技大学公众号发表的一篇文章,题目是:《一位大学生眼中的逆行者父亲》,文章中充满一个儿子对父亲的牵挂和崇拜,有两段话深深打动了我:

"身为西安邮政员工的父亲,身为陕西省劳动模范的父亲,不计生死,勇敢逆行,成为第一批支援武汉的人员!当我知道此事的时候,他已经在去的路上了。我把对他的担心化成了'父亲,加油'。"

"身为中国人,我对父亲这样的英勇感激涕零,心中充满爱和温暖。身为他的儿子,我无时无刻不挂念着父亲的生命安全,我希望他,能平安无事。"

文章署名为张俊尧。让我欣慰的是，他正是张忠海的儿子。

四

采访完张忠海后，我们在盛夏的酷热中告别。

他瘦高的背影很快融入大街的车水马龙之中。看着路上奔忙的行人和车辆，我忽然意识到，我们歌颂的英雄、逆行者，其实都是平常的人，他们的担当和爱，浸润在骨子里，融化在琐碎的日常中。危难之时，他们就会坚挺成一道道龙的脊梁。

如今，中国大地的新冠疫情早已得到扼制，那些曾经的泪水和笑容、别离和欢欣、奔跑和奋战，无论伟大还是平凡，都在被感知，被铭记。

开往春天的邮车，无疑是中国抗疫战中最温情的慰藉。

毋庸置疑，驾驶着长17米的绿色大邮车、手握35吨载重方向盘的张忠海，向国家肌体内的血管中，运输着营养，畅通了国脉，传递着中国温情。

在中国的版图上，国脉有多长，邮路就有多长，爱就有多长。

当戎装战士与绿衣使者在一个血性男儿身上相交相融，当军营绿与邮政绿成为一个生命心灵的色彩，注定会传爱万里，使命必达。

张兴无
帮您解忧愁的全国调解能手

郭志梅撰文

郭志梅

中共党员。陕西省信访局《民情与信访》杂志原总编。副编审职称。中国报告文学学会会员，中国散文学会会员，陕西省散文学会副秘书长、陕西省作家协会会员。出版有散文集《梅园晨心》和《晨心飞翔》，曾获全国冰心散文作品优秀奖等。报告文学《书法家刘平：苍茫人生巨笔路》获西安作协汉斯杯报告文学一等奖；《盛中国的琴与情》获《女友》杂志年度作品优秀奖。

有事找老张，先听其声

"在我眼里，张兴无主任就是一位'活神仙、活菩萨'！"2021年8月2日，在西安市丈八街道人民调解委员会张兴无调解工作室，张兴无的当事人汪女士发自肺腑地对我说。

从1978年8月至2021年6月底，"全国调解能手"、"陕西最美退役军人"、陕西省劳动模范张兴无为百姓调解矛盾纠纷达3175件，化解群体性上访事件上百起，其中有9起纠纷涉及金额高达400多万元，使50多个濒临破碎的家庭重归和睦，调处成功率达100%。

2021年7月8日，在省退役军人事务厅，我们十几位作家在150余位先进退役人员的名单中，各自"打捞"适合自己的采写对象。他们中有创业就业的模范、脱贫攻坚的带头人、抗疫救灾的逆行者……每一位都是那么优秀，但时间不容我细选。从《闪亮的星》先进材料目录里，我一眼发现了我熟悉的领域：基层矛盾调解工作。

曾经做过20多年信访宣传工作的我，当即报上我写作对象的名字：张兴无。

我将他去年报上来的先进材料带回家研读，略有些失望。张兴无已经64岁，在农村这样年纪是标准的老人了，他所居住的地方过去曾经是城中村：袁旗寨村。在我的想象中，他可能是个农村的"和事佬"、热心人，靠过去的老经验、老办法解决家长里短，可能写不出什么"花"来。

离交稿期限还有20天时，我第一次拨通了张兴无的电话，一个响亮的中年男声传进我的耳朵，一口普通话。

"我就是张兴无,明天无法接受你的采访,我刚住进医院,血压太高了,今天住院才第一天,之前遇到三爻村拆迁,夜以继日地在调解,把我忙晕了。你如果着急,可以先到医院大厅来,等我输完液,咱们可以聊聊。"

我说:"我想见现场,看看您接访调解的场所,观摩一两场现场调解,能与当事人谈谈更好。"

他说:"咱们加个微信,我先发你一些材料,等待我调解的案子排长队,一周后,你就可以过来现场采访了。"

通过省退役军人事务厅提供的电话,我加了张兴无的微信,他的网名真别致,他叫"有事找老张"!

一般人的心态大都是多一事不如少一事,麻烦事来了,能躲则躲。他却大声吆喝:"谁有烦心事,快来找我吧!"

这让我肃然起敬。

仔细一了解不得了,他原来这么优秀,颠覆了我的想象。影视公司以张兴无为原型的电影《第一道防线》,2021年4月30日获得陕西省司法厅批准拍摄,此前选报了十几位先进退役军人的事迹,最后只有他一人获得拍摄批准。

《西安日报》《人民日报》等媒体也都报道了"最美退役军人"张兴无的感人事迹。

我在网上点开这两篇报道,看完后我感慨道:我这采访对象真的不简单,绝不是站在街头巷尾叉着腰,凭老威望和生活经验为邻里纠纷"和稀泥"的普通人。

一周后,我估算着他该出院了。

再次拨通张兴无的电话,只听他大声说:"八一建军节前活动多,我从早上6点睁眼,到晚饭前,已经接了27个电话。"

本应住院一周接受治疗的他,却悄悄提前跑回了社区调解室,气得医生在电话里直"咒"他："你不想要命了！"

"我这病能拖一拖，群众的事不能耽误。"

8月2日，烈日高照。我如约来到西安丈八街道袁旗寨社区张兴无调解工作室，见到了笑意盈盈、身着白色短袖制服、胸戴红色党徽、一头黑发梳得整整齐齐的张兴无同志。

我从他的口中听到了他的故事，我在办公室的墙上和书柜里，看到了一面面锦旗、一本本荣誉证书、一册册已调解和待调解的案卷。

1974年冬，正在西安市第82中学读高中、身为团支部书记的张兴无响应国家号召，光荣参军。在荒漠戈壁，成千上万的军人为了祖国的国防，默默奉献自己的青春。几年来，在部队这个大熔炉里，使命担当的信念润物细无声地融入他的血液。

1978年秋，张兴无从部队退役回到西安近郊的袁旗寨村。最开始在村上担任生产队队长，由于踏踏实实工作，用心解决群众的实际问题，受到百姓的称赞。

张兴无从小受到在区司法局做调解工作的父亲耳濡目染，加上本村老支书推荐，张兴无成为村里的一名矛盾调解员。

为更好地开展调解工作，为群众提供更加高效周到便捷的服务，2012年5月，在当地政府的大力支持下，雁塔区首个以个人名义命名的调解工作室"张兴无调解工作室"在西安市丈八街道办事处袁旗寨社区挂牌成立，如今它已经遍布西安各区，数量达到15个。

作为"全国调解能手"，张兴无成功的秘诀是什么？我将问题抛给张兴无、他的同事王瑞兰、当事人汪女士以及调解的现场。

遇事找法，法是和谐之源

为了提高自身能力，更好地完成调解工作，多年来张兴无坚持自学各类法律法规，不仅通过自学考试获得了农村经济管理专业大专文凭，还通过考试获得了法律服务工作者执业证、婚姻家庭咨询师、心理咨询师等多种证件。

在多年的调解工作中，张兴无可以熟练地运用《宪法》《婚姻法》《物权法》《劳动合同法》《工伤保险条例》《消费者权益保护法》《未成年人保护法》《妇女权益保护法》《老年人权益保障法》《继承法》《反家庭暴力法》《土地管理法》《村民组织法》《侵权责任法》等相关法律条文进行调解。

2021年1月1日，《中华人民共和国民法典》正式施行，这部法典是守护我们新时代人民权益的宣言书，也是一部社会生活的百科全书，老张又将这本书印在大脑里。

群众有纠纷找老张，老张遇事先找法，用法解决问题，同时引导当事人和周围群众自觉守法。

2021年8月3日，我等到了去调解现场的机会。西安仍延续着三十八九摄氏度的高温天气，蝉鸣噪耳，没有一丝凉风，加上防疫形势严峻，市政府要求市民尽量居家，出门戴口罩。

因传说要拆迁，长安区两家邻居为了门前一点村上曾经的垃圾场空地而争执打闹，后来闹到派出所和法院。

调解这次纠纷的事儿找上了老张。于是老张带着民法典等法律文书和几枚公章一大早就出发了。我跟随前往。

我们一行从雁塔区出发，到达长安区的大兆村委会时，已经是上午十点半。老张当即召开有村委支书参加的甲乙双方协调会。

会上，双方先陈述各自的理由，老张根据国家有关土地的法律法规，指出双方合理和不合理的诉求部分，并拿出调解意见。

甲方康某首先情绪激动，表示不同意，同时不断用电话与身在外地的家人沟通。老张晓之以理，陈述国家土地法的威力，最后康某让一步，从法院撤诉，将起诉书中要求的因打闹误工等造成的损失赔款由3万降至3000元。

乙方杜某是否接受呢？老张又用"背靠背"办法，与杜某"咬"耳朵，避开了我们这些"旁观者"。

通过老张不断重申国家土地法（一户人家只能拥有一处宅基地），乙方同意放弃目前自己已使用多年并种了菜的150平方米宅基地。

最后，全部人员在大会议室再次会面。

经过几轮"背靠背"，老张掌握了双方的心理和真实诉求，像将军一样大手一挥，操着铿锵有力的陕西话大声宣布："既然都让步达成共识，遵守国家法律，大家现在就把合同签了，各自将村上盖章的申请原件、身份证原件取来，工作人员起草协议！"

老张和双方又前往有争议的150平方米宅基地现场查验。只见这片夹在两家之间的土地上面生长着绿油油的蔬菜、结满了金灿灿的玉米棒，簇拥着康家已经封顶的一层新房。

从现场回到村委会，双方家人已将村上盖过公章的申请原件送来，工作人员也将协议起草完毕，请老张最后审定。然后四方（甲方、乙方、调解员老张、村委）签字盖章，协议生效。

"啪、啪、啪……"此刻，盖章声音如此动听。

最后，老张和新上任的村支书共同重申合同内容："从此，双方矛盾一次性完结，对之前发生的一切不愉快不再追究。作为邻居的双方，应友好相处，彼此不得再打扰对方家庭的正常生活。"

疫情无情
调解暖人心
调解化纠纷
外乡打工遇难事
热心调解来帮忙
为残疾人办实事
真情温暖感人心
调解员
当事人

调解员
2012/10/22

甲、乙双方都点头答应。走出村委会的大门，我问双方当事人，对今天的调解结果满意吧？

"满意。"

"年轻人在城里上班，忙得很，双方老人为这点小事执着，年轻人时常被叫回来处理纠纷，影响了工作及正常家庭生活，老人也因此生病住院。这下好了，终于结束了，老张真是名不虚传。"

此时已是下午两点多钟了，老张还没有喝一口水，酷暑难耐，我们让他喝口水，他一再说喝水就要上厕所，没时间，回家再喝。当我们几人登上返回的汽车时，老张还不能与我们一起走，因为当地还有一件纠纷等待着他的处理。

通过这件事，我发现老张不仅仅是一位懂法高手，他会结合当地民情，合法合理合情地调解纠纷，让双方不再恶化乡情，还能让彼此的利益得到保障。

"一语不能践，万卷徒空虚"

习近平总书记强调："共产党人办事是求真务实的，要真正让人民群众获得实实在在的好处。"坚持实事求是、求真务实，要求用实际行动去影响群众。要锤炼"实"的作风，深入实际、深入基层、深入群众、深入田间、深入户头，了解群众所思所想所需所盼，搭准群众的脉搏，做到对上负责和对下负责相统一，使我们的目标与措施能够顺应民意，真正为人民群众谋福利。要强化"实"的举措，面对群众信访敢于直面难题，面对群众困难敢于挺身而出，面对群众问题敢于担当作为，"不驰于空想，不骛于虚声"。

张兴无能做到把群众当家人，把群众的事当家事，实实在在地为百姓排忧解难。

汪女士是高新区丈八街道某安置小区的居民，2008年9月，汪女士携女儿与带有一子的郭某再婚。婚姻存续期间，双方因家中经济纠纷、日常琐事等矛盾不断，后又在女儿的抚养权、上学费用以及其所住小区回迁后分得的安置房的处置等问题上产生误会、分歧，最终夫妻双方矛盾激化。

2020年底，汪某辗转来到张兴无调解工作室，了解情况后，张兴无当即表示将不遗余力帮忙进行调解。张兴无通过电话多次联系到郭某，想劝说其就此事做出让步，然而对方先后以上班没空、没有回旋余地等借口进行了回绝。张兴无想到了一个办法：找他下班时候打电话。于是，一段持续数日的"晚班"调解工作开始了。

本着在合法的大前提下让对方做出让步的原则，张兴无认真耐心地听取了对方的诉求。经与丈八司法所工作人员充分会商沟通，结合大量的前期情况调研，张兴无灵活运用"亲情感化"法、"背对背"调解法等，直击主要矛盾，通过在郭某和汪某之间多次往复交换意见，最终，双方表示愿意面见对方，协商和解。

2020年11月11日，在陕西电视台《帮忙有一套》栏目组的参与以及社区干部的见证下，郭某和汪某双方消除误会，并就汪某女儿的抚养权、上学费用以及其所住小区回迁后分得的数套安置房的处置等问题达成一致意见，签订调解协议。

2021年5月24日，为表达感激之情，汪某来到张兴无调解工作室，为张兴无调解工作室送上了一面印有"千方百计解民难，废寝忘食人称赞"的致谢锦旗。

不仅常有个人慕名求助，一些单位也来找张兴无排忧解难。

2021年6月的一天，西安某高校一位50多岁的餐饮合作者，在上班时间感觉身体不适，去医院就诊时猝死。学校按合作关系简单处理后事。

死者的老伴等家人从南方农村老家来到学校，在校门口抱着遗像哭诉，找到几条客观原因，要求按工伤赔偿，也不愿到法院打官司。有关方面找到老张调解，老张带着几位工作人员数次找到学校和家属，晓之以理，动之以情，从大局出发，从小处着眼，最终使学校向死者家人支付了较之前多几倍的赔偿。死者家人虽然意外失去亲人，以后的生活却不会受到太大的影响，因此停止哭访；学校虽然多支付了一些补偿金，但数额在情理之中，更重要的是社会稳定和学校的名誉得到了维护。

个别时候，张兴无也会碰到一些稀奇古怪的无法调解的"硬案"，这时，老张会耐心指点当事人怎样到法院打官司。

积微成著，成就调解能手

2011年1月1日，《中华人民共和国人民调解法》正式实施。2019年，党中央提出"开展坚持'枫桥经验'，实现矛盾不上交三年行动"，基于中国特色社会主义和中国传统文化孕育而生的人民调解制度，因此在国际上享有了"东方经验""东方一枝花"的美誉。人民调解是维护社会稳定的第一道防线，是化解社会矛盾、维护社会稳定、促进社会和谐的重要手段。

凭借多年不断学习进取的精神、扎实的法律知识功底，张兴无在各种矛盾纠纷调解中得心应手。他把基层调解员的工作形象地比喻为"赤脚医生""会开处方、会包扎、会心理疏导，各种疑难杂症都能迎刃而解"。日常工作中，张兴无十分注重总结和探索基层人民调解员的调解新模式、新方法，总结出了"法与情""背靠背""面对面"等多种调解方法。省内外司法部门专门邀请他讲课,传授调解的新经验。让我们来领略老张从实践中总结出来的授课提纲:

究竟怎样才能成为一名合格的人民调解员?

第一,要不断学习国家方针政策、法律法规等。

第二,善于用群众的语言打动群众。调处邻里纠纷常用"远亲不如近邻";调处夫妻矛盾,常用"苞谷面打搅团,爱娃不如爱老汉"……

第三,善于用心理学知识打开群众的心理之门。要做到"五心五要五不要":

(1)要以真诚的心对待双方当事人和事,不要虚情假意敷衍;

(2)要耐心听取当事人的诉说,待其讲完事件纠纷缘由之后再适时进行插话询问,不要急躁打断,更不要烦躁拒绝;

(3)要细心分析存在问题的根源,找出矛盾点,不要马虎从事,得过且过;

(4)要秉持一颗公正的心调解,调解员既要公正也要中立,不要存有半点的私心杂念;

(5)要坚定信心做好调解前的准备工作,把问题和风险想在前面,遇到困难不要灰心,记住办法总比困难多。

第四,善于抓住主要矛盾,挥快刀斩乱麻。我所见到的长安区大兆村宅基地纠纷调处进行到高潮时,老张经过几轮"背靠背"调解后,基本掌握了双方的心理和真实诉求,及时果断地提出建议,就是采用了这种方法。

曾经在区上做过接访工作的王瑞兰老师评价说:张主任在调解现场掌控力特别强,他看到火候差不多时,常常会帮当事人一锤定音,"身在此山中"的当事人,常常会患得患失,什么都想要,而老张这时就会替他们抓住"西瓜"，舍弃"芝麻"。

第五，掌握调解的一些技巧。比如怎样就当事人的优点先表扬、再有效进入调解程序；怎样和当事人共情，利用冷却待机法、亲情感化法、"背对背"调解法等进行调解。

第六，在调解中一定要以事实为依据，以法律为准绳，办事不徇私情，一心为人民服务。只有这样才会在人民群众中树立很好的调解威望。

咱当过兵，就永远是战士

采访到最后，我还是有些不解：

"您今年已经64周岁了，像您这样的年龄，不是在家含饴弄孙，就是在村口支桌打麻将，或者是三五成群约起，沉醉在祖国各地的大好河山……您对于人民调解这份工作如此热爱，这么拼命，天天不分昼夜，为群众调解各种疑难杂症，哪里有诉求您就出现在哪里，您图的是什么？"

"我当过兵，就永远是战士！"

"群众越信任我，我就越有动力！"

"群众将您当作知心朋友、家人，一把鼻涕一把泪地向你诉说他们的难事痛事，你能不感同身受吗？"

"看到一起难解的纠纷，经过我们的辛苦调解，双方握手言和，或是讨回被拖欠工钱，我就有一种成就感。这种成就感，鼓舞着我在这条路上继续走着，不知道尽头。"

老张的调解室被西安市司法局评为"西安市十大金牌调解室"，他的调解工作室为什么这么"火"？

"第一，人民调解简洁高效省时省力；第二，能实实在在为群众解决难题；第三，免费；第四，公正公平，不伤亲情友情；第五，上为政府分忧，下为百姓解难。"

"咱当兵的人，有啥不一样……"采访中，老张的军歌电话铃声不时响起。老张说："开调解会时，我肯定会开静音的。"

"这个铃声用了多久了？"

"自从出现了这首歌的铃声，我就一直用着。"

雄壮有力、节奏感强的《咱当兵的人》的歌声响起，如同部队出征的号角吹响，仿佛召唤老张，让他"呼啦"一声披上战袍，"雄赳赳、气昂昂"快速出发！

我参观了西安市内15个"张兴无调解工作室"中的2个。我好奇，老张每天上班会怎么选择工作地点呢？

他不假思索地回答："哪里需要就到哪里上班。许多时候，我在哪个工作室也不坐，我们坐在当事人的院子，站在当事人的田间地头……"

"你们调处的对象来自哪里？"

"只要是陕西省的，只要找到我们。"

"你们的团队有多少人？"

"目前有三位，除了我和王老师，还有一位本社区的42岁同志在兼职。"

面对未来，张兴无依旧干劲满满，还有许多梦想。

2021年下半年，除了继续努力学习、调解更多的案件之外，他还给自己制订了一个5年计划：他要培养一批实实在在的调解员，目标是每年每个工作室最少带出3个能够独立工作的调解员。

群众利益无小事，民生问题大于天。经过多年风雨的历练和自身思想的提升，张兴无对这份工作又有了新的认识，明白了人民调解是情与法的桥梁，是和谐的纽带。通过调解员的无私奉献，能实实在在地为人民解决很多实际问题。

什么是奉献？奉献就是一种不求回报的给予，奉献既是一种高尚的情操，也是一种平凡的精神；既包含着崇高的境界，也蕴含着不同的层次。奉献既体现在国家和人民需要的关键时刻挺身而出，慷慨赴义的精神，也融合和渗透在人们日常的工作和生活中。奉献就是把阳光送给黑暗的人，把温暖送给寒冷中的人，把帮助送给困境中的人，把勇气送给失落中的人……

我想起一篇流传甚广的哲理短文《年轻》：

"年轻，是心灵中的一种状态，是头脑中的一个意念，是理性思维中的创造潜力，是情感活动中的一股勃勃的朝气，是人生春色深处的一缕东风。在你我心灵的深处，同样有一个无线电台，只要它不停地从人群中，从无限的时间中接受美好、希望、欢欣、勇气和力量的信息，你我就永远年轻。"

我将这篇短文赠送给老张，希望老张永远年轻，争取为群众多调解几件棘手的纠纷，让更多的人感受到生活在这个时代的美好。

结束采访，老张告诉我，他又接下了一个百万元拖欠 10 年的三角债难案，听说欠款者老家的村子里要拆迁补偿，老张和受害人眼里顿时闪现出了亮光，酷暑、高血压、疫情都挡不住老张努力调解的脚步……

汪 勇
我依然是我

戴吉坤撰文

戴吉坤

陕西省作家协会会员,《陕西日报》高级记者,作家,摄影师。曾有18年的服役经历。先后荣获中宣部、中华全国新闻工作者协会授予的优秀记者荣誉称号;陕西省委、陕西省人民政府授予的先进个人荣誉称号;荣获陕西省委宣传部、陕西省新闻工作者协会授予的优秀记者荣誉称号;陕西省首届最美退役军人等荣誉。著有长篇报告文学《军人》,五幕话剧《地平线》,出版有长篇小说《栀子花开》。

这是鲜花的海洋、这是欢呼的海洋、这是幸福的海洋，用怎样的话语、怎样的心情、怎样的方式都无法表达。汪勇说，就像是做梦，最后他的印象定格在头上的警徽上，警徽不断放大放大，熠熠生辉。也许警徽这种象征，才能诠释这支队伍所承载的无上荣光。2019年10月1日，汪勇受邀参加国庆70周年庆典活动，是全国唯一一位登上"民主与法治主题彩车"的公安代表，接受了习近平总书记等党和国家领导人的检阅。

2021年7月1日，汪勇赴京参加建党百年庆祝系列活动，现场聆听了习近平总书记庆祝中国共产党成立100周年重要讲话。当《唱支山歌给党听》《新的天地》《没有共产党就没有新中国》的歌声在天安门广场唱响，当天安门广场冉冉升起的国旗映红一张张注目的脸庞，当1921—2021呼应着空中战鹰组合的100字样，汪勇说，那一刻，怎能不叫人激情满怀，怎能不叫人无限憧憬？

2021年7月31日，从下午到晚上，还是西安市公安局新城分局韩森寨派出所，时隔7年，我又一次和汪勇面对面长谈，再次行走在像是城市神经末梢的社区——咸东社区。

时间回到2013年，我几次到咸东社区采访，和汪勇在派出所值班室度过的那个不眠之夜记忆最为深刻。在他一段段近似内心独白——或隐秘、或坦然、或激越的话语中，呈现出一个军人情结强烈的立体人物。让我和生活在这里的居民一样与一个社区民警产生深深的心灵共鸣。不久，我以《我知道我是谁》为题，以积极践行党的群众路线的先进典型汪勇的感人故事多点切入，真实反映全省政法系统广大干警默默奉献的工作和生活场景。作品在省报整版刊发后，在全省公安干警中产生热烈反响，或许是因为这篇文章写出了人民警察共同的心灵独白，似乎在他们的精神世界里有一个和汪勇相似的原型。

在一个崇尚名人效应的年代，一些人痴迷"天下谁人不识君"，但也有人为名所累。

一个普通片区民警，在本职岗位经过7年的不懈打拼，成为媒体宣传的草根"明星"，作为公益宣传形象大使，出现在电视屏幕上。然而，在网上开展的汪勇现象大讨论中，有人说他是正能量的典型，也有人说他是在作秀。一时间，叫好声和质疑声交织在一起。

从人名到名人

2013年，是从部队转业的汪勇在咸东社区工作的第7年。

一天，西安市公安局新城分局韩森寨派出所民警汪勇接到通知，全省政法系统要组织他的事迹报告会。这天晚上，在所里值班的汪勇思忖着在报告会上该说些什么，便在心里打起了腹稿。这个时候的汪勇，其实正憋着一口气。虽然和当下甚嚣尘上的大众名人相比，他知道"汪勇"就是一个人名，但带来的却是真真切切的苦恼。网上一些并不了解实情的人说汪勇做好事就是在"作秀"，让他一口气堵在胸口咽不下去。

仅仅是网上的一些质疑声，怎么就让汪勇难以释怀呢？

心情难以平静的汪勇在值班室来回踱着步子，从警这些年的酸甜苦辣一起涌上心头。说实在的，如果不是这次作报告要理出一个头绪，他真不敢相信七八年就这样匆匆走过来了，社区成了自己真正意义上的家，就连这里的一草一木和自己都有了感情。汪勇想，一个管片的警察，管的都是一些婆婆妈妈、鸡毛蒜皮、上不了席面的事，能出什么名？可党和人民给了自己巨大的荣誉和褒奖，自己先后荣获"全省模范社区民警""全省基层勤廉榜样""全国人民满意公务员""全国模范军队转业干部"等荣誉称号，荣立一等功。可是如果没有所里战友的配合，没有社区居民的支持，自己能取得这些成就吗？何况，家人的付出难道是为分享自己的一半军功章吗？

给黄金顶买煤气灶，所长知道了非要给报销，可是，所里也没这项开支呀！这不是自己做好事，给单位出难题嘛！

给父亲看病欠了账，分局党委送来了一万元的困难补助金，叫他落下一个心病，这是多大一个情分哟！

已经 70 多岁的徐宝阿姨，平时看见他为社区和困难家庭花点小钱，总是抱怨说，你自己也困难，给大家干点活可以，就不要再贴上工资了，实在不行从我这里拿。

多好的居民哟！这些大爷大妈天天在社区巡逻，对自己的工作是多大的支持呀！

至于自己租住着几十平方米的房子，这很正常，在社区这样的情况不奇怪！

自己就是一个社区民警，把省、市领导都惊动了，省厅、市局的一把手还到家里来看望自己的老母亲，这实在是不好意思。

其实，工作是一种快乐，付出也是一种快乐，关键看你怎么理解。与自己相比，交警天天在马路上执勤不辛苦吗？刑警出生入死不危险吗？比自己更困难的警察家庭少吗？多少人在维护社会的安宁，人民的安全，谁不辛苦呢？

在荣誉和一片喝彩声中，汪勇反而心里不安。

2021 年 7 月 31 日，还是西安市公安局新城分局韩森寨派出所，从下午到晚上，我和汪勇再次长谈，而他在咸东社区工作已是有 14 年了。虽然，他当过副所长，现在已拥有一级警督警衔，荣获"三秦楷模""全国公安机关爱民模范""全国公安机关二级英模""全国优秀共产党员""全国时代楷模""全国最美奋斗者"等荣誉称号，当选党的十九大代表，但他从没有离开过咸东社区民警这个岗位。当城市的夜晚更为动人，汪勇也成为社区一道美丽的风景。更多人竖起的大拇指，汪勇坚守的初心不断收获了民心。

汪勇对社区长期有病的孤寡老人、重度残疾人、生活困难的居民，力所能及地尽心帮助。大家称他是社区生活的110，说他是困难群众的知心人。汪勇说，只有不愿和群众交朋友的警察，没有不愿和警察交朋友的群众！在片警眼里，不应该有边缘人。

直呼其名显真情

社区因建幸福林带，周边房屋可能要动迁，像黄金顶这些人怎么过渡？最近我跟社区协调，正在给他申请廉租房，这样，他暂时就有了住的地方。

徐宝阿姨也80岁了，身体已大不如前。有心脑血管病，颈椎也出现问题，很担心她的眩晕症。上个月又带她去陕西省中医医院开了一些药。

老李现在很正常，他呀，是我做社区民警以来让我最有成就感的一个人！他确实有间歇性精神病，但是精神病人有好的时候也有情绪坏的时候，只要有人用温暖和爱心守护着他，他就变得和正常人没有两样。

参加过抗美援朝的马清江，前年老伴不在了。老伴在时，天天给他蒸馍，面里放点玉米粉，蒸出的馒头有点甜味。他说，现在吃不上了，说着说着，抹起眼泪。

我有时候到西安周边塬上，或托在关中老部队的战友买来传统蒸馍。我这样做就是为了让他心里畅快些。但从老人的脸上，能读出岁月和生活的不易。

汪勇说起社区的人和事，如数家珍。

现在，汪勇的名气在周边可谓如雷贯耳，而不同的是，从过去声声"汪警官来了"到现在的"汪勇来了"，人们反而对他直呼其名了。对这样的改变，汪勇却很享受。

刚到社区工作时，汪勇实在没想过能有什么惊天动地的壮举。

以前，汪勇也听到社会上一些关于权力单位"门难进、脸难看、事难办"的说法。没想到的是，刚到社区走访群众时他也遇到进不了门、见不上人、搭不上话的事。不仅如此，社区警务室门外民警公示牌上，自己的照片还被人涂上了泥巴，这让汪勇心里很不是滋味。一打听，干这事的人叫老李，是一个精神上有问题的人，烧过人家的门帘，打碎过居民窗户玻璃，砸过邻居的门，搞得小区四邻不安，人见人躲。

别人见了这样的人能躲，汪勇不能。然而，在几次敲门不开，几乎是蹲守一样等到门打开时，屋里的电灯都不亮，脏乱差的景象着实让汪勇心里不是滋味。

汪勇马上找来电工，给屋里重新走线，让电灯亮起来。此后，隔三岔五就去和老李拉家常。老李下岗又离异，生活没着落，汪勇又联系他原来的厂子，多方协调，帮他解决了每月300元的生活补助。这以后，原来那个人见人躲的精神病人变了，对邻居也和气起来，公示牌上汪勇的照片被老李擦得一丝灰尘都不沾。原来，老李的病就出在"精神"上。他是一个"病人"，汪勇把他变成了正常人。

黄金顶患有严重的半身不遂，行动极为不便，50多岁了一直未婚。汪勇走访时见他喝药用凉水，一问才知道，煤气灶已经坏了一个多月，他饭都吃不上。于是，汪勇便给他买了新的煤气灶。没有电视机，黄金顶几乎"两耳不闻窗外事"，于是，汪勇又将自己家的旧电视送给了他。几年后，那台旧电视开始有"雪花"了，汪勇就又花600多元给他买了一台新的。一年四季，黄金顶一有个头疼脑热的，汪勇就带他到医院打针吃药。黄金顶常对人说："我无儿无女，汪勇就是我唯一的亲人，他的恩情，我下辈子做牛做马都要报答的！"每说到此，黄金顶总是泪水涟涟。

辖区那些无儿无女或者儿女在外工作的孤寡老人、空巢老人，不是腿脚不好使，就是身体有病，下个楼都困难，更别说是出门办事了。不管刮风下雨，汪勇几乎每天都要骑着自行车到社区转一圈，把群众要办的事记到本子上，省去了大家跑腿的麻烦。

一个叫周炎姑的住户，老伴去世后她回到江西老家。办低保时，身份证时效已过，要换二代身份证。周炎姑90多岁的人了，身体又有病来不了西安。汪勇就和周老太太联系，可她一口江西话根本听不懂，等找来一个会讲普通话的人，汪勇问一句，对方翻译一句。从索要照片、申请代办、上传信息、领取证件，直到寄走，都是汪勇一手包办。

张宝琴的丈夫原名叫王子茂，后来改成王志茂。2011年4月，他们想把存折里的钱取出来，可是银行说账户的名字和身份证上的不符，钱不能取。老两口前后往银行跑了三四趟，也没能把问题解决。着急啊！张宝琴来找汪勇，他马上要来户籍资料立即办理，第二天就把办好的户口本、证明材料送到了张宝琴家里。

都说有事找警察，在咸东社区，谁发现了形迹可疑的人、谁家煤气漏了、谁把钥匙落在家里进不了门，大大小小的事，第一个想到的是汪勇。

为此，居民编了这样的顺口溜："汪警官、个子小、心肠好，群众有难把他找……"

诚然，只要不构成治安问题，片警的职责就算尽到了。可汪勇认为，面对有困难的群众不能绕道走。我们是谁？又为了谁？这关乎人心向背！

不止一个人对汪勇说，不能让他为群众办事，既出力又出钱。他听了心想，自己1971年10月出生在湖南省沅陵县一个土家族山寨，那时候家里生活困难，只有两间茅草屋，一家六口全靠父亲挣工分维持生计。冬季屋里四处透风，把鹅卵石用火烧热抱在怀里取暖；夏天外面下大雨，屋里下小雨，脸盆、瓦罐都用来接水……那样的日子都过来了，现在，一切都今非昔比。当然，了解社区的汪勇知道，虽然大家富起来了，但困难的人群依然存在。汪勇心想，这些身体和心理上的弱势人群不可能不乐意和警察做朋友，虽然没有利益关系，自己也无权无钱，但人有难处需要朋友，衣服单薄需要温暖，自己不和他们做朋友，谁去和这些人做朋友？

对汪勇来说，把社区当家，把居民当亲人是最基本的工作。做工作的方法就是，将心比心、以心换心，你在做，大家在看呢！脱离群众无异于使自己边缘化。

后来，汪勇走在社区，老远就听到"汪警官来了！"现在，直呼其名的人多了，一张张笑脸，一声声"汪勇来了！"自然、亲切，没有了距离感。

汪勇从来没有意识到自己是权力的拥有者，但他却给许多的人行使公权办"私"事。

汪勇帮助社区刑满释放人员、吸毒强戒脱瘾的失业人员找工作，有时不惜"违规"操作。汪勇认为，只要牢记公权姓什么，为谁所用，就不会有问题。

权利是用来服务群众的

王伟姑娘已上了大学，儿子正上高中。他自己是深圳一家公司在西安的产品经销商，妻子还在医院打工，有五险一金，工资虽然不高，但工作稳定，生活已安定。

今天，说到一些人的变化，汪勇有些感慨，一个家庭有了困难可能遭受更大的磨难，也可能情况逆转。

在汪勇看来，实现一方平安有很多综合因素，治标还要治本，不然按下葫芦浮起瓢。那些年，作为片警他深有体会。

杜氏两兄弟，曾因故意伤害罪分别被判处两年和三年有期徒刑，父亲又气又恨，不久就去世了，母亲也远走他乡。2010年弟弟刑满释放时妻子已回了娘家，因为是事实婚姻，没有领取结婚证，孩子也一直是"黑人黑户"。汪勇找他谈心，他却不屑地说："你是能给我安排工作？还是能管我吃喝？"

为了把心灰意冷、人生失去方向的杜某拉回到正常的生活轨道，汪勇去他妻子娘家反复做工作，终于把人给接了回来。为了解决孩子的户口问题，汪勇从所里到分局找领导沟通。杜某从汪勇手里接过孩子的户口簿时，流着泪说："我再不走正道，就对不起你的一片苦心！"一见警察就有逆反心理的杜某从此和汪勇成了朋友，并积极参加社区组织的公益活动，成了义务巡逻员。

不久，哥哥也刑满释放，虽多次应聘，但当对方知道他的情况后工作都黄了。汪勇又说服居民并多方协调，帮助他办了一个老年活动室，先解决他的生活问题。汪勇知道，这些人已经摔了跟头，他们要回归社会一定要给予更多的理解和关怀。其实，对社区里这样的人汪勇都建有详细的台账信息。为了让他们有事干，汪勇一家一家找单位，自己做担保，紧紧拉住这些悬崖边的人不松手，努力让他们融入社会。

田军之所以对汪勇比对亲人还亲，起因是，三年前他被汪勇送去强制戒毒，过了不久，还不到解除强制戒毒的期限，汪勇又依据相关规定打了一份申请报告要求把田军放回来。为此，所长还发了好大一通火，以为中间有什么名堂。

这事汪勇也可以不管，但看到田军媳妇挺着个大肚子，快要生了。看到她婆婆汪勇就想到自己的母亲，不忍心婆媳俩住在一间没有暖气的老房子，冬天水管冻住了，用水都困难。何况她们对田军吸毒也是深恶痛绝，表示如果放回来，一定配合汪勇管好田军。于是，汪勇便打了那份报告。

田军会开车，可别人信不过他，不好找工作，汪勇又多次联系协调，帮他在一家卖汽车轮胎的店铺找了份拉轮胎的活。后来，田军不仅没复吸，还成了社区信息员。现在，田军的孩子一个在上高中，一个考上了大学，他的生活也很好。

王伟是在辖区打工的安徽人，2009年，想把儿子从老家转到西安上学，可学校不收，无奈之下跟汪勇说了这事。汪勇带着他往学校跑了好几次找校长。校长把他们领到教室说，现在没有多余的桌椅，再收，违反规定，再进，就只有坐到讲台上听课了！看没招，汪勇又协调另外一所学校，最后孩子入了学，王伟十分感动。

汪勇给居民办的最多的就是这些小事情，但他动的是真情，用的是真心。对待手中的权力，他知道该怎么用，怎么用不亏心，怎么用才安心。

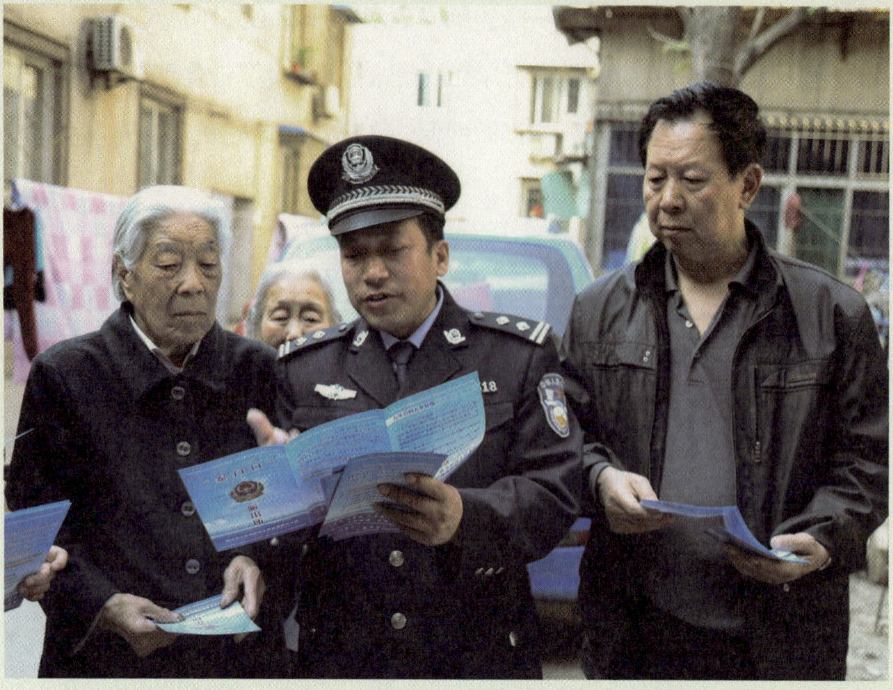

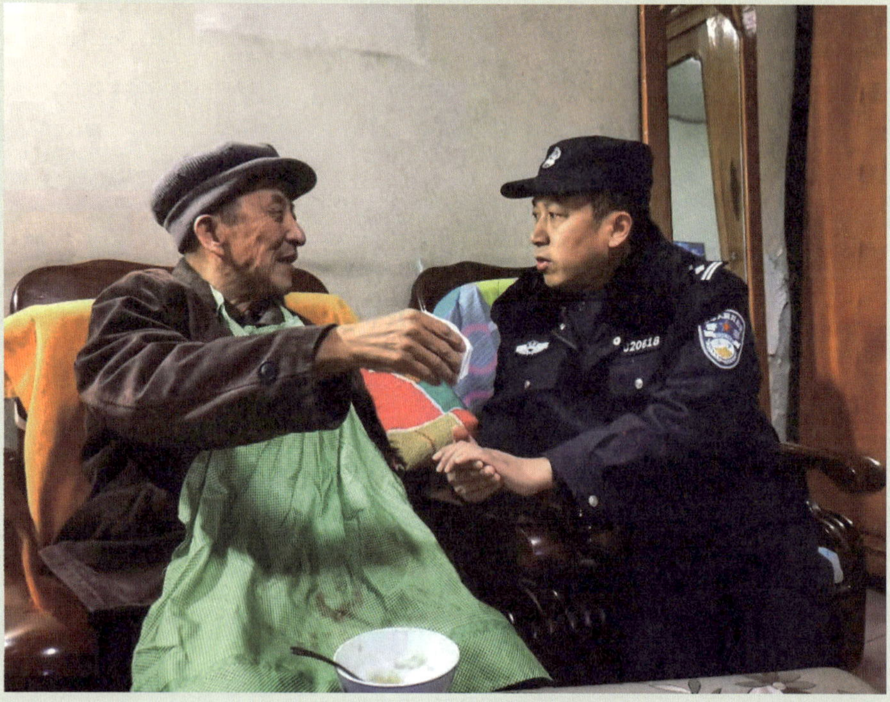

有些事是不需要汪勇亲自办的，但他办起来方便；有些事必须要他办，他是裁判。可是对待家人，用权力时他又显得太苛刻。汪勇的妻子是随军家属，按规定应该安排正式工作，可他认为，工作岗位是社区公共资源，辖区双职工下岗的也不少，自己不是最困难的。于是，他天天为给别人找工作磨嘴皮子，却从不为自己的妻子找接收单位。妻子在招待所打工，每天早7点出门，晚6点回家，一天要清扫20个房间。

汪勇在部队做过饭、开过车、当过卫生员和通信员，凭着勤快、肯吃苦，立功、入党，当班长、排长、连长，最后成为营职干部。转业到地方工作后，汪勇也曾经历过"水土不服"，但正是共产党员的理想信念和军人无私奉献的精神，让汪勇坚信，权力是一把双刃剑，只要用对脑子，端正身子，迈好步子，人生就不会走弯路。

咸东社区过去有四多：发案多、不稳定因素多、下岗人员多、流动人口多。汪勇一干就是七年。这几年，咸东社区成了发案率最低的社区之一，他的警务室也成了全省标杆警务室。

汪勇感慨道："有人说群众的工作不好做，我不信！有人说一些群众不讲理，我不信！有人说社会上有些人不好惹，我不信！"

警察是社会平安的前哨

多少次，军营的军号声、战友的唱歌声、训练场上的助威声回响在汪勇的脑海。正是军营那股洪流般的力量，让汪勇始终保持着一往无前、永不言败的军人性格，那是他战胜一切困难的精神动力。

都说警察是人民的卫士,一身警服英姿飒爽。而一名片警的背后,有着多少不为人知的艰难。汪勇不会忘记自己曾挨打的往事。

那是上班不久,一次出警见几个壮硕的青年对餐馆女服务员推搡打骂纠缠,汪勇立即上前制止,结果被打掉了帽子,撕破了衣服。最后,还是和所里赶来的战友一起才将滋事者带回派出所。

"王八蛋,袭警,是吗?!"那天气愤不过,汪勇还爆了粗口。

汪勇一到社区工作就听到家属院经常被盗的情况,他不信邪,深更半夜和两个老巡逻队员蹲守。夜里三点左右,两个形迹可疑人员正要翻窗入户,汪勇大喝一声:"住手,我是警察!"上前就扑倒了一个,另一个跑到院子门口,让两个老巡逻队员抓了个正着。这件事虽不大,却很快在社区传开了。

当警察像军人在战场上一样,就是要在老百姓遇到危险时,敢于堵枪眼。汪勇说,谁不想过安宁日子?谁不怕死?可谁让你是警察?让社会看警察的什么,不就是那一身威严的警服吗!那不是一套简单的衣服,穿上那身衣服是要为身后千千万万老百姓遮风挡雨的。

有一段时间里,有个家属院吸毒人员猖獗,几家发廊挂羊头卖狗肉,群众特别反感。汪勇连续蹲点守候,对在发廊里发生不当关系的人,顶住说情风,坚决予以拘留;对吸毒人员,坚决送往戒毒所。有人提醒他要小心自身安全,他坚信,邪气压不过正气。只要把群众调动起来了,就不会孤掌难鸣。

大家知道这是一个动真格的警察,和他的距离一下子拉近了,有什么话都乐意和他说。于是,有人又编了顺口溜:"走院落、查门哨,社区困苦都知道;常叮咛、勤走访,破案线索都知晓。"

有了群众基础,汪勇向社区领导建言,利用社区党建联席会的平台,成立了由 26 名驻地单位领导、保卫干部和家委会主任组成治安防范联席会，每月通报分析社区治安形势，研究部署防范工作。建立了29个社区治安值班室，组建了由173名社区党员和离退休人员参加的治安巡逻队，65名小区保安组成了专职安防队，小区有150人参与了治安信息队伍，社区出现治安异常情况，汪勇马上就能收到信息，迅速予以处置。汪勇还自费购买了360多个门窗报警器，免费发给社区楼层较低、位置偏僻的住户，从而使小区一天比一天安全。

要保证一方平安，靠一个片警够吗？不够，必须依靠群众。大环境好了，坏人就无处藏身，整个气场就顺了。汪勇对此感触颇深。

人防问题得到了解决，物防和技防仍是难题。一次，汪勇到咸东社区红旗批发市场检查防火设施时，看到一家冷饮批发部木质结构的屋顶上缠绕着电线，便建议老板用PVC管子将这些电线套起来，并配一个干粉灭火器，可是过了一段时间再去检查还是老样子。

当时正值盛夏，骄阳似火，也是冷饮生意最火爆的时候。老板只顾给客户开票、发货，想着让汪勇赶紧走人。可汪勇把袖子朝上一捋，帮着客户装起了货，最后警服全湿透了。老板拗不过，第二天就照办了。

咸东社区院落大都建于20世纪70年代，主管单位大多是倒闭或半倒闭的企业，经济条件差，安全防范设施严重滞后。汪勇跑企业、找物业，一次不行两次，两次不行三次，靠着这么一股劲儿，硬是在所有小区安装了探照灯和监控设备，重点地段拉设了防盗网，加高了围墙，极大地增强了群众的安全感。汪勇说，做社区工作要放得下身段，拉得下脸面，舍得下功夫。

那些年，汪勇记了23本日记，60多万字，内容有店面门铺检查、小区院落登记、户口调查、治保会议、大事要事、大型活动摸排、辖区发案分析、工作体会、工作纪实。在汪勇的电脑里，还以幻灯片的形式存储着社区的各种区域图、住户的分解图、消防通道示意图。他建立的每本台账都清楚地记录着办理事情的详细经过，甚至连当事人的联系方式都有，没有解决完的事情附有下次解决的方案。汪勇的体会是，只要把社区的功课做足了，工作起来眼睛才会更亮，耳朵就会更灵，心里就更有数。

0.52平方公里的咸东社区，汪勇几乎每天都要走一遍，双休日也是如此。有时白天在所里忙，晚上他仍要到社区转一转。就是凭着这种坚持，他对辖区的情况可以说已烂熟于心。他说社区工作好比自己的一亩三分地，只有精耕细作，土地才不会做假，庄稼才不会骗人。

汪勇在部队荣立过三次三等功，四次被评为优秀机关干部，获得过多次嘉奖，在部队不同岗位得到的锤炼和培养，给他转业当警察积累了丰富的管理经验，这种经验在警务实践中得到了充分发挥。他总结的走万里路、进千家户、解百家难的"万千百"计划以及"四个一""六必到""三不能""三个一把"等工作法，很好地规范了工作流程。汪勇形象地说，做社区工作和农民种地一样，要抓住每一个时令才行。

他结合自己的传统警务模式，不断提升社区警务效能，打造了e智社区警务工作平台，实现了让数据多跑路，群众少跑腿的目的，提升了社区警务工作的科技含量、信息含量和智慧含量。目前社区实现了零发案、零上访、矛盾零上交，社区已成为"无诈"社区。

"有今天的局面才有我汪勇的名声，守土有责嘛！群众不满意，安全漏洞多，失信于民，个人的价值又在哪里体现呢？"

"自己算是明白人吧！"汪勇自嘲道。

多少次，汪勇看着城市的高楼大厦，感动于一年一个新变化。然而，正是千千万万个汪勇，如同基石般牢牢守护着社会民生大厦的安稳。

母亲怕拖累他，当了八年保洁员；父亲怕拖垮他，住院时从医院跑出来；妻子怕影响他，一直在招待所打工；孩子想和他在一起，却很少见到他；汪勇很想还家人的"账"，可他面对工作没有选择，社区同样是他的"家"。

为什么眼里常含泪水

警察是万家团圆的保障。

年近80的双亲和汪勇的大哥一起生活在湖南老家，汪勇转业这么多年没有回老家陪父母过过春节。2020年春节前，汪勇的大哥因查出肿瘤住进了医院，汪勇也借春节休假回了一次家。让汪勇没有想到的是，他在回家的途中却得到新冠疫情暴发的消息。

大年夜汪勇回到家，让年迈的父母喜出望外，他们准备了满满一桌菜。那晚汪勇和父母唠了大半夜的家常。大年初一一大早，汪勇走到父母面前，怯怯地叫了一声"爸！妈！"双脚艰难地迈出了家门，身影最后消失在父母的视线里。

男儿有泪不轻弹。说到此时，汪勇一声叹息，低下头，久久没有抬起来。

直到今天，虽然没有说过"后悔"两个字，但要成为一名让人民满意的警察，汪勇知道他不是一个人在付出，是家人的理解和支持才让他满怀"幸福感"地一直在朝前走。可谓一分收获，一分亏欠。

父亲有慢性病，2009年10月，汪勇从老家把父亲接到西安去医院检查，结果发现父亲左肾已经坏死，要住院治疗。每天四五千块钱的医药费让他眉头紧锁，如果换肾，治疗费保守地说也要20多万元。从好心的医生那里知道实情的父亲坚决要出院，最后因拗不过汪勇竟然从医院偷着跑了。当汪勇找到他时，父亲厉声嚷道："今天，你就是用铐子铐，我也不住院了！"父亲之所以有病不治，是怕拖垮了自己呀！那一刻，汪勇和父亲相对而泣。就这样，还欠下3万元的医药费。现在，汪勇每月给父亲寄1000元让他在老家进行中医治疗，好在父亲病情一直比较稳定。

孩子出生后，汪勇把母亲接到自己当年的部队驻地县城，想让她帮着照顾孩子，也在城里享享福。可是，闲不住的母亲看到招收保洁员便也报了名。汪勇怕别人知道说自己不孝，还对母亲发了火。最后还是依了母亲，不是为一个月挣400块钱，只图她高兴。之后一有时间，汪勇也陪着母亲一起扫大街。转业到西安后，母亲又找到一家超市要当保洁员，考虑到孩子上学，妻子上班，自己又没时间和精力照顾母亲，汪勇同意了。没想2021年4月的一天，五点就出门的母亲迷路了，从家到超市仅1公里，她走到9点还没到。幸亏有手机，汪勇叫母亲坐上了出租车来到派出所。看到母亲的那一刻，汪勇心头一酸，眼泪止不住地往外流，怎么说也不让母亲再打工了。有时间他就给母亲洗洗脚、梳梳头、剪剪指甲，陪母亲说说话。汪勇想，母亲苦了一辈子，现在就是有天大的福，还能享多久呢！

当年，家里租住几十平方米的房子，妻子打工补贴家用。一次，儿子看到同学骑着漂亮的自行车，也想要一辆，但一直没能实现愿望。儿子知道家里的处境，很懂事，也不再提买自行车的事。现在居住条件好了，生活也好了，儿子也长大了。让汪勇特别欣慰的是，已经大学毕业的儿子，执意要当一名社区民警。

男人是家的顶梁柱，汪勇还有一个更大的家，那就是社区。汪勇每天早出晚归，为数不多的在家的时间里，也是电话不断。汪勇的手机号就印在警民联系卡上，每户居民都有，经常半夜里他的手机就响了起来。

有人说汪勇固执，警察当得窝囊。他却在心里发笑，谁不明白是啥意思！如果为群众办事要好处，老百姓还信得过你吗？每个人心里都有一杆秤呢！人们心里跟镜子一样呢！谁比谁聪明，谁不明事理呢？

很多人之所以不幸福，就是永远都不满足。汪勇感到自己得到的已经够多了。他之前从没想到过自己能走出大山，没想到能当兵提干，没想到会转业进大城市，没想到能穿上警服受人尊敬。也许这真不算什么，父亲有病没钱治疗，母亲老了还去当保洁员，妻子打工当服务员，可和社区那些鳏寡孤独、家庭变故、身陷囹圄，还有那些身在福中不知福的人比，自己虽然物质生活清贫一些，但父母双全，家庭温馨，工作充实，是很幸福的了！

正是有了这种对幸福的认知，汪勇才会把对亲人的爱全部融入工作中，他不太会唱歌，可《父老乡亲》这首歌他却唱出了自己的味道。

> 我工作在咸东社区，这里有我的父老乡亲……几多要求，几多期盼，几多情深……我要把热血和汗水播洒在这片土地！

无情未必真豪杰。汪勇每每唱起，总会想到和母亲在飞雪里清扫大街的情景，就像童年跟着她在地里玩耍；总会想到父亲佝偻的身躯，就像儿时趴在他那大山一样结实的脊梁上；总会想到社区居民对自己火一样的热情，瞬间就感到了自己肩上的责任……每每唱起，汪勇总是泪水盈盈，但那不是伤感，那是对生活的温情！

现在，汪勇为自己曾经纠结"作秀"的质疑莞尔一笑。他说："我依然是我！"

2020年10月，汪勇作为基层党代表赴京列席了中共十九届五中全会，并在大会讨论发言中建言献策。他作为基层代表先后在不同会议场合向党委政府积极建言献策21件，他的意见建议提案得到了各级领导充分肯定和积极采纳。

汪勇很是自豪地说，他要广泛运用名人效应开展各种公益宣传，在警营、学校、机关单位给大家讲党课、作报告、传经验。实际上，各级组织也在充分运用汪勇先进典型的引领作用，先后命名了"咸东社区汪勇警务室""枫桥式矛调汪勇工作室""向日葵汪勇关爱工作室""红领巾汪勇工作室""汪勇劳模创新工作室"等。以社区治理、矛盾化解、群众工作方法、培养关心下一代工作和违法青少年帮教及志愿者服务等多层面的实践教学示范引领作用的"汪勇工作法"不断显现。

2021年7月31日，从下午到晚上，汪勇的电话不时响起，大多是社区居民打来的。凌晨时分，我刚回到单位，汪勇给我发来微信图片，他又到了社区。对他来说，这是工作，也成了一种习惯。

又是夜深人静的时候，城市人家就像进入了一个个平静的港湾。有人说，和平是对军人的奖赏；而对于警察，社会的和谐安宁就是最好的嘉许。

王 飞
还要打得赢

章学锋撰文

章学锋

陕西散文学会副秘书长,出版著作15部,有作品被译成英文、印第安文、马来文、尼泊尔文。报告文学《风从中国来》受到中宣部表彰奖励。曾获中国新闻奖论文奖、冰心散文奖理论奖(第五、第八届)等国家级大奖。

一朝戎装穿在身，终生流淌军人血。

20多年来，在他的内心深处，那身帅气的军装从来都没有脱下过。无论在部队服役还是在地方服务，他都以铁的纪律严格要求自己，用实际行动诠释着军人的责任和担当，彰显军人"退役不退志，退役不退色"的崇高品质，始终以军人的姿态时刻准备着——

当兵时，他在东海舰队舰艇上，时刻准备着保家卫国；
复员后，他辞去公职去上大学，时刻准备着蓄势待发；
就业了，他意外迷上文学写作，时刻准备着战胜自我；
履新后，他辗转陕西山西多地，时刻准备着服务地方；
……

走进他的世界，我们真切地感知到一名退役老兵对人民军队那血浓于水的感情：虽然穿的不再是军装了，吃的不再是军粮了，听的不再是军号了，住的不再是营房了，但是，军人的脊梁依旧挺立，军人的衷肠依旧倾诉，嘹亮的军号依旧响起，军歌的壮美依旧不衰，军魂的牵挂依旧不变，军旅的情怀依旧难忘！

他是王飞，西安国际港务区西安港投集团副总经理。

在他诸多的社会职务和身份标签中，他最喜欢的却是"老兵"。

是的，老兵，一个脱下军装20多年的老兵。

"扑通"一声跳进了海里

1994年冬天，渭北农村的土塬上，一棵棵光秃秃的酸枣树，挺立在苍茫的天地间，积蓄着力量，准备迎接就要到来的春天。

在祖国的召唤下，身着迷彩服、胸戴大红花的少年新兵，一排排有序地整装待发，充满希冀地热情拥抱生命里的春天。

虽然是家中的独子，但能成为一名光荣的海军战士，却是王飞从小以来的梦想。

母亲虽有万般不舍，却还是给儿子的行李中装满了吃的，只想让儿子记着家里的味道。不善言辞的父亲，边为他整理军装，边叮嘱他："去了部队功课不能丢下，莫要辜负好时光。"

老旧的绿皮火车拉响了汽笛，王飞紧抱父母的双臂缓缓落下，一个军礼，一声保重，从此踏上军旅生涯。

这群兵的"待遇不错"，被火车拉到上海新兵集训营。白天一身泥满脸土，扛着红旗冲杀、手握钢枪练军姿，晚上看新闻练坐姿，虽苦且累，这却是淬炼筋骨磨砺意志的必由之路。

在六个月的集训中，王飞双脚没有迈出过营房一步，就连近在咫尺的黄浦江畔十里洋场，对他来说也像是个远在天边的传说。

在六个月的集训中，王飞学会了将被子叠得像豆腐块，爱上了英姿飒爽的海魂衫，学会了每晚用稚嫩的文字记录心得与体会。

在六个月的集训中，王飞由青涩变成熟了，曾经迷茫的少年意志坚定了，原本脆弱的心灵也变得刚强，不知不觉间变成了他小时候想象的那个模样。

在集训营善于独立解决问题的王飞，在完成集训后被分配到东部战区某防救船大队，成为一名守护舰艇心脏的轮机兵。

狭小的轮机舱内，轮机一启动，轰鸣声就不容躲避地往耳朵里钻。在这样的环境里巡查一个月后，王飞就能通过不同的声音，精确地判断出机器存在的隐患。他是如何做到的呢？原来，从小在乡村长大的王飞，如今把中医"望、闻、问、切"那一套搬了过来，用眼看机器的外观有无变化，用手摸机器的温度有无变化，用耳听机器震动的频率有无变化……

见这个新兵爱钻研，部队首长在表扬时，捎带着说：舰上柴油机一遇低温就启动困难，技术专家来了一拨又一拨都没能拿下，就看你们这群新兵蛋子中，有没有足智多谋的诸葛亮。

王飞听后暗自摩拳擦掌，一有空就钻进机舱里，摸机器的"五脏六腑"，了解机器的脾气秉性，遇上休假就到水兵俱乐部图书馆查资料。就这么着忙了几个月，虽然没有找到解决问题的钥匙，但他出色的表现却引起了俱乐部领导的关注。

不久，他被调往水兵俱乐部成为一名电影放映员。

因为电影资源有限，所以拿到一部电影胶片后，要在好几个地方轮换放映。影片从接手到发走，要认真核对，防止丢失。一旦忘了倒片，放出去就是倒立的影像。

每次接片后，王飞都会认真、反复地检查。当胶片调试好，正式放映中，仍需要时刻关注屏幕效果和胶片存量。每当光影在他的指尖飞速流淌，每当人群中掌声雷动，王飞的心情不由得愉悦起来。

在日记本里，他这样写道："一个好的艺术作品，只有服务群众，才能体现它的弥足珍贵。身为放映员，我最大的目标就是服务好大家，把更多好的作品展现给大家。"

春节快到了，俱乐部首长让他带上胶片去舰上犒劳水兵。出发前，首长反复叮嘱："一定要保证胶片安全。"

这是王飞第一次独自跑片。

海浪不停拍打着艇身，载满放映设备的快艇，艰难地迎风前行。王飞扯出防雨布，死死压住存放胶片的铁箱，生怕海水倒灌。

可越是紧张，越容易出错。

一个飞浪迎面而来，王飞猛地一个踉跄，脚下的铁箱顺势滑到了海里。在战友们的惊呼声中，王飞"扑通"一声跳入海里，一把抓住铁箱，浑身瑟瑟发抖，仰起头不停地喊："胶片，胶片！"

被战友救上船后，他迅速打开箱子查看，除了胶片盒上有少量水渍，其他都完好无损。歇了好一阵子，他才说了句："海水不仅咸，还特别苦。"逗得战友们连声说："这个北方兵，胆子真大。"

事后，他回忆起当时的感受："跳进海里的那一刻，我才意识到危险，海水冻得我一直打哆嗦，但我脑袋里只有一个指令，必须保障胶片安全，这是首长交给我的任务。"

这一年，17岁的王飞荣立了三等功。

业余创作，登上全国领奖台

1998年，退役后的王飞在等待分配时，看报纸查招聘信息，去应聘却屡屡失败。看着失落的儿子，母亲提醒他："你的那篇《关中秦腔》在县报上登过，你要不去那里试试？"

带上资料，他奔向县城。

时值仲夏，当王飞来到蒲城报社时，衬衣早被汗水浸湿。他说明来意后，保安本想拒绝，但又觉着大夏天小伙子也不容易，就暗示他进入走廊边的第二个房间。

看过王飞的简历和在部队发表的文章后，工作人员笑着说："文章写得挺好，你有新闻写作经验吗？"王飞略显尴尬道"没有"。

见状，工作人员递来一张白纸："目前报社不招人，你把电话留下，有计划了再通知你。"

第二天，王飞去蒲城县电台应聘，因为没有文凭再次失败。接连应聘，接连失败，让王飞意识到：自己与用人单位的需求还有很长的距离。

这时，他收到了退役军人安置通知，要求他立刻去县粮食局报到。到了县城，工作人员告知他被分配到了地方粮站。

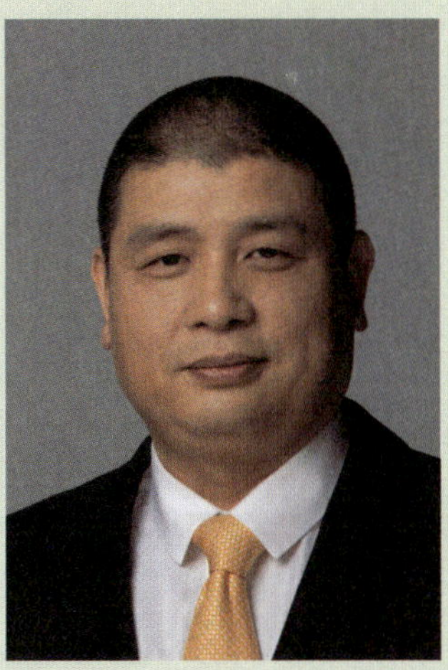

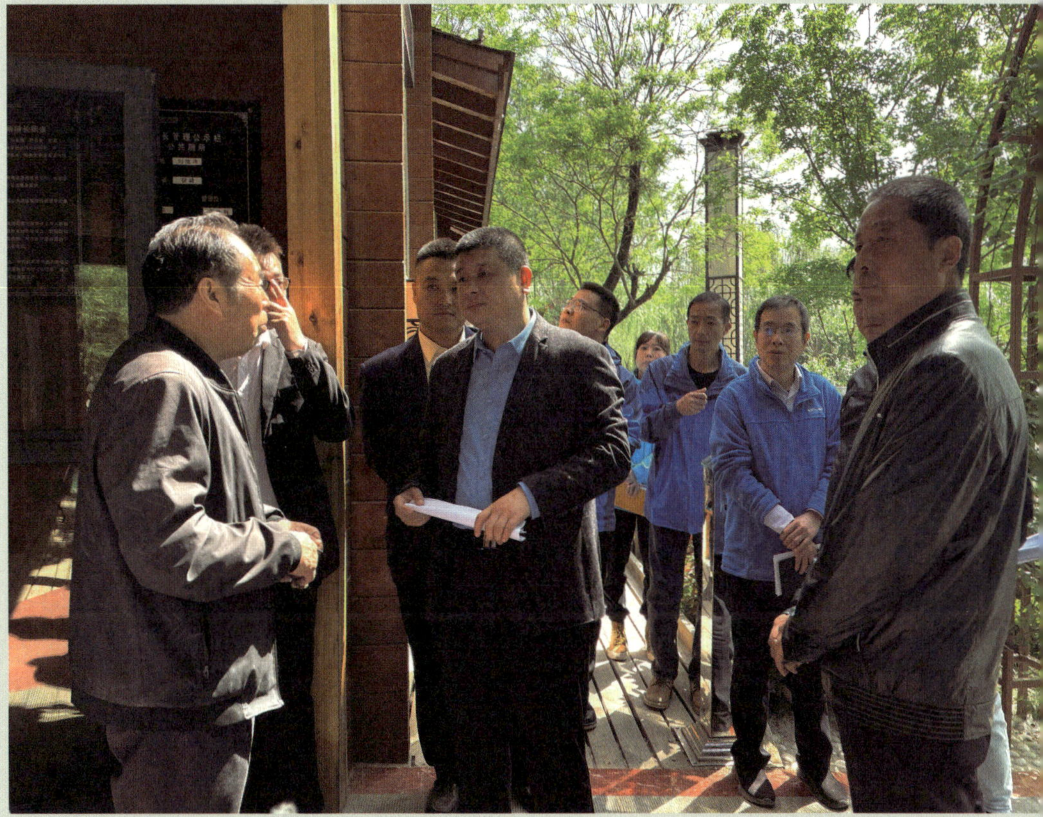

望着空无一人的谷仓，他突然萌生了辞职去上大学的想法。

在父母的支持下，他把考大学当成一场战斗，整天没日没夜地复习，终于如愿考上了渭南师范学院。

从军营到象牙塔，王飞比其他同学更知道知识的重要。除了在校系统的理论学习，他还利用暑期自己到西安实习。为了省钱，他在包底装一张易折叠的凉席，每天晚上以改稿子之名留在报社，等记者们下班后他就打地铺，天一明又精神抖擞地扫街找线索。

一天晚上，著名作家贾平凹来报社办事并和值班的编辑记者合影留念，恰巧王飞也在场。合影后，贾平凹得知王飞是退役军人，是考上大学假期来实习的后，欣然为他题字："祝王飞成功！"

从渭南师范学院毕业后，他成功考入杨凌农业科技报社。新入职的王飞，没有获取消息的资源，就装上报纸、拿着相机、背上公文包，看村两委会就进，见涉农企业就去。

1999年，"中国克隆羊之父"张涌教授培育的全国首例克隆羊即将在西北农林科技大学诞生。为了获得一手新闻线索，王飞与同行的摄影记者在克隆羊即将分娩的羊圈里足足住了3天，他们不分日夜，24小时不离人，终于迎来了克隆羊的诞生。一手的影像资料，真实的场景还原，有情感、有温度的新闻报道，是读者最想看到的。《克隆羊分娩记》这篇报道，当年获得了陕西省首届科技新闻一等奖，为杨凌示范区新闻事业赢得了荣誉。

王飞一边从事他喜爱的新闻工作，一边坚持他的业余爱好——文学写作。他把新闻的广度与文学的深度结合起来，先后在中、省重点文学期刊发表散文和小说等作品超过500万字。同时，他坚持为报纸"输血"，创新性地进行新闻与经营的深度融合，策划了系列大型涉农专题活动，受到了农民朋友和涉农企业的信赖和认可。

就这样，在竞争激烈的报社，他稳住了脚跟。

稳住脚跟的老兵王飞，又打响了一场新的战斗——业余进行文学创作。

岁月老人将大手轻抖了几下，瘦小的时间就从指缝间溜掉了。抓住每一个碎片化的时间，王飞不停地写作、不停地投稿，几年下来，竟成为小有名气的文学青年。

老兵王飞的身影，出现在了2007年举行的陕西省第五届作家代表大会现场。作为最年轻的作家代表，他受到了时任陕西省委书记赵乐际的亲切接见。

幸运大门一开，好事接连来。短短几年间，他凭借第一本散文集《信步南山》，站到了第三届冰心散文奖的领奖台上，接受冰心老人的女儿吴青亲自颁发的获奖证书；随后，他的另一本散文集《敞开心灵之门》荣获第三届柳青文学奖；接着，他的《月出龙门山》获得第五届冰心散文奖……

获奖，是对王飞业余文学创作的有力肯定。

曾任中国散文学会会长的林非先生，在读了他的作品后，给予这样的评价："王飞散文流露出来的那种和谐、恬静，是美的，是浸润人心灵的。他青春的年纪，有着如此平实的心境，极其难得。"

看到王飞业余创作成绩喜人，著名作家贾平凹再次给他题字："你已成功，祝取得更大的成功！"这题字寄托了文坛老将对文学新兵未来的无限厚望。

站在时代前列，抓好新机遇

瞬息万变的大时代，为心怀梦想的人提供了前所未有的广阔舞台。仿佛听到大时代的召唤声，王飞希望能有更好的平台展示自己。

2010年初夏，31岁的王飞再次辞去公职，从杨凌来到西安，加盟曲江文旅（集团）有限公司。身处一群80后同事中，没有年龄优势的他告诫自己：在新的战斗中必须打得赢！

丈夫的心，妻子最懂。为支持王飞全身心投入工作，妻子随他迁居到城中村附近一间不足40平方米的小房子。

文字写作的特长，让他很快受到集团领导的赏识。

2011年，他被委任为周至楼观道文化景区总经理助理，负责景区管理标准化建设、AAAA景区创建工作。看着郁郁葱葱的大秦岭，他有种回家的感觉，感觉身上又有了使不完的劲儿。不到三个月，他就完成楼观景区260个AAAA软硬件整改提升项目，实现了"当年开园，当年成为AAAA景区"目标任务。

这速度，在全国景区创A历史上都属罕见。

两年后，他主动请缨前往山西太行山大峡谷外拓项目。当时，当地村民正和开发公司闹得不可开交。

对当地村民来说，山林资源是自古以来上天赐予他们的生活之源。因此，山里的树林屡屡被村民过度砍伐。虽然王飞他们联合主管部门出台了一系列奖罚政策，但剃头挑子一头热，村民们不但不理会，甚至砍伐得更厉害了。

迈开当记者时走村串户的腿，王飞一个山头一个山坳地走访，终于从村民口中找到了答案——"山上的村民认为自己不但没享受到开发的红利，旅游开发还限制了他们获取自然资源的权利"。

第二天，有人在会上说让地方政府强制拆迁，有人说加大处罚力度，但显然这些硬对硬的办法只会激化矛盾。

怎么办？难道就此缴枪投降？

大家把疑惑的目光投向了新来的副总王飞。

这时，王飞灵机一动开口了：咱们企业毕竟是外来者，要想在这里扎根，就必须与村民和睦相处。但怎样才能和睦相处呢？办法一定有，只是目前我们没找到。但我觉着，还得靠笨办法，走到每户村民家中，蹲下身子去听他们的心里话，用我们的真诚去换取他们的理解和支持。

连续一个多星期挨家挨户地拜访，结果出乎意料：在王飞的协调下，一些村民自动加入公司护林队，由曾经的砍伐者成为林区的守护者。

2015年，上级发来一纸急令：照金项目和地方关系紧张，调你即日前去妥善处理！紧急受命的王飞，第一时间赶到项目地，6个月后就成功修复与当地的关系，稳妥处理了"薛家寨景区大年三十两机构同时售票"的紧急事件，还将困扰当地群众多年的庙会交通、人流拥堵问题也一并解决。

2016年6月，上级再次调王飞赴周至楼观景区任常务副总，主抓赵公明财神文化景区运营管理。凭借必须打得赢的军人精神，王飞借助传承千年的财富文化、道文化资源，打出了举办老子古银杏文化节、赵公明财神庙会，策划提升迎财、祭祖演出等系列组合拳，很快，景区旅游人数与经营收入出现大幅提升。

随后，王飞被任命为楼观景区管理有限公司总经理。在管理好公司各项事务的同时，他还用蟠桃大会、扶贫旅游专线、建议企业带头援建贫困户农家乐、鼓励员工上山消费等方式，帮助周至县山区果农解决了长期困扰的果子滞销难题。

王飞敢于创新，不忘初心的企业家精神和硕果累累的工作成绩，使他先后获得中国旅游景区协会"全国文化旅游景区高级管理人才"和国际旅游业管理协会"全国旅游景区百佳管理人才"

等称号。

2018年，王飞被任命为曲江海洋极地公园总经理。上级的这个决定，是对王飞的认同，也是对他的考验。因为，海洋公园里饲养着来自不同地域的海洋生物，管理起来非常困难。

这一次，老兵王飞是怎样化解这些难题的呢？白天他穿梭在一线，碰上问题就虚心地请教老员工，夜晚挑灯苦学专业知识恶补短板。

看见有年迈的动物生病了，他第一时间发动各种关系，联系专家会诊；

看到游客一手抱着小孩、一手提着大包寻找热水，他提出改造母婴室、增加免费饮水设备；

他提出改造提升游线环境，打造西部首个海底主题餐厅，招募太平洋咖啡、晨光文具、汉堡王等品牌名企入园，成功解决了游客在园区吃饭难、购物难的问题；

他借鉴迪士尼、长隆等大型主题公园经验，设计以白熊、企鹅为核心的VI形象体系，其中以景区Logo形象打造的景观雕像已成为极具代表的标志性建筑；

……

付出总会有回报。在王飞任职期间，曲江海洋极地公园动物繁育创历史新高，打破了多年流传的"非专业不可"的管理神话。

2021年9月15日，备受瞩目的中华人民共和国第十四届全国运动会在西安开幕。在全运会东风的吹拂下，西安城市建设大大提速，经济发展有效拉动，城市形象大为改观。随着西安奥体中心的建成，王飞出人意料地离开曲江投身国际港务区，出任西安港投集团副总经理。

从海军战士到考取大学，从新闻记者到国企高管，无论身在何处，老兵王飞都始终牢记着退役转业时，部队政委王寿宽亲昵地握着他的手，一脸严肃和认真地叮咛："在部队你是个好兵，到地方了也还要打得赢，别给咱部队丢人！"

"还要打得赢！"

一想起首长那语重心长的嘱托，老兵王飞的心里就掀起万丈波澜，仿佛又回到了当兵时的激情岁月，那熟悉的冲锋号声又在耳旁响起，他缓缓地举起右手，向着东海的方向，行了一个庄严的军礼。

敬礼，我的战友我的首长！

敬礼，我的祖国我的时代！

在新时代嘹亮的进行曲中，一个老兵正前进在新的征程上！

王 艳

永远最爱明天

章学锋撰文

很多认识王艳的人，至今都想不明白，那么多难以理解的"怎么会"，居然都能真实发生——

她生在军营学在军校博士留校，怎么会突发奇想退役？

她自主创业当老板服务社会了，怎么会坚持赞助篮球队？

她在事业风生水起蒸蒸日上时，怎么会远赴欧洲寻合作？

……

择一事，精益求精。凭着一股子军人的韧性，30多年来始终在口腔医学孜孜以求探索，成为五倍子防龋研究的探路人，受到同行和患者的点赞。

用一生，追求卓越。作为一名退役后自主创业者，王艳与世界口腔医学的前沿紧密互动，面对外国专家苛刻的条件，她和优德口腔用实力矫正了他们认知的"屈光不正"。

王艳，优德口腔门诊部创始人，非公口腔医疗机构规范化建设的引领者。

在她的故事里，浓缩着70后一代人与时代同频共振的精彩，闪烁着院校派退役人员追逐梦想绽放人生的火花，绽放着技术型退役军人不辍奋进砥砺前行的激情。

"每天清晨，我都把自己清零。我必须拿出百分之二百的气力，去处理好每一件或大或小的事。"

——王艳是这样说的，更是这样做的。

转业记
擘画另一段人生的轨迹

当年，递交转业报告这事就像拉了栓的手榴弹引爆后那样，迅即在教职人员中炸了锅——

"王艳转业了？"

"王艳转业了？！"

"王艳转业了。"

"王艳转业了！"

在老树成林的第四军医大学里，梧桐树在秋风中落下了最后几片枯叶，熟悉和不熟悉王艳的人们，都在用疑惑和惊讶的神情，议论着这个给凉凉的秋意带来了几分火热的爆炸性消息。

她是四医大口腔临床医学专业的博士，留校工作期间，因业绩突出多次立功受奖，2008年赴汶川地震灾区进行医疗救助，在国际友人来医院交流时担任同声翻译，作为中国军医代表在世界军医大会上发言，承担四医大口腔医院迎接教育部教学质量评估的组织任务，是医院人才梯队建设中的优秀后备骨干。

前些天，医院领导还动员她参与竞聘，这分明是要提拔的节奏呀。在这样的关键时刻，王艳咋能掉链子，不，不是掉链子，是放弃呢……

躺在家中的沙发上，王艳有些失落，也有些坦然。

往事，如电影中的慢镜头，在眼前渐次鲜活开来。

让她萌发转业念头的，源于一次到海拔近5000米雪域高原的慰问。在那人迹罕至的无人区，一名手握钢枪的边防战士，见到慰问的军医服务队后，笑容瞬间绽放在脸上，同时下意识地两腿并拢，稍息，立正，抬头，挺胸，敬礼。

在后来交谈中，小战士告诉王艳，这里没有信号，饭后和家人用固定电话通话，是官兵们的"幸福时光"。为祖国守边关，一听到亲人声音就高兴，再苦再累都不觉得了。

在接受完口腔检查后，小战士开心地笑了，伴随着充满阳光的笑容，小战士那深深皲裂的嘴唇溢出了鲜血。但他浑然不觉，只是悄悄地告诉王艳：谢谢您医生，你们来，我好幸福，好高兴！

王艳那不争气的泪水，倏地涌了出来，顺着脸颊朝下淌个不停。她突然心生愧意，和朴素可爱的战士相比，她甚至觉得自己不配穿这身军装。和作战部队的战友相比，我们在后方大城市的生活太优越了。

那之后的一些日子里，王艳想到了19世纪末的法国画家高更。在南太平洋塔希提岛上，面对浩渺大海和无边苍穹，他摊开双手拥抱着金色阳光，如同古代的哲人一样，提出了三个问题：

——我是谁？

——我从哪里来？

——我到哪里去？

生命的意义是什么——这个人类思索了几千年都没标准答案的问题，如厚厚的茧紧紧地裹住了王艳。

战国时屈原彷徨山泽，接连发出173个问题的《天问》，俄罗斯作家托尔斯泰暮年"我的生命意义何在？"的自语，柴可夫斯基《悲怆》交响曲中掩不住的绝望与忧伤，贝多芬《命运》交响曲里那不屈于命运的抗争……

这些震古烁今的灵魂之问，像钢钉般一枚枚砸进王艳的心。

她似乎看到了自己的未来：待在四医大，随着年龄的增长去奋斗相匹配的职称、职务、成果，以及荣誉。

不，我不要这样一眼望穿的生活。

我想要踏上另一道人生之路。

我希望自己未来边工作边生活，把工作和生活都变成自己最感兴趣的事！

和丈夫充分沟通后，在身为计算机博士的丈夫的大力支持下，王艳决定转业。

因为，相比今天，她更爱明天。

急促的手机铃声，将纷乱思绪的王艳拉回了现实。

来电者是院首长，他的话语简短有力：希望能与王艳面谈一下。

虽然首长极力挽留，但最终没能改变王艳的决心。

见她去意已决，首长盯着王艳，许久，不无惋惜地"唉——"了一声，语重心长地叮嘱：自主创业后，切记抓好管理。管理，八分靠个人魅力和个人素养，两分靠管理和行政上的理论学习。

淬炼记
俩导师文武真火育英才

我生在军营，长在军营，读书在军校，毕业为军官。

在我懵懂时，最熟悉最了解的是军营；

在我考学时，很本能很坚定地报考了军校；

在我择偶时，很自然很顺利地嫁给了军人；

在我工作时，听指挥按命令地留在了军校。

然而，我竟然要选择放弃了。

放弃自己熟识的环境，从容地关上那扇门，坦然地面对未知的世界。

2011年8月1日，自主创业后的王艳在博客上发了这篇日志。

转业，对别人来说也许没什么大不了，但对王艳这个连血脉都和部队粘连的人来说，实在是太不容易。

王艳的父亲是军队退休干部，曾任北京军区原某汽车连指导员。营房驻扎在太原附近，连队负责向北京军区运送物资。

和很多部队家庭一样，王艳的父母两地分居，母亲在湖北一所小学当老师。王艳朦胧记得，小时候每年寒暑假跟着妈妈，扛大包携小包辗转四天，乘汽车转火车等中转爬窗户睡椅下，历尽艰难，只为到营房和爸爸相聚。

后来，因为享受到军队家属随军的福利，一家人才得以团圆。

偌大的营房里，王艳风一样地满院子跑，去看官兵的体能训练，到厨房找有什么好吃的，与熟悉的兵哥哥说会儿话，和大人们一起看露天电影……

一轮日月，交替运行。

王艳在军营里无忧无虑地长大了。

王艳在军营附近的学校上学了。

王艳的妹妹也上学了。

姐妹俩每学期都将红彤彤的奖状捧回家。

填报高考志愿时，在父母的建议下，王艳选了军校，填报的是中国人民解放军第四军医大学。

9月，王艳进入四医大，成为一名口腔临床医学专业的军校学员。

起初，她觉着口腔太小了，似乎没啥可学的。随着学习的深入，才明白口腔医学的奇妙：小小的牙齿，有骨头有根管还有神经；保护在外的牙釉质最结实，往里的牙本质链接小管；再往里是牙髓，提供牙齿的神经和营养来源；釉质层一旦缺失，牙本质易敏感，刷牙或吃甜、凉、热时就有酸、疼的感觉……

于是，王艳又认真起来了。

相比今天，她更爱明天。

硕士研究生复试后，王艳忐忑不安地在家里等通知，复试组组长唐荣银教授约她面谈。

唐教授是个神一样的存在。

除了是中央保健局特聘专家、国家科技进步奖得主外，在学员中广为流传的是，唐教授28岁赴日本大阪大学齿学部留学，受聘硕士研究生导师后辞掉医疗部主任的职务，多年来从没招过一个硕士。

在王艳还发愣时，唐教授微笑着发出邀请：读我的研究生吧，怎么样？

不等王艳回答，唐教授又讲了做科研的态度，以及对未来应有的规划，叮嘱王艳要耐得住寂寞，要允许失败，要严谨，要忠诚于自己研究的结果，无论正面还是负面的数据，都要认认真真做出来……

两个多小时的交谈后，唐教授取出自己手书的孙思邈《医德》，说这是行医的根本，你拿回去背。送王艳出门时，他还坦诚地说：你如果不愿意，我今年就还不招。

因为这诚挚的关爱，王艳成了唐教授的开门弟子。

在科研教学中，唐教授非常注重实践感受。一次，为让学生们更细致地感知口腔结构，他躺下当患者接受学生检查。公开点评完后，他才将王艳拉到一旁悄声说，口镜上有个小刺，你刚把我的黏膜压疼了，记着，以后要注意。

窗外的叶，绿了又黄，黄了又绿。

转瞬间，该写研究生毕业论文了。写什么呢？王艳心里急得像着了火。可唐教授一点也不急，始终不指定课题，只是让她广泛地查阅文献，梳理成学科前沿综述后发来。至于论文的题目嘛，自个儿看着选。

因为，唐教授笃定地认为，正确的科研思维应建立在回顾文献的基础上，发现问题、提出问题、设计路径、解决问题。掌握这套科学的方法，就有了吃饭的本领。

一次课余交流时，唐教授感慨世界之大无奇不有：我们以齿白为美，但日本古代却以黑为美，当时人用五倍子的叶将牙齿染黑，结果他们的牙齿没一个坏的。又说起自己多年前看过的一则报道，某地出土了一套骨片做的铠甲，挖出来时铠甲完好无损。一化验，原来做铠甲的那些骨片被五倍子汁浸泡过。

说者无意，听者有心。

几个月后，王艳拿出了硕士论文《中药五倍子防龋的试验研究》。这篇文章，成为国内研究五倍子与牙齿关系的开创性成果。

遗憾的是，王艳没有将五倍子与牙齿的关系继续研究下去。因为，她考取了段银钟教授的博士研究生，研究方向是牙齿正畸。

段教授长期忙碌在口腔正畸学专业医疗、教学、科研第一线，是国内顶尖的技术型专家，兼任十多家专业杂志编委，享受国务院特殊津贴，大大小小的获奖更是无数。

经验顶尖的段教授，为人宽容，脾气又极好，对弟子说话和风细雨。段教授格外重视临床技能提升，要求弟子一周五天上临床，每晚7点后去做科研，每周都进行组内讨论，旨在让弟子们掌握扎实的临床技术，以便将来推动口腔正畸领域的进步。

唐教授注重弟子思维方法的培训，段教授注重技术实操能力的提升。能先后进入两位名师门下，好多人都说这是王艳的福气。

多年后，当王艳自主创业时，才更深切感悟到两位导师珠联璧合般教诲的重要，一个赋予了自己科学思考问题的软实力，一个传授了她得以安身立命的过硬本领。在两位导师文武兼备的真火淬炼下，王艳成长为一名出色的口腔学军医。

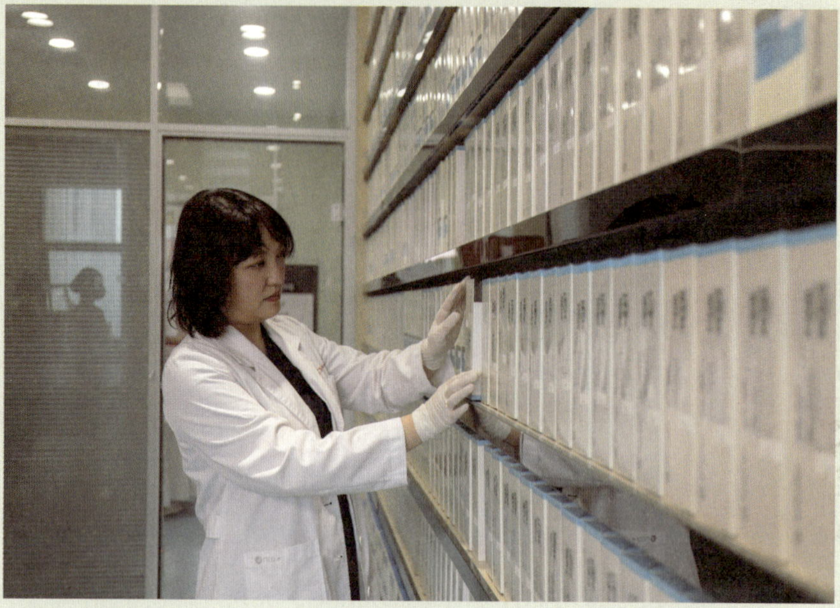

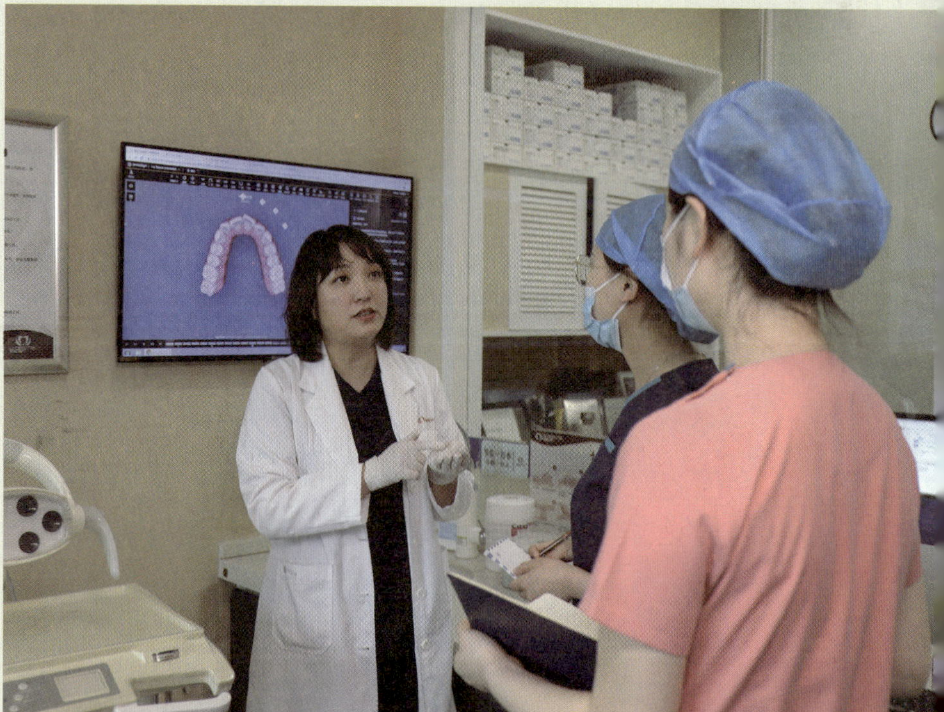

创业记
创造一个可以复制的品牌

在王艳思忖着如何向老爸解释时,父亲的电话打过来了:"听说你不干了?"

"嗯。"这比蚊子声还低的声音,连王艳自己都听不清。

"我和你妈支持你。"表完态后,老爸顿了一下,"自主择业是党和国家给军人的福利!这样做也是给国防建设做贡献!你要真是过不下去了,老爸还有退休金!"这熟悉的充满磁性的声音,传递着最深的理解和最浓的真爱,听起来让人心里真舒坦。

没多久,王艳的妹妹也脱下军装,去了一家医药企业。

两年后,邻居告诉回家探亲的王艳:一次,在电梯里碰见你老爸,我故意调侃他,两个女儿这么叛逆,砸了铁饭碗,你一定气坏了吧?你老爸居然眉开眼笑地说:气啥呀?俩女儿都干了各自爱干的事,还为部队减轻了负担,我高兴还来不及呢!

做事,从熟悉的领域干起,成功的概率会高很多。

和妹妹转业后继续从事生命科学研究一样,王艳辞职后仍然决定继续从事口腔医疗事业。但做什么样的口腔医疗,具体怎么做,她自个儿也没想好。在脱下军装的头两年里,她选择用间歇式旅行来放空自己。

既然擅长给病人看牙,那么就干脆开家门诊部吧。

那么问题来了,开诊所光有技术是远远不够的,还需要场地、设备、雇人、营销、管理、宣传、核算,以及掌握税务、市场营销、股权交易等等一大堆知识。

拿出做科研的看家本领,王艳从网上搜索出数百家口腔门诊的资料，又徒步走访摸排了几十家口腔诊所，按照发现问题、提出问题、设计路径、解决问题的科学思路，依托大数据分析技术，她对即将到来的"新生儿"进行了立体多维的构想：面积在1000—1500平方米、15张椅位、人员50名左右。

在扼杀数以万计的脑细胞后，一份个性鲜明、内容详尽的创业书脱颖而出——

企业名称：优德口腔；

企业愿景：创造一个品牌，创造一个可以复制的品牌；

企业理念：爱人如己；

企业美德：仁爱、乐业、感恩、勤勉、乐观、忠诚、责任、诚信、协作、坚持；

企业价值：先做人再做事；

……

在建构好企业发展、企业文化等大的宏观面时，王艳对选址要求、规模面积、装修细节、客户体验、资金来源、人事管理、市场营销等小的基础面，也进行了精准的量化指标。即将创办的优德口腔，不仅要成为非公口腔医疗战线的方面军，还要三五年内在其他城市开分店，争取成为正规军主力军。

相比今天，她更爱明天。

2014年12月20日，王艳写下生命中很重要的一笔，优德口腔门诊部开业了。

步入门诊部，久违的舒适感会爬上心头。微笑着的员工，给人以家人般的尊重和关怀。推开诊室的门，暖阳从窗口流进，一切都亮堂堂的，让人心头暖融融。

这个在采光、通风、景观、色彩搭配、椅位摆放、诊室面积等方面都让人感觉特舒服的门诊部，很快就引来了大量求诊的顾客。出人意料的是，很多口腔从业者竟自发前来观摩。

患者们谈论的是，这里有三甲级医院的技术实力，超三甲级医院的舒适环境，以及低于三甲级医院的收费；同行们谈论的则是，这里的装修风格、流程规范、技术设备、薪酬制度、人力管理等运营体系都很现代。

就这样，王艳和她的优德口腔成了人们茶余饭后的谈资，成为整个口腔医疗行业特别是非公立领域的行业标杆。

各方面步入正轨后，王艳只身飞到了香港，参加隐形正畸大师班的学习。始终保持技术领先，是她多年来不断成功的秘密武器。受益于此，她还特别规定：优德口腔从开业起，每周一为停诊日，全员学习充电。

不久，王艳掌握了国际领先的隐形正畸技术，成为西北五省区的唯一。

2015年9月3日，中共中央总书记、国家主席、中央军委主席习近平在纪念中国人民抗日战争暨世界反法西斯战争胜利70周年大会上的讲话中宣布：中国将裁减军队员额30万。

有关系好的老同事转业后，私下问王艳：你会未卜先知吗，咋能提早几年就知道要裁军？而更多的同事，则前来学习王艳成功转型的"门道"。对此，王艳知无不言言无不尽，她真心希望每位脱下军装的退役军人，都能尽早地认识自己、完善自己、超越自己。

王艳要干的事太多了。

卫计委通知她，中国非公立医疗机构协会基层医疗管理分会要来搞个调查，请你们务必做好配合。调查进行得很细致，问题设置得很密实，只是调查完后，来人没说什么就走了。

完成这事的一年后，她突然接到通知，受邀到上海领奖。

在颁奖现场，王艳才知道：她参与的那个调查活动，是国内首个面向非公医疗机构组织的评选活动。全国有30多个省、市，涵盖各个医学科目的16000多家医疗机构都参与了。

让王艳没有想到的是，创办不到三年的优德口腔成功跻身"全国十强诊所"行列，是西北地区唯一的上榜机构。

聆听着到场时国家卫计委领导的讲话，王艳的心思再一次激荡起来：一定探索好非公口腔医疗的规范化建设和模块化建设。

成为"全国十强"，让王艳和优德口腔站到了更宽的新赛道。

根据国家卫生发展现状和医疗市场竞争需要，优德口腔2017年做出向不同地域稳步推进的战略规划和力量布局，成功地将品牌复制到一线直辖市——重庆和经济发达的基层县——陕西省咸阳市彬县。至此，优德口腔为200多个家庭的成员提供了稳定的就业和职业收入，成为拥有40多位高学历、高素质、高技能医护人员的专业团队。

抵达意大利米兰后，王艳急匆匆地直奔意大利医生集团，根本无暇去看一眼达·芬奇那幅闻名天下的画作《最后的晚餐》。

作为口腔医学博士，王艳一直关注着世界口腔医学的最新动态，意大利的口腔美学修复享誉全球。这次来意大利，她就是专程拜会DSD微笑设计创始人Bin教授，商讨合作的可能。

得知王艳到来后，Bin教授特意停诊，并在宽敞的教室里，给王艳一个人讲了堂世界口腔前沿动态的课。

在随后的磋商中，王艳用纯正的英语与意大利同行流利交谈，微笑着回答了他们的各种提问，并就优德口腔的现状进行了详细介绍。

愉快而短暂的五天一晃而过，王艳真诚地邀请意大利专家来西安，进行深度合作的考察和进一步磋商。

2019年秋，意大利医生集团一行飞抵西安。接连几天，他们以欧洲人特有的挑剔的眼光，将优德口腔看了个底朝天，然后微笑着发出阵阵"It's very satisfying（非常满意）！"的喝彩，双方还草签了合作的框架协议。

就在一切都朝着美好方向运行时，一场突如其来的新冠疫情爆发了。所有的一切，不得不搁浅。

因为疫情，数字化医疗顿成新风口。居家隔离的王艳突发奇想，搞一个数字化口腔门诊，配置最先进的仪器和设备，联系全球最顶尖的口腔专家，让顾客享受可视化的一流服务。

想到，马上就做。

于是她重操旧艺，通过互联网穿越世界各国主要的数字化口腔门诊，一步步地描绘起自己新的蓝图。

作为退役军人创办的企业，优德口腔从开业第一天起，就对退役军人顾客优先治疗，并给予8.8折优惠。

2015年的一天，有战友和王艳闲聊间，说自己组织了个20多名转业军人组成的篮球队，可是没有固定的训练场地，以至于训练无法定期进行。听到这里，王艳当即就表态由自己来赞助。

很快，她找设计寻厂家，出钱给战友们设计了第一批队服。

于是，"三秦军转——优德口腔篮球队"应运而生。

6年多来，篮球队每周日上午训练，一年至少50次；人数也由最初的20多人，发展到现在的400多人，成为陕西联系军转人员的一支重要的社会力量。

没有人知道，王艳为球队赞助了多少资金。

为此，王艳先后荣获陕西省退役军人事务厅首届"十佳创业导师""陕西省最美退役军人"等荣誉称号，优德口腔成为"陕西省自主择业军转干部明星企业"……

在王艳从市场小白成长为创业导师的过程中，陕西省退役军人事务厅始终在她身后提供了强劲的支持。2020年，国家退役军人事务部孙绍聘部长一行来陕调研退役军人企业复工复产情况的工作会，就选择在优德口腔的会议室召开。

王艳的聪慧和勤奋，让她迎来了接连的好运——

闻名口腔医疗界的恒伦集团与优德口腔强强联手，已经摁下了口腔医疗机构上市的按钮；

山西省教育厅已经批准成立口腔专修学院，邀请王艳出任首任院长；

王艳的数字化口腔门诊即将在西安曲江揭开神秘面纱，意大利专家团队愿为王艳的顾客提供全球视频会诊服务……

自主择业以来，王艳以平凡的行动实现着不平凡的人生价值，用一滴水展现出了太阳的光辉，向世人证明了来自院校的退役军人创业后，在市场经济这个特殊的战场中，依然是来之能战、战之必胜！

——我是谁？

——我从哪里来？

——我到哪里去？

或许，我们可以告诉高更老人：一个中国军医用退役后的创业行动，对你的"三问"给出了她的答案——我是一名自主创业的军人，我来自军队，我服务人民。

相比昨天的辉煌和今天的充实，我们应该更爱明天。

更多的精彩，在明天等着王艳。

她永远最爱明天！

张 权
用创新去超越

章学锋撰文

只凭借一束秀发的悬吊,红衣女孩凌空飞来,翩若惊鸿、矫若游龙,好似敦煌飞天来到眼前。牛年央视春晚的这个节目,因为惊、奇、险,在播出后的刹那间,震撼了亿万挑剔的观众。

节目还正播着呢,有看出门道的观众,第一时间留言:"天哪!这是濒临失传的千年吊发杂技啊!""红衣女孩了不起,将吊发的柔美与力量展现得淋漓尽致!"而更多的观众,干脆用"看呆了!"三个字表达叹为观止的心声。

万能的朋友圈里,关于这个节目及其幕后的解读,正以飞天的速度不断刷新——

红衣女孩叫刘枭,听说来自古城西安;

她10岁开始学杂技,14岁起练习吊发技艺;

这种将全身重量悬在头发上的技艺叫"悬辫";

据说,会这种技艺的人全国不超过5个;

这个团的团长更是"大牛",团里多次上春晚了……

安徽打底

红衣女孩刘枭是西演·西安战士战旗杂技团的演员,这个团的团长是张权。

和刘枭一样,人们也是通过央视春晚知道张权这个名字的。

在2013年蛇年春晚上,张权和搭档赵丽上演的杂技节目是《冰与火》。两人以男子阳刚的力量与女子阴柔的美好,用美轮美奂的表演生动呈现出高难度的危险动作,让亿万观众在5分27秒的春晚时间里,在现代时尚的舞台背景切换中不断欢呼,迸发出对中国杂技东方神韵的强烈认同。

在网上,这个杂技被热烈讨论,许多女网友直抒胸臆地表示

"非常喜欢"，而男网友的观后感则集中在"难度好大"上。

蛇年春晚是哈文导演执掌的第二场春晚，为了能办一台更精彩、让观众更难忘的春晚，她特邀了国际大腕席琳·迪翁加盟，请国内郭德纲、那英等文艺名流参与，可谓强手如林。在随后央视元宵晚会上揭晓的"观众最喜爱的春晚节目"名单中，张权的《冰与火》不负众望地榜上有名。

首次亮相春晚就折桂归来，之后的张权和他的杂技团似乎摸到了上春晚的门路，开了挂似的多次拿到亮相春晚的入场券。截至2021年上春晚的刘枭，张权和团员们带着原创的精彩杂技节目，已先后七次亮相央视春晚这个全球华人最为瞩目的大舞台了。

台上一分钟，台下十年功。

没有人知道，为了在春晚舞台上的华彩绽放，张权已在杂技领域奋斗30多年了。正如著名作家冰心说的那样："成功的花，人们只惊羡她现时的明艳。然而当初她的芽儿，浸透了奋斗的泪泉，洒遍了牺牲的血雨。"

1985年5月，上苍把张权生命的种子，播撒在安徽淮北一个普通的工人家庭。

因为工作原因，父亲经常满世界地出差，喜欢和有一技之长的人交朋友，对杂技表演艺术情有独钟，认为练杂技不仅能锻炼身体，练好了还能出国交流为国争光，甚至还能上春晚。

父亲的这个念头，成为推动张权走上杂技之路的重要因素。

六岁那年，父亲送张权到当地一位豫剧老师家学艺。父亲让张权平时就吃住在老师家里，到了周末才能回家，为的是确保张权打下扎实的童子功。

老师有三个儿子，张权成了家中的"老四"。孩子们在练习豫剧、武术、体操之余，练得最多的就是在毯子上"拿顶""下腰"，翻、腾、扑、跌、滚、摔，将汉代百戏中常见的表演技艺学熟练会。

这年冬季的一天，张权回家过周末，临走时答应老师第二天还来练功。次日 6 点多，他就从被窝里醒来了。母亲打开家门，见门外天寒地冻的，路上连个行人也没有，就扭头疼爱地说："这冷的天，不去了吧，回头妈给老师说。"

但张权爬起来非去不可。他的理由是：答应的事就要做到。

张权在老师家里待了五年，直到 11 岁考上安徽安庆的安徽黄梅戏学校的杂技班。

创建于 1958 年的安徽黄梅戏学校，是一所面向全国招生的艺术人才学校。在这所学校里，张权扎扎实实地又学了 5 年。作为学校重点培养的新秀，张权随学校团队先后出访了俄罗斯、波兰、美国、委内瑞拉等国，将中国杂技展示给世界友人。

就在张权即将由交学费的学员转为拿工资的演员时，父亲再次启动了对他艺术人生的另一项重要规划——到广州军区战士杂技团去！

成立于 1951 年 10 月的广州军区战士杂技团，是一家在国内外享有盛誉的专业杂技团。别的不说，该团在历届全军、全国各类杂技比赛、会演中，先后有 109 个节目、518 人次获 152 个奖项，其中有全国杂技比赛金奖，更有世界杂技最高奖——摩纳哥杂技比赛"金小丑"奖等。

出人意料的是，一向乖巧的张权这次居然说"不"！

他的理由是：宁当鸡头，不当凤尾！我在安徽黄梅戏学校已经当了五六年的学员，眼瞅着就要转为正式的演员了，如果去了广州又要从学员做起……

张权下定了决心，就待在安徽，不去广州。

广州试飞

在安徽学了十年杂技基本功的张权,最终凭借出色的高空表演技能,如父亲所愿考入了广州军区战士杂技团。

是父亲语重心长的话,打动了少年的心:搞艺术的人,就要往更好的地方去!对你来说,人生的路还很长。战士杂技团是杂技界的黄埔军校,你只有去了更高的平台,和一流人才在一起,你才会有可能也成为一流的人才……

如同一滴水涌到大海中那样,在人才济济的战士杂技团,属于中等水平的张权,很快就被湮没了。

"和其他学员相比,自己各方面都差一点,但我的优势是特别能吃苦能坚持,只要待下去,就一定有机会!"一番权衡后,张权坚定决心,待下去,必须待下去。

顶碗的男演员家中有事,团里于是安排张权去练习举人。举人,要求肩膀硬,力道大。在此之前,学高空的张权,一直保持着瘦削的体形,从没想到自己会在地上,大力士般举起一个人来。

为了待下去,张权只能将兴趣从最擅长的高空动作,硬生生地转到一点都不会的举人上去。

笨鸟先飞。上午6:00—7:10、8:00—11:50,下午15:00—18:00,晚上19:00—21:00,张权要求自己每天练四遍功。可以这么说,除了吃饭睡觉外,他把时间全部都拿来练功了。

三个月后,张权就能上顶碗的节目了。

但只学会举人动作,显然是远远不够的。

怎么办?只有下势苦练。

为了练好皮条的动作，张权一遍遍地上去，又一遍遍地下来，以至于将白带子都练成黑色的了。其实，那种黑色是张权胳膊流出的血，染到带子上凝固后的颜色。

张权的母亲来广州探望儿子，看到他吃了这么大的苦，连胳膊上的皮都掉了一层，母亲当即就心疼地哭了，哽咽着说：要不算了，咱家里也不是过不下去。

面对母亲慈爱的目光，张权坚定地摇了摇头。

他选择了继续，继续坚持苦练。

"宝剑锋从磨砺出，梅花香自苦寒来。"这理儿，他懂。

团里选了三四个年轻学员，练习《大球飞杆》节目，准备参加全国杂技界最高奖"金狮奖·新苗杯"的角逐。这个节目，要求表演者站在球上，巧妙地用肩膀上的力做出各种飞杆的动作。当时，三四个学员同时练习，大竹竿压5分钟肩膀就受不了了，但张权咬牙坚持着，能坚持10分钟了，在胳膊麻得抬不起来的时候，仍在坚持练习。最终，张权捧回了金奖的奖杯。

两年后，肯吃苦的张权，成为团里的主要演员。

作为《对手顶碗》的演员，团里安排张权出访日本进行交流表演。这时，他已有了地圈、滑稽、飞杆、滚环等几个拿手的节目。

出访日本的演出安排了5个节目，张权在演完自己的第一个节目后，利用两个节目的中间时差，去给团友的节目做助理，他还为高空节目安装高空装置，一台晚会从头忙到尾，几乎把台上男孩能干的活都过了一遍。

后来，张权转入部队编制，从学员成为预备军官。

再后来，他参演了被誉为"杂技界的革命"的《天鹅湖》，开先河地展现了前无古人的高跷飞人技能。为了演好三分钟的高跷飞人，他每天马步站立一个多小时，身上的汗流得很厉害，常常把高跷鞋厚厚的鞋底湿透。

正式演出的前几天，张权突患胸积水，医生在他后背上插管子排水。住院治疗一个星期后，眼看演出的时间到了，他急得团团转。过去的军人轻伤不下火线，现在自己怎能在关键时刻掉链子？

他让医生把针头插在后背上，发着40度的高烧上台参演，连一个动作都没有少。后来，杂技剧《天鹅湖》获得全军文艺会演剧目奖、中宣部"五个一"工程奖，张权也因此第一次荣立三等功。

随团去世界各国巡演《天鹅湖》，张权虽然只是一个配角，但却见识了更高的平台和更高的荣誉，对"无新不出台，无精不参赛"这句行话有了更深的理解。

"我不能总是跑龙套，得有属于自己的节目呀！"

要有自己的节目，就必须依靠创新！

恰好"八一"体工队有个体操演员调入团里，张权就与之合作了《男子力量》。这个张权第一次当主角的节目，虽然时间短，但因有高难度动作，后来被选派去意大利参加国际比赛，最后获得铜奖，张权又立了一次三等功。

不久，经军区政治部批准，张权成为预备党员。

尝到创新甜头的张权，经常在脑子里琢磨：我还能做什么？今年已做了这个，明年又去做什么？

由于《男子力量》的搭档转业了，张权就想找个女搭档，把原来的男子力量类的节目改成男女力量类，他把目光落在同在战士杂技团的安徽黄梅戏学校师姐赵丽身上。

没有专门的排练时间和场地，两人就放弃午休，每天在楼顶的天台上排练。没想到，这个兼容男性力量和女性之美的新节目，

☆ 张权军装照

☆ 张权演出剧照

在下连队慰问演出时，意外地受到部队首长和官兵的热烈欢迎。

看到战士们在前线保家卫国做出的无私奉献，深受感动的文艺兵张权和赵丽，决定用文艺的力量来激励战友。

于是，两人在坦克旅的斜坡上演过《力与美》，在太阳下大理石路面上演过《力与美》，在山野驻地的石子路上演过《力与美》……

在这些接地气的演出中，两人巩固了技术，建立了信心，锻炼了意志，节目也在演出中不断成熟，还受邀到北京参加了接待外宾的重大演出，美国海军太平洋舰队司令塞缪尔·尔洛克利尔观看时深感震撼，一直站立着鼓掌，惊喜万分地称之为"中国的力量"。

经部队政治部首长推荐，这个节目的升级版《冰与火》上了蛇年央视春晚，让更多人见识到了，原创的中国杂技原来如此妙不可言。

西安亮剑

随着国家国防和军队改革的深入，很多军队文工团在2017年撤编。脱下军装的张权，转业到广州海珠区公安局。但在当了45天的警察后，他就毅然决然地决定自主择业。

"作为文艺兵，就算脱下了身上的军装，也脱不下心里的军装。番号没有了，但我们就是火种，部队的作品和精神将由我们传承下去。部队曾经那些珍贵的节目不能让它们就这样消失，所以我们自己组建了一个杂技团。"辞职后的张权如是说。

因为30多年的坚持，杂技艺术早已化作他生命中不可分割的一部分。

以原广州军区战士杂技团和原成都军区战旗杂技团核心演员为班底，张权扛起两个军中杂技团沉甸甸的使命与责任，在部队首长、企业家和各界人士的帮助下，走贵州、赴大连，在市场经济的浪潮中，继续追逐杂技梦！

一次偶然的机会，在市场上看到张权和他的团后，求贤若渴的西安曲江新区管委会领导，将其整建制引入曲江，组建了西演·西安战士战旗杂技团，纳入西安演艺集团旗下。

之所以保留"战士""战旗"两个番号，不仅代表着他们曾经的荣耀，更说明他们对自身表演水准的要求。杂技团源于部队，成于部队，伴随着军队改制，他们虽脱下戎装，换上红装，但依然坚持梦想前行。

因战士战旗杂技团的加盟，西安乃至陕西不仅引进了一支具有国际一流水准的文艺生力军，也给可爱的转业、退役军人筑起了一个新家，同时为传承部队优秀文艺作品保留了火种。

"我们不是来到西安，是回到西安的。"张权特意对很多新团员强调，百戏的源头在西安，杂技是百戏之首，杂技的根在西安。

早在2017年军队改革前，张权曾想过有朝一日退役后，一定要去太阳马戏团好好感受一番，去那儿见识一下人家是怎样将世界各种艺术，汇编成一台好看叫座的晚会。

现在，有了自己的杂技团，张权立志要传承民族传统技艺、传承杂技的红色基因、传承战士战旗的品牌价值，将杂技团打造成经济效益和社会效益双统一的国内顶尖、世界知名文艺团体。

十年磨一剑，今朝试锋芒。也许是得到了西安深厚历史文化的滋润，也许是因为张权干遍杂技团各个工种活的缘故，西演·西安战士战旗杂技团在西安这片文化的厚土上，像迎风就长的孩子那样，快速成长起来——

短短两年多时间，张权和杂技团原创的十多个杂技节目，上过央视、湖南卫视、东方卫视、江苏卫视、广东卫视等国内各主要文艺电视台的舞台；连续三次赴日本、韩国，参加中日韩东亚文化年外事出访演出活动；在庆祝建党百年全国优秀杂技艺术作品展演活动、陕西省庆祝建国七十周年、陕西省庆祝中国共产党成立100周年等重大文艺活动中累计演出200多场。

短短两年多时间，在规格高要求严的央视春晚舞台上，张权和杂技团大放异彩：2019年演出《争奇斗技》、2020年奉献《绽放》、2021年参与表演了《万事如意》和《天地英雄》等精彩节目；张权还以制作人、导演、杂技指导、主要演员等身份，在《逐梦飞天》《逐梦和平》《雪之环》《海之环》《创意球技》《焕》等一大批春晚节目中，付出一个杂技人的心血和智慧。

短短两年多时间，张权和杂技团一口气接连创排了杂技剧《新天鹅湖》、丝路题材本土化原创杂技剧《如梦长安》、大型杂技剧《战魂》三台晚会式重磅节目。其中，《新天鹅湖》全国巡演历时105天，辗转11个省（直辖市），全国26座城市的近3万名观众在剧场观看；《如梦长安》集结33个杂技节目，生动再现"一带一路"这一宏大的时代主题，入选陕西省重大精品文艺创作资助项目；献礼建党100周年和人民解放军建军94周年的《战魂——第三战队》，讲述6名特种兵秘密登岛执行一项特殊任务的故事，创造性地将杂技剧、戏剧等多种艺术元素创新结合，是非常难得的当代军事题材杂技剧，于2021年8月27日在陕西大剧院首演。

短短两年多时间，张权和杂技团演员用辛勤的汗水，收获了多种沉甸甸的荣誉：入选西安市百优人才计划，获得陕西省最美退役军人、西安市最美退役军人称号，成为西安市模范职工小家，先进工会女职工委员会，喜获十四运最优文旅服务团队，十四运和残特奥会西安市火炬手，在粤港澳大湾区杂技艺术周获奖等等。而亿万观众和网友，则用"杂技天团"这个无上光荣的词，来称呼这个技术一流不断创新的杂技团……

一朝军旅情，毕生写忠诚。作为一名退役文艺兵，张权永远感恩部队18年来的培养，感恩党和国家对人民军队改革的好政策。他知道，在市场经济的浪潮下，文艺没有市场就没有未来。是部队改革的东风，给了自己和杂技团在西安亮剑的好机会。

谈及下一步发展时，年富力强的张权英气勃发地说：演出是杂技团永远的中心工作。以前为战士服务，现在为人民服务，这个转变要求我们必须贴近时代、贴近人民的需要，用心用情用力地创作更多更好的作品。今后，我们要一方面加大"走出去"的步伐，在国际国内演出市场双循环中，找准适合杂技团发展的新的立足点；另一方面向内深挖潜力，积极谋划排练以盛唐文化为主题的驻场秀，这个融舞蹈、杂技、武术、话剧等多种艺术元素的驻场秀，有望在不久的将来在西安与海内外观众见面。

拥有80多人的战士战旗杂技团，现在有超一半的演员是转业退役后的文艺兵。因为这个原因，军人的精神和军队的血脉，在西演·西安战士战旗杂技团被完整地保留了下来，这在全国是唯一的。

"也许很多年之后，战士战旗杂技团的演员里，可能连一个军人出身的都没有了，但是，军人的精神和军队的血脉将始终与这个团共存！"谈及杂技团中期发展规划时，张权这话说得斩钉截铁，格外有力。

窗外，金色的阳光倾泻而下，将大地照得格外亮堂。

在金光大道上，张权和他的杂技团正在创新中不断超越。

前路，必将越走越宽广。

杨 忠
用人心换人心

章学锋撰文

他一身戎装报效祖国，转业后却自砸"铁饭碗"，成为安康下岗职工创业的带头人；

他从5张餐桌做起，在竞争激烈的餐饮业深耕29年，创造出一个属于自己的品牌；

他引入部队的管理方式，让名不见经传的安康菜登堂入室，创造出令世人瞩目的"莲花现象"；

他以饭店为基准，打通餐饮的上下段产业链条，谱写了秦巴汉子实干兴邦的壮丽篇章；

他，是陕西莲花餐饮集团董事长杨忠。

他爱对员工们说，干咱们这一行，得牢记个"食"字——上面一个"人"字，下面一个"良"字。

面对着新入职的同事，他还会笑着进一步问：你说说看，老祖宗这样造这个"食"字，为啥子？

不等新员工回答，他便干脆利落地自问自答：老祖宗的意思就是教诲我们，要用良心去做事，要真心实意地对人好。只有发自内心地对人好，才能最终收获别人对我们的好。

这句话所蕴含的道理，不仅杨忠自己懂，而且每位莲花人都懂。

他们笃定地相信，人心都是肉长的，用人心换人心，能把小事干大。

人不亏人

喜欢美食的朋友都明白，莲花餐饮之所以建立市场口碑的公开秘密是他们能做地道的安康菜。的确，莲花餐饮的饭菜不仅让挑剔的美食爱好者满口生津，还成功地让原本名不见经传的安康菜享誉陕菜世界。

很多喜欢美食的朋友也许不会想到，莲花餐饮缔造者杨忠最初涉足餐饮业时，居然没有将安康菜作为主打产品。

1992年的一天，一阵噼里啪啦的鞭炮声中，一家名为"重庆酒楼"的小饭馆，在安康城区的水西门开业。这是一家主营川菜的夫妻小店，小到可供堂食的餐桌只有五张。

干了餐饮后，才知这行苦。杨忠和妻子以店为家，每天凌晨4点起床，去进带着露水的菜和新鲜的米面，然后回店开始一整天的忙碌。晚上，等送走最后一桌客人，与店员一起将店内卫生清理干净，已经接近凌晨了。

每晚睡前，两人都既紧张又期待，因为要盘点当天的收支，他们非常渴望能赚到钱，怕会赔钱。

可天天算账、数钱，却天天都赔钱。帮工见了都发愁，提议说不行就进些低廉的食材。杨忠想也没想就回绝了，理由很简单——"咱咋能做那号子亏人事"。结果，瞅着他扭亏无望，帮工都跑了。妻子有些后悔，觉得当初不该让杨忠"下海"。杨忠却宽慰妻子："越吃紧越要吃住劲，坚持了事情就能成！"

苦心人天不负，不大的安康城里，人们开始口口相传——"水西门那家夫妻店不亏人"。

不亏人者，人不亏之。

这一晚，两人照旧清点全天的营业款，或大或小的硬币、毛票散了一床。清点了一遍，发现赚钱了，他们不敢相信，又仔细地清点了一遍，是真赚钱了，赚了120元！夫妻俩望着对方，目瞪口呆了好一阵子。

随着"不亏人"的口碑越传越广，"重庆酒楼"的生意越来越红火，五张桌子显然难以满足需求。

几年后，杨忠租赁下"莲花池饭店"从一楼到三楼的包间，均以安康各区县命名，从各县民族风格的装饰画到枝繁叶茂的绿色植物，无一处不体现着"都市中的故乡，故乡中的佳肴"的清新与雅致。

安康城里几个文化人议论，莲花濯清涟而不妖，出淤泥而不染，象征着高洁圣洁，纯洁与高雅，清净和超然，这个名字好！意寓着不亏人的"莲花"，给餐饮界带来一股清雅之风。

杨忠听到后，笑笑说，哪有那么高深呀，取这个名，是因为饭店是在生产队废弃的莲花池上建的。在开业仪式上，他言简意赅地道明梦想：办一家提供五星级家庭服务的饭店！

这一理念在菜肴上就可见端倪，比如好多人爱点一道叫"一心一意"的菜，一半是孜然鸡心，一半是孜然鱿鱼，如此搭配既提升了口味，又避免了浪费，一举两得，很受欢迎。

莲花池饭店高峰期可同时容纳五六百人就餐，门口的迎宾员能准确喊出常客的称谓，保安也能记着常来的车主；店内的员工各司其职忙而不乱。顾客来此，感觉像回到家中般自在，又像进入星级宾馆般备感尊贵。

安康城区的王女士还记得，20年前的一天，自己和朋友聚餐后，突然间雷声大作，倾盆大雨从天而降，在大家不知所措时，杨老板亲自跑到超市，一下子买回来50把雨伞……

这家安康最大、最新、最有特色的专业餐饮店，还开创性地提出了"不满意便退菜""快速、敏捷、热情、周到""诚实、守信、追求满意"等一系列先进的经营理念，这些理念，受到消费者的广泛认可，使"莲花池饭店"迅速成为安康餐饮界的知名企业。

因为"莲花"不亏人，所以人不亏"莲花"。短短几年间，"莲花"阔步前进：先有西安唐城宾馆高管团队加盟品牌；然后，进军省会西安开设多家实体店，又跨界成立"莲花机动车检测中心"，继而将总部定址西安高新区，回家乡精心打造"安康高新小吃城"……

比别人多想一步，离成功就会更近一步。鉴于外地食品安全问题时有发生，杨忠在2012年强烈地意识到：谋划莲花餐饮的上游产业链，已成为一件非常迫切的事。是的，要保卫莲花不亏人的品牌，必须先保障原材料不亏人。不然，食品安全方面出哪怕再小的一点问题，也是莲花餐饮天大的事。

于是乎，在莲花餐饮的发展大事记上，就有了这些让来莲花餐饮用餐的人们放心的行动——

汉江安康段是中国最纯净的水源地之一，承担着"一江清水供京津"的光荣使命。在水源地安康瀛湖流水镇建成莲花餐饮水产养殖基地，采用拦河打卡、生态放养的方式，保证了莲花出品的每一条鱼的鲜美、肥嫩、营养。之所以这样做，为的是能给来莲花的顾客提供放心鱼。

联手晨阳集团在安康汉滨区建设1万亩的莲花蔬菜种植基地，聘请西北农林科技大学专家现场指导，建立循环经济模式：山顶养猪，山腰利用猪粪便制沼气发电，沼液通过管道流到山下的蔬菜基地。之所以这样做，为的是能给来莲花的顾客提供放心菜。

在安康平利县建立莲花生态特种猪养殖基地，流转山林10000多亩，林下养殖特种猪10000余头，分为三块放养区安放2000余个音响，让特种猪每天听着音乐、喝着山泉、吃着青草成长。之所以这样做，为的是能给来莲花的顾客提供放心肉。

在安康高新区建立莲花苦荞系列产品加工基地，在安康市10个区县建立苦荞种植基地，并与陕西供销企业集团、陕西医药集团合作，成立陕西医药控股集团莲花黑荞健康产业有限公司，在

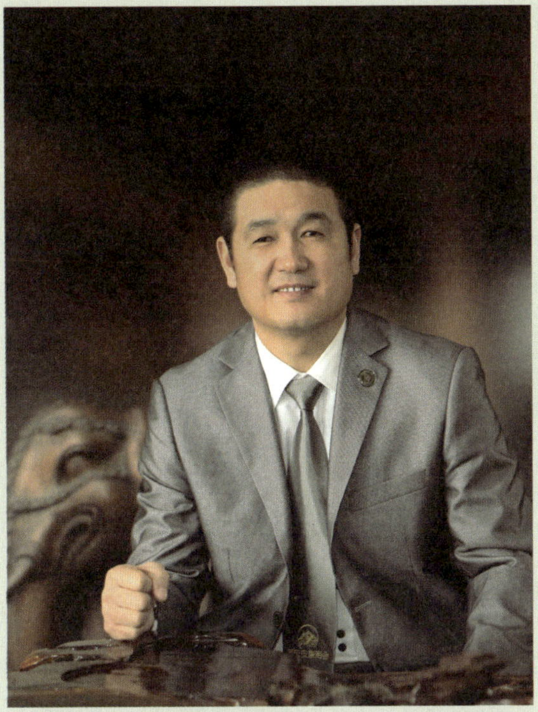

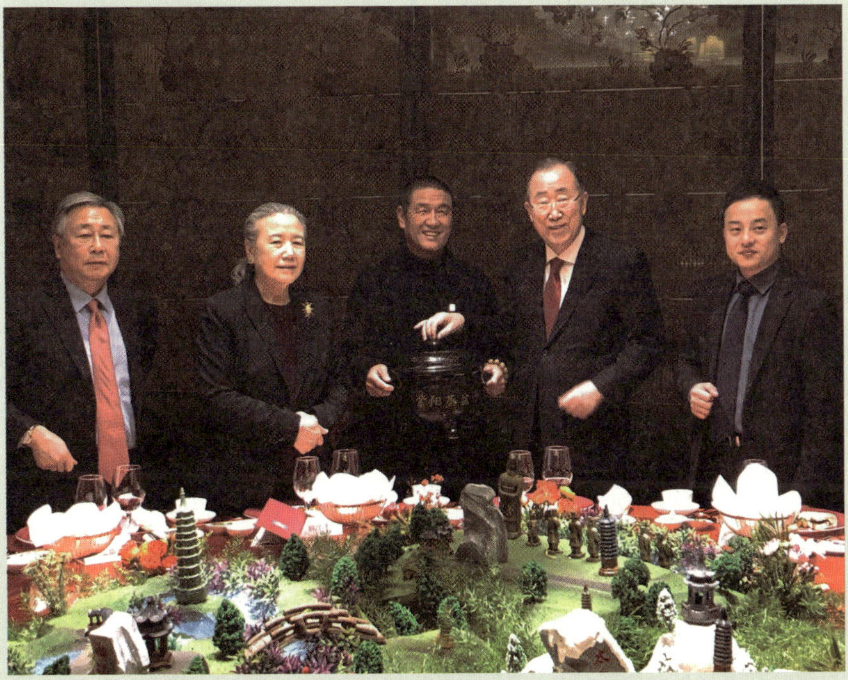

安康高新区建设安康莲花现代农业产业园。之所以这样做，为的是能给来莲花的顾客提供有机、无公害的放心产品。

……

不亏人的"莲花"，在新时代的广阔天地里，绽放得格外芬芳。

人要爱人

从事餐饮业29年来，杨忠先后在安康创立莲花池饭庄、金苑大厦、安康高新小吃城，在西安创立莲花餐饮高新店、莲花餐饮朱雀店、莲花餐饮东郊店，共解决下岗职工、复员退役军人、城市待业青年、贫困山区进城务工者1200余人的就业问题。

众所周知，餐饮业作为劳动密集型行业，员工通常干两三年就免不了这山望着那山高地去跳槽，因此流动性很强，人员管理难度很大。然而，这个行业的惯性，却被莲花餐饮打破了。

让杨忠最引以为自豪的是，在安康和西安两城的1200多个莲花人中，从业十年以上的有近700人。谈及这一点，一向谨慎的杨忠脸上绽放出光亮，自信满满地发出这样的感慨："莲花能做到这一点，真的是太不容易了！"

那么，杨忠和他的莲花餐饮是怎样攻破这一行业难题的呢？

答案是爱。

人要爱人，是莲花餐饮的核心文化之一。杨忠认为，莲花的企业文化就是做人文化。从创业以来，莲花餐饮始终抓菜品质量，让顾客满意，员工快乐。菜品做不好，不是技术的问题，而是人品道德的问题。

那么，杨忠和他的莲花餐饮是怎样做好员工道德文章的呢？

这办法是杨忠从自己曾服役的中国人民解放军某军学来的。

为什么很多军人退役后会对老班长念念不忘？因为，新兵下连队后接触最多的是老班长。白天的老班长像个严厉的父亲，一个动作没做到位都会遭到严厉的训斥；夜晚的老班长像个慈爱的母亲，经常在半夜起身给新兵蛋子盖被子。可以说，老班长用爱给部队生活涂抹了一层最暖的底色。

早在莲花创建之初，杨忠就坚定地将老班长的爱移植到了员工身上：1998年，杨忠在企业资金很紧张的情况下，毅然购买安康城区育才路原新城办事处大院及园内的房屋，只为给员工提供宽敞的住宿环境；两年后，杨忠又购买了安康城区西大街鲁班巷的一处旧房产，而后修建起6层单元房，除一、二层作为商铺出租外，其余楼层全部做女工宿舍使用……

挥师进军西安后，杨忠提升了这种老班长式的爱，又想出许多新的点子：新员工入职后，如在待人接物、宿舍卫生等方面做得不到位，坚决不允许直接批评，而是让主管以上的领导给新员工鞠三个躬，为自己没有带好新兵表示歉意，然后给出可操作的具体整改建议；碰上员工跳槽了，坚决不允许克扣工资，都要和和气气地给签字办手续，然后由店领导安排一桌饭，在欢声笑语中欢送员工；员工家人生病要住院的，各店领导要及时动用各种关系代为联系床位，如果各店搞不定就第一时间上报由他来出面协调，住院后店领导要去慰问，等等。

人就是这么奇怪，有时会被环境逼着发生转变。杨忠这些"奇怪的"规定，很快产生了神奇的效果。因为有了尊严，新员工们争着把店里的事当家里的事干；有辞职员工在吃饭时突然哭着说不走了，也有的辞职后没多久就回来了；有员工父母出院后，饱含深情地叮嘱孩子说：你们单位真不错，你踏实待着，好好干……

餐饮从业者大多是进城务工者，家境、文化水平相对都差一些。创业之初，杨忠每年春节前都要开车，翻山越岭地到每位员工家中问寒送暖。

后来员工多了，实在跑不过来了，杨忠就在企业内部成立"帮困基金会"，对突发重大事故、特别贫困的职工家庭给予帮扶。截至目前，基金会共帮扶46人次，资助总金额51.4万元。每年春节前，基金会还集中对公司困难员工家庭进行慰问。

工作中严格要求，生活中亲如兄弟姐妹，多年商海斩浪的从业经历让杨忠深切地了解到：今天的兵，明天的将。在积极引进人才的同时，莲花坚持每天两次培训，每次半个小时，主讲做人做事的道理。如今莲花餐饮的很多管理人员，就是从这种日积月累的内部培训中脱颖而出的——

供职于莲花西安亿象城店的朱家芳，来自商洛农村，是三个孩子的母亲。刚来莲花时，是一名保洁人员。天生胆小的她，不敢见生人，就是和同事在一起也不敢说话。看到这种情况后，店里同事每天引导她与人交流，并让她尝试不同的工作岗位。

慢慢地，她变得胆大了，普通话也越来越标准，遇到客人敢大声问好了。再后来，业务能力有了很大提升的她被调整到服务岗位，介绍菜品非常流畅、自然，成为最受欢迎的服务员。

今天的朱家芳，已经成了亿象城店的服务标兵，还给很多新来的服务员当起了师父。谈及这段人生经历，她由衷地感谢莲花让自己蜕变，让她看到了另一个自己。

前不久，朱家芳还成了莲花亿象城店的首批合伙人。

在莲花餐饮，像朱家芳这样从一线成长起来的员工还有很多。如，莲花餐饮安康高新小吃城店厨师长柯刚，是从一名厨房杂工起步的，现在成为莲花最大的店面的厨师长，管理着120余人的厨房团队；金苑大厦店总经理张龙爱，也是从服务员成长起来的……

在让员工和员工的家人享受到这种无微不至的关爱的同时，莲花餐饮还让更多的人真切地感受到这种博大的爱："十三五"期间，杨忠积极投身到精准扶贫、产业脱贫行动中。他通过旗下农业产业链，共建档立卡贫困户 347 户、1041 人，主要分布在汉滨区洪山镇 8 个村、镇坪县曙坪镇 8 个村，签单种植 3000 亩黑苦荞，帮助贫困户每亩增收 800—1000 元，每户增收 5000—1 万元。同时，莲花餐饮集团与陕西师范大学合作，建立产、学、研基地，加大苦荞产品研发，引导脱贫的乡亲们积极投身到乡村振兴的新战场……

爱人者，人恒爱之。

人敬人高

回望近 30 年的创业路，杨忠带领莲花人，以弘扬安康美食为己任，致力于挖掘安康民间传统菜系，并根据现代人的饮食习惯进行升华，研发出"安康八大件""紫阳蒸盆子"等 100 余种地方特色菜品，形成外地朋友到西安吃完关中的小吃后，吃正餐必选莲花餐饮的格局。如今，以莲花餐饮为代表的陕南菜系，已经成为陕菜振兴的重要力量。

问及创业近 30 年的最大感受，杨忠幽默地调侃：笑个不停！他进一步解释说，做服务业的都明白，人靠人敬。我最多时，一天要招呼几千人，见人就得笑，先把敬意写在脸上。近 30 年下来，脸笑小了，人笑庢了。

微笑，如今已成为盛开在莲花人脸上的共同表情。

杨忠和莲花人不仅把敬意写在脸上，更写在心上。

来西安发展后，他安排专人每月给 400 多位安康籍的老客户打一遍电话，询问要不要给他们送点家乡的酸菜，家里还有啥要莲花人帮忙的等。一袋子酸菜值不了几个钱，却让对方产生被人敬重的感觉。

有位老兄爱吃莲花的饭菜，一次还带杨忠去家里，特意向 90 岁的老父亲介绍杨忠。没想到，杨忠和他的老父亲从此成为忘年交。此后的七年间，杨忠逮着空闲了就去拜访老人。以至于逢年过节时，没见着杨忠的老人就问五个子女："老六呢，他说没说啥时来看我？"

杨忠敬人，也敬万物。1962 年农历腊月二十三出生的杨忠，从来不给自己过生日。每年腊月二十三过小年这天，他都带着一种宗教的仪式感，回到故乡在瀛湖上大规模地放生。他觉得，万物有灵，人应当崇敬自然，崇敬所有生灵。

一树生花炽热红。凭借军人正直的本色驰骋餐饮界 29 年，杨忠收获了一大串沉甸甸的累累硕果：身兼陕西省人大代表、陕西省餐饮业商会监事长、西安市工商联副主席、西安安康商会会长等诸多重要的社会职务，获得中国餐饮 30 年杰出人物、2016 年度中国餐饮行业杰出企业家、2016 年度陕菜特殊贡献人物、2018 年度餐饮发展功勋人物、陕西省劳动模范、陕西省优秀民营企业家等重要荣誉。

沧海拾珠匠心在。29 年来，杨忠带领莲花团队诚实守信、合法经营、积极纳税，企业连续荣获"纳税大户""诚信纳税户""消费者信得过企业""百姓喜爱的餐饮品牌""陕西十大餐饮品牌""陕菜十大名店""全国优秀餐饮考察基地""中国餐饮 30 年卓越企业""陕西省万企帮万村精准脱贫行动先进单位"等荣誉，莲花餐饮商标被评为陕西省著名商标、陕西省服务业名牌。

沉稳笃定的杨忠当然知道，荣誉背后是艰辛的劳动和无私的付出。一个人的力量微不足道，成绩是团结和带领大家伙心往一处想、劲往一处使，在朴实而又平凡的岗位上，起早贪黑加班加点辛勤付出换来的。当然，他也时常为自己感到庆幸，能在这个百舸争流的伟大时代，能在平凡的岗位创造出一个个的奇迹。

天高人为峰！杨忠证明了！

杨忠用 29 年的青春年华、滚烫的心血汗水证明了！

退役军人杨忠明白，曾经取得的成绩都不过是匆匆的过往！唯独那些闪亮的、大小不一的、五颜六色的食材，在跳动的蓝色火焰上，一次次魔术般地组合成散发着乡愁的菜肴，才是最真实的存在。他用自己的经历证明，不管身处哪里，也不管在干什么，只要用心去做，认真做事，就能得到大家的认可，就能得到超出想象的丰硕回报。

因为，不亏人者人不亏之。

因为，爱人者人常爱之。

因为，敬人者人常敬之。

因为，人心都是肉长的。

天空，因一朵莲花的存在，而显得越发高远。

王新蕾

永葆军人风采"第一书记"

杨广虎撰文

杨广虎

高级经济师。中国作家协会会员、中国文艺评论家协会会员。1989年公开发表小说和诗歌。著有历史长篇小说《党崇雅·明末清初三十年》，中短篇小说集《天子坡》《南山·风景》，评论集《终南漫笔》，诗歌集《天籁南山》，报告文学集《神奇翠华山》《抗日小英雄的故事》等。曾获得西安文学奖、首届中国校园诗歌大赛一等奖、第五届冰心散文奖·理论奖、第三届陕西文艺评论奖、首届陕西报告文学奖、全国徐霞客游记散文大赛奖、中华宝石文学奖等。

不留人生遗憾，做一回自己，三次华丽转身

坐在我旁边的王新蕾一身简单的打扮，一头齐耳短发，脸上没有化妆，保持着女性的天然本色，一看就是一个急性子，做事干练的人。

简短的交流之后，我了解到了这位生于20世纪80年代的女军人的经历，尽管她不过40岁，但人生三次华丽转身，让人不得不佩服不点赞！

王新蕾生于军区大院，从小深受部队的熏陶，3岁随军，11岁到兰州军区，14岁到咸阳，18岁时第一次华丽转身，考入解放军兰州医学高等专科学校（以下简称"医专"）护理专业，当了一名光荣的女兵，圆了自己的"军营梦"。在那个时代，可以想象，王新蕾穿一身军装，英姿飒爽，巾帼不让须眉，走在城市的大街上，回头率绝不比现在的名人模特低！

如果再唱一首歌：

狼烟起江山北望，
龙起卷马长嘶剑气如霜。
心似黄河水茫茫，
二十年纵横间谁能相抗？

那绝对杠杠的霸气和威武！

第二次华丽转身是2008年，选择从部队转业，到地方工作，来到了咸阳市妇女联合会（以下简称咸阳市妇联）。新的工作和环境，一度让王新蕾感到失落，但要强的她暗下决心：要干就干

出个名堂，军人的气魄不能失。很快，王新蕾凭借过硬的作风，赢得了领导和同事的认可。

脱贫攻坚战打响后，王新蕾主动请缨到泾阳县兴隆镇白马杨村担任第一书记。这是她的第三次华丽转身。一个女同志，主动要求到离城市几十公里的农村去扶贫，这不啻一颗"炸雷"，在单位同事、战友、朋友中迅速传开，赞叹、佩服、质疑、不解，各种声音都有。但王新蕾就是王新蕾，只要她认定的事情，九头牛也拉不回来。作为咸阳市妇联的办公室主任，她考虑到年轻同事的实际情况，单位干部年轻女性居多，有的孩子才两三岁，根本离不开大人，派谁去？这愁坏了领导。王新蕾想着自己的孩子快上初中，家里能离得开。扶贫工作是国家的大事，马虎不得。在和家人反复商量后，她的决定得到了家人支持，家人让她踏实工作，在农村锻炼锻炼。没有想到这一干就是两年，压茬轮换，丈夫希望她能申请回来，但她却想：正值脱贫攻坚收尾之际，这会儿换个人来，又得适应好几个月，工作进度肯定要变慢。自己在村上待了两年，适应村上环境，熟悉村上事情，不如再坚持坚持，这是对自己工作的负责，更是对村民的负责。在单位和家人的支持下，王新蕾在脱贫攻坚的战场上，发挥了军人的优良传统和精神，谱写了自己人生的壮丽之歌。

王新蕾三次华丽转身的经历告诉我们：人生的路要靠自己走，人生的希望和机遇要靠自己去争取和创造，别人无法给予，不能把希望寄托在别人身上。

坚决打赢脱贫攻坚战，
白马杨村村民一天不脱贫，我就不撤岗不回家

白马杨村地处泾阳县北部旱腰带地区，过去常年靠天吃饭，村里人都是勒紧裤腰带过日子。全村辖白马杨、张洪、金圪崂、安坡、王坪5个自然村，8个村民小组，共425户1702人，建档立卡贫困户102户364人。

王新蕾从小在城里长大、工作后也一直在城市。来到白马杨村，才真正了解到中国农村的实际情况，农村许多人依然贫穷，解决"两不愁三保障"，需要真的帮扶。驻村第一书记，要吃住在村里，没有地方住，就在村里租房，没有地方吃饭，就自己做饭，有时候忙得不可开交，就泡一碗方便面凑合一下。更不用说洗澡了，那是一件奢侈的事情。要和农民交朋友，听不懂当地的土话，说普通话的王新蕾就认真听、认真学，主动接近他们，从而迅速和他们打成一片。她认真倾听群众的心声，为他们排忧解难，帮助他们脱贫致富。

王新蕾驻村后，作为"第一书记"，先抓党建促扶贫，这项工作要有一个比较系统的发展思维。王新蕾按照上级要求，首先进行"数据清洗"，针对每个贫困户的不同情况实行精准扶贫，一户一策。为了更好地了解村里的情况，帮助群众脱贫，她与另外两位驻村工作队队员结合陕西省精准扶贫大数据库内的信息，加班加点核对资料簿上的每一个数据，还经常摸黑赶去镇上开会，商讨对策。村党支部书记张龙生感慨道："新蕾书记与白马杨村非亲非故，却把这里当成了自己的家乡来建设，真是不容易，我们都很受感动。"贫困户张智勇虽然是个老实巴交干农活的好把

式，但他却说不出多少感谢的话语，他说："市妇联的同志每个月都来看我，比我的亲人还亲。"张智勇一说"第一书记"就十分激动，"她还帮我养羊、种花椒。"在王新蕾的帮助下，张智勇家盖起了新房，家里摆放着妇联干部送的新家具。张智勇指着房间里挂的一块"勿忘党恩"的匾额说："有了党的好政策，有了帮扶，现在我这个家才像个家了，我一定不能忘了共产党的恩情。"

没产业、没收入，就很难脱贫，王新蕾和"四支队伍"充分调研、分析，按照"六个一批"要求，积极发展产业带动群众增收。她走访村里所有的贫困户家庭，研究他们的致贫原因，制定相应的脱贫规划，尽力解决他们的实际困难。几年下来，乡间小路、田间地头、扶贫工厂、贫困户家里都有她的足迹……针对村里留守妇女多的现实，王新蕾带领村里成立了新兴手工艺品专业合作社，建立村扶贫社区工厂，多方筹资举办手工艺品培训班，为全村妇女培训技术，并组织她们外出学习编织、刺绣等手工技能，参加杨凌农高会等活动，调动了村里留守妇女的就业积极性，同时，也辐射带动了崔黄村、宗沟村等周边村的妇女就业。挂件、卡通钱包、香囊……在白马杨村的扶贫社区工厂，一件件精致的手工艺品让人眼花缭乱，这些都是白马杨村妇女们增收致富的宝贝。村里还建立了兴隆镇"众情塬"醋坊。王新蕾说："我们村里的醋都是纯天然发酵的，所以味道很纯正。醋坊与12户贫困户签订了劳动协议，预计每户年收入增加8000元。"2019年，全村农民人均可支配收入11826元。其中，新兴妇女手工艺品专业合作社和村集体经济"众情塬"醋坊，吸纳贫困户16户，带动周边300余名留守妇女创业增收，而且还形成了妇女有活干、孩子不留守、老人不空巢的良好帮扶效果。村里的产业发展起来了，群众的腰包自然也鼓起来了。王新蕾经常说，作为一名共产党员，履行基层党建"第一责任人"职责，为群众谋发展、找出路是重中之重。王新蕾还开始着手村容村貌的整治和提升，她组织村干部修复村活动广场、铺设柏油路、安装太阳能路灯、建设文化大舞台……她坚信，只要不断努力，敢于创新，广大群众就一定可以脱贫致富奔小康。

村子要发展，不仅要帮助贫困户，成立村合作社，壮大集体经济，还要弘扬主旋律，传承优良家风，建设美丽乡村，如此才能稳步实现乡村振兴。家风影响着家庭成员的行为举止和做人做事方式，更关乎家庭的未来。王新蕾多次在村里组织开展"传家训立家规扬家风"最美家庭宣讲活动，建立白马杨村"妇女儿童之家"，开展"最美家庭""好媳妇""十佳巧娘"等评选表彰活动。她以农村人居环境整治行动为契机，不断实施村内美化、亮化、净化工程，进行厕所改造工作，建设标准化卫生室和文化广场等公共设施，开展由党员示范带动、贫困户为重点、一般户积极参与的"五美庭院"创建活动，鼓励群众自觉整治户容户貌。

如今，走在白马杨村，不论是街道还是庭堂院落，处处清新、干净、整洁，昔日的"烂杆村"变成远近闻名的美丽乡村。对王新蕾的帮扶工作，村民们发自内心地认可。网红"茯茶姐"杨小玲说："自从咸阳市妇联派王新蕾同志来了以后，不论是村容村貌还是群众的精神面貌都发生了很大的变化。扶贫先扶'志'和'智'，我就是在她和市妇联干部的帮助下转变了观念，增强了个人自信，决定带动乡亲们致富的。"现在，杨小玲已成为咸阳市三八红旗手，她成立的陕西茯馨源茶业有限公司解决了村里 23 名贫困群众的就业问题。

不能光说不练，军人就要啃硬骨头，王新蕾亲自带头，进行

"消费扶贫""科技扶贫",以实际行动真脱贫,脱真贫。她就是白马杨村的"代卖员""宣传员""销售员",她带领驻村工作队队员通过微信朋友圈代卖农副产品——扶贫工厂的粮食醋、蜂农的土蜂蜜、贫困户的葡萄、留守妇女的刺绣和手工编织……她刚开始为群众代卖粮食醋时,朋友多是为支持扶贫工作而下单,后来大家发现白马杨村的农副产品物美价廉,回头客就越来越多。回西安、咸阳时,王新蕾和驻村工作队队员侯强还会开车专程送货上门,遇到没有电梯的住宅,就爬楼梯将 20 公斤一箱的醋送到客户家里。"前座、后座和后备厢都放着醋,私家车当作皮卡用。用了多少油、交了多少停车费,我们也没计较过。只要能给群众换回真金白银,这就够了。"王新蕾笑着说。

那段时间,父亲王德田也帮着发销售白马杨村农副产品的信息,有时还主动为女儿出主意。"我是老党员,又是老军人。脱贫攻坚是国家的大事,关系每一位贫困群众的生活,我必须支持。"王德田说。

"家风育我成长,老兵是我明灯。每当我在工作和生活中迷茫时,父亲总是能给予我支持和鼓励,他就是我的精神支柱。有时我们的想法会有分歧,我理解那是父亲不想让我受苦。我要接过父亲手中的'枪',在脱贫攻坚的战场上战斗。"王新蕾说。

2019 年,贫困群众杨清武家 1.8 亩地葡萄仅卖了 3000 元,老两口险些将树挖了改种其他作物。王新蕾了解到这些葡萄树正值"壮年",挂果率正高,挖了可惜,就承诺帮助他家销售葡萄,并劝说杨清武换了一部智能手机,手把手教他用手机收付款。2020 年 8 月下旬,杨清武家葡萄园开园后,王新蕾帮他从网上选购包装盒,并在微信朋友圈发布葡萄出售信息,积累了一些订单后,王新蕾就和侯强一起开车送货。为保证葡萄的品质,必须

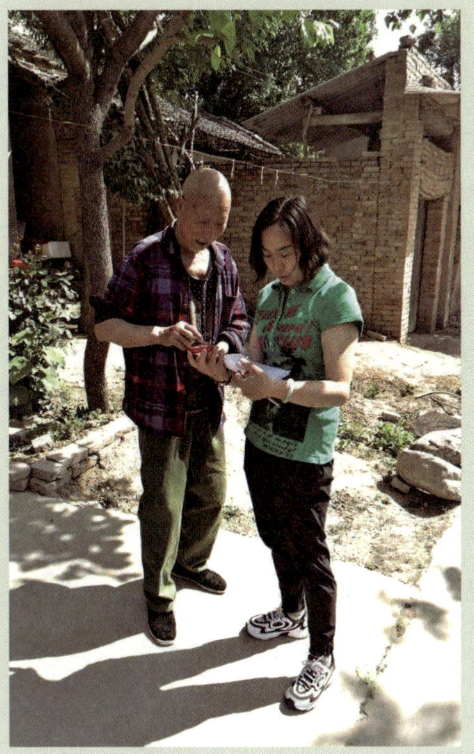

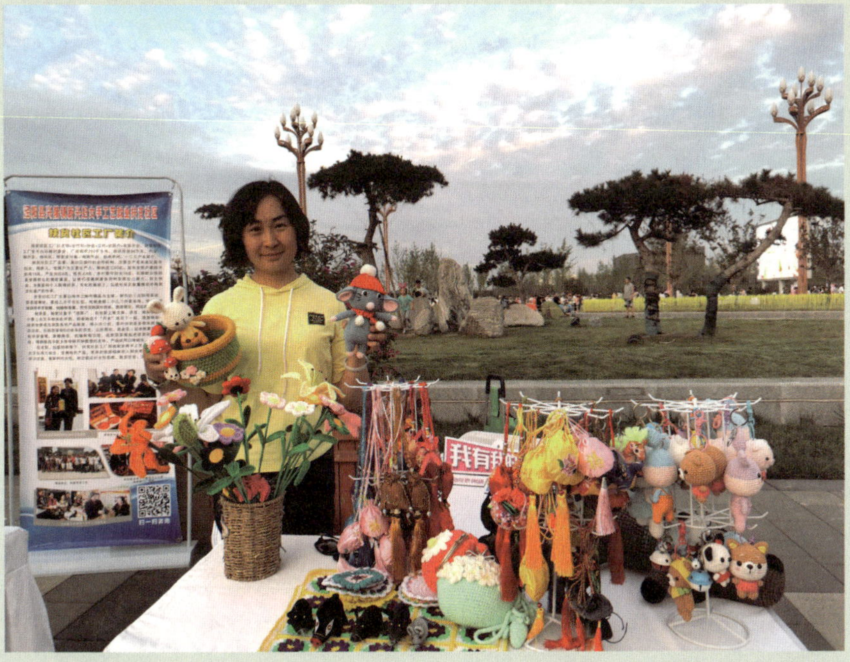

当天采摘、当天送到，他们每天奔波在白马杨村与西安、咸阳之间。到中秋节清园时，杨清武家的葡萄共卖了1.27万元，是上年的4倍多。杨清武说："真的要感谢王书记和驻村工作队帮我打开思路、拓宽市场，我从来没有想过这点地种的葡萄一年能卖这么多钱。明年我还要好好种葡萄，王书记，你可还要帮我卖呀！"2019年10月，王新蕾还与兴隆镇领导将全镇18个村的农副产品"请"进西安自家所在的小区：双槐村的花椒、郭庄村的红薯、白马杨村的醋……

王新蕾心细、认真，心中始终装着老百姓，爱管村里的"闲事"。2019年，王新蕾去西乡普查脱贫攻坚工作，每个干部都配备了一双雨鞋。普查结束后，大部分人都没穿走。她看着崭新的雨鞋，想到村上的贫困户穿着这个鞋去地里方便。于是她就和同行的人商量，收了十几双人家不要的雨鞋带回去。回到村上，车一停好，她一边搬东西，一边拨通贫困户张智勇的电话："张叔，我回来了，赶紧来我这，给你带了双雨鞋，把均锋也叫上！"顾不得吃饭，她又拨通了贫困户王保银的电话。

对待村民，王新蕾把他们当家人，要是遇到伤害村民利益的事，她绝不妥协。

2019年冬天的一个早晨，王新蕾和工作队正在吃早饭，突然接到村民的举报电话，说有人在村口卖东西，坐了好多老头老太太在听人宣传。挂了电话，她放下碗筷，站起身一路小跑去了村口。这会儿，已经有五六十个村民聚集在这里，据说已经快两小时了，好多人脸都冻得通红。王新蕾一看，质量一般的床单要卖近1000元，还说送纪念品，其实就是过期的洗发水，这不就是常在社区看到，哄骗大爷大妈买劣质产品的推销组织嘛！王新蕾抢过话筒，让村民赶紧回家吃饭，然而一些不清楚原委的村民反驳："我们就想领白送的东西，我们就愿意听，你赶紧走！"听到村民这样说，卖东西的人更有底气，他们指着王新蕾说："我们是来给村民发福利的，你别耽误我们时间！"说话的人比王新蕾高一个头，说着话，身子还倾了过去。

王新蕾攥紧拳头，抬眼对上这个男人的眼睛，反驳道："谁允许你们在村上卖东西的？你再不走我就报警，让警察看看你们这是什么行为！"听到她要报警，这群人气焰没那么嚣张了。村委会其他人也陆续赶到帮她劝村民回家，村民也看出这些卖东西的人不对，就陆续散了。这群人看目的没达到，走之前还对王新蕾放狠话："你等着！"

等这些人走后，王新蕾召集村委会成员开会，要求规范生人进村推销的流程：必须提前通知村委会，在村干部知晓产品质量，并且价格合理的情况下才允许进村售卖；她还警告村委会成员，如果不按流程放人进来，就要追究责任。后来村民问起王新蕾，作为一个女人，咋敢和那几个大男人吵，不害怕吗？王新蕾笑笑说："咋能不怕呢？但当时就觉得，农村相对闭塞，信息不够畅通，我作为第一书记，明知村民可能被骗，就必须管到底。"大家私下议论起这件事都说：平常见新蕾都是笑嘻嘻的，第一次见这女子这么厉害。

"结对子，转思想，共成长。"贫困户杨均锋有轻度残疾，家中两位老人高龄，且还有一双儿女，自己没有外出务工的能力，只能干村上的公益性岗位。贫困户张智勇单身一人，儿子在外地务工。张智勇是一个种花椒、养羊的"好把式"，平时家里活多得一个人忙不过来，王新蕾在这两个人身上动起了脑筋：能不能让张智勇带着杨均锋养羊、种花椒呢？她分别与两人谈心，他们都非常乐意，于是第一个对子就这样结成了。杨均锋用农用车帮张智勇往花椒地里拉羊粪，张智勇给杨均锋的小羊羔扎针治病；杨均锋陪张智勇给农用车买配件，张智勇帮杨均锋给花椒树剪枝，就这样，两个贫困户成了两个好兄弟并且结下干亲，逢年过节还走动了起来。看到贫困户结对子产生的效果后，王新蕾又让杨补修和杨清武结成对子种葡萄、卖葡萄，让张智勇和王辛红结成对子扩大养羊规模，让徐甲云和杨佰顺结成对子在北仲山林场栽树打零工。一对对互帮互学的对子让贫困户有了"比学赶超"的勇气，有了"传帮带"的决心，有了活学活用政策勤交流的信心，一盘驻村帮扶的"棋"活了，贫困户的心紧紧凝聚在了一起，注入了满满的精气神儿。

作为一位长期生活在城市的干部，在村上工作的这几年，王新蕾长了很多新见识。她一直想如何能让城市长大的孩子多接触大自然，让村里长大的孩子有更多与外界沟通的机会，恰逢世界图书日，悠贝亲子图书馆的赞助造就了一个机会。她邀请了悠贝亲子图书馆12组会员家庭，以及村上30多个孩子来到村委会，参加了"诵读红色经典，传承良好家风"的活动。大家一起读书，贴贴画，和老师、同学、父母交流，一些素不相识的孩子，坐在一个讲堂，聊着一个话题，度过了一个美好的"读书日"。下课后，她带着孩子们去看牛羊，看村里各种农作物。城里长大的孩子对村上所有的事物都很好奇，这时，村上的孩子就"博学"了许多。他们能讲出农作物的名字，什么时候种、什么时候收，讲他们放羊的经历，描绘大羊生小羊的画面。孩子和家长们都说，原来聊这些事情可以这么有趣。

疫情防控期间，王新蕾严格按照上级要求进行"防疫"，并积极与"娘家"——咸阳市妇联取得联系，获得支持。咸阳市妇联组织机关干部为白马杨村一线干部群众捐款1700元，又动员咸阳市女企业家协会为村上捐赠口罩200个，还邀请专业拍摄团队，为白马杨村录制《小小扶贫工厂撑起致富梦想》妇联带货短视频，帮助村扶贫工厂售卖纯粮食醋和妇女手工艺品。咸阳市妇联专门在市妇女儿童活动中心摆设专摊，向前来参观的游客销售扶贫产品。驻村工作队积极与西咸生活小区、养生会所、职工灶联系送醋上门；妇联机关干部通过发朋友圈推广宣传，仅2020年上半年就累计帮助村上销售醋1500余公斤。咸阳市妇联还携手爱心企业为村上3岁以下婴幼儿免费发放价值4.38万元的配方奶粉，联合陕西中医药大学医疗团队在村上开展义诊活动，为15户贫困户争取产业到户项目资金5.47万元，通过消费扶贫帮助贫困户销售农产品，调动了贫困群众的致富信心。

巾帼从不让须眉，"妇女帮"里智慧多。王新蕾组织留守妇女开展线上线下手工艺品培训，组织手工艺合作社骨干参加"我有我的YONG"共享集市活动。同时，申请陕西省妇女儿童之家项目，争取经费3万元购置书籍、益智玩具、办公用品等，让妇女儿童有了学习、谈心、休闲、娱乐的精神家园。

在成绩单面前，村里的"妇女帮"并不满足现状。她们笑着说：花红要靠绿叶配，军功章上也有"男人帮"。工作成绩来之不易，在振兴乡村建设中，还需要像王新蕾一样的干部带领白马杨村村民继续奔小康。

王新蕾为此感到自豪和骄傲。"辛勤付出十二载，今朝站上领奖台。鲜花簇拥捧红书，为女赞泪湿襟怀。"2020年12月30日，王新蕾将自己获评"陕西最美退役军人"的照片发到家庭微信群后，她的父亲——66岁的退役老兵王德田以此抒发骄傲之情。

王新蕾在2021年新年寄语中写道："父亲多年的谆谆教诲是激励我前进的动力，2020年我荣获'陕西最美退役军人'这一至高的荣誉，这是我对父亲最好的报答。2021年，我将延续军人家庭勇于吃苦，乐于奉献的家风，让白马杨村的群众在乡村振兴的政策鼓舞下，日子越过越红火。"字迹潇洒，字句铿锵有力。她和白马杨村的农民乡党之间的情更深了，与父亲的心贴得更紧了……

2021年2月25日，习近平总书记在全国脱贫攻坚总结表彰大会上发表重要讲话，庄严宣告，经过全党全国各族人民的共同努力，在迎来中国共产党成立100周年的重要时刻，我国脱贫攻坚战取得了全面胜利，现行标准下9899万农村贫困人口全部脱贫，832个贫困县全部摘帽，12.8万个贫困村全部出列，区域性整体贫困得到解决，完成了消除绝对贫困的艰巨任务，创造了又一个彪炳史册的人间奇迹！这是中国人民的伟大光荣，是中国共产党的伟大光荣，是中华民族的伟大光荣！

在庆祝中国共产党成立100周年大会上，中共中央总书记、国家主席、中央军委主席习近平发表重要讲话，庄严宣告，中国实现了第一个百年奋斗目标，在中华大地上全面建成了小康社会。这一伟大成就来之不易，没有中国共产党的坚强领导，就没有中国的今天。让我们为实现第二个百年奋斗目标继续贡献力量。

不是尾声的尾声：重回妇联工作岗位，
继续投入新的战斗，发光发热

王新蕾2008年从部队转业至咸阳市妇联，始终保持军人的优良作风，兢兢业业做事，默默奉献做人，先后被评为咸阳市优秀共产党员、优秀党务工作者、咸阳市"六五"普法先进个人、"优秀公务员"、脱贫攻坚驻村工作先进个人、泾阳县2019年脱贫攻坚"十大年度人物"。2020年荣获咸阳市驻村优秀第一书记，2021年被陕西省委、省政府评为陕西省脱贫攻坚先进个人。自2018年3月开始驻村至今，从默默无闻的一名扶贫干部到脱贫攻坚先进典型，一路走来，有辛酸也有泪水，有失败也有成功，有付出也有回报，三年的驻村生活，使她从一个不懂"三农"的机关干部成长为地道的基层干部，由一个娇生惯养的独生女，成长为吃苦耐劳的扶贫女干部。

妇联是党和政府联系群众的桥梁和纽带，中央对促进乡村乡风文明，培育良好家风、淳朴民风明确了任务要求。市妇联始终按照习总书记对新形势下党的群团要保持政治性、先进性、群众性的总要求，充分发挥妇联的职能作用，积极发动社会组织参与扶贫事业。王新蕾是市妇联联系白马杨村妇女群众的代表，把妇联的所有工作灵活有效地植入扶贫村里，是她包扶这个村的又一工作重点。她协调、策划了一系列"政治性、先进性、群众性"强的活动，如组织开展"传家训立家规扬家风"最美家庭宣讲活动，开展中国妇女十二大精神进乡村活动，建成白马杨村"妇女儿童之家"，为村上7户危房改造户捐赠8.2万元救助款，为村上60余名21—59岁已婚妇女免费进行两癌筛查和宫颈癌HPV检测，开展"呵护童年与爱同行"暖心扶贫活动，为村上9名大学新生争取2.7万元助学款，在国庆70周年前夕举办"弘扬好家风礼赞新时代"文艺演出，拍摄微电影《绝不落下一个群众》和《第一书记代言农副产品》等等。白马杨村的妇女儿童和家庭紧紧地与咸阳市妇联联系在一起！这一经验先后多次被国务院扶贫开发领导小组办公室网站、《中国妇女报》、《陕西日报》、学习强国App平台等媒体宣传报道。王新蕾个人也被咸阳市妇联、市扶贫局评为扶贫战线的"三八红旗手"。

"干在实处,走在前列。"在妇联工作期间,大量家庭的实例,让王新蕾对如何与丈夫、孩子相处有了新的认识,逐渐形成了宽容、互爱的良好家风,家庭氛围也变得越来越好,这让她变得更加坚强。新时期党和政府对妇联工作也提出了新要求:妇联干部要学习本领、增长才干、创新工作,进一步坚定理想信念、不断修炼自我、主动担当作为,在创业就业和技能培训、权益维护、健康关爱、亲子教育和扶贫帮困等方面发挥作用。王新蕾都努力做到了。

当兵的人就是不一样,这在王新蕾的身上体现得淋漓尽致。她有理想、有情怀、有责任、有担当,正如《咱当兵的人》中唱的:

> 咱当兵的人有啥不一样,
> 只因为我们都穿着朴实的军装。
> 咱当兵的人有啥不一样,
> 自从离开了家乡就难见到爹娘。
> 说不一样其实也一样,
> 都是青春的年华都是热血儿郎。
> ……
> 都在渴望辉煌都在赢得荣光。
> ……

王友民
一个不穿绿军装的"老兵"

杨广虎撰文

我在炎炎夏日，走进陕西容厦集团物流园，迎面一棵大树，枝叶繁茂，绿意浓浓，树下有一口古井，旁边立有一块巨石，上面镌刻写着"饮水思源"四个大字，造型别致，寓意深刻。园区东面立了一块大牌子，上面有"人民功臣"张富清同志的大幅照片，写着："老老实实做人，踏踏实实干事，清清白白为官，始终做到对党忠诚、个人干净、勇于担当。"

园区还有三组到了夜晚会亮灯的大字："艰苦奋斗自力更生""道阻且长，行则将至""筚路蓝缕以启山林"。

站在我身旁的陕西容厦集团董事长王友民告诉我，之所以把这口古井和这棵树保留下来，就是要告诉人们："饮水思源，牢记历史，吃水不忘挖井人，老老实实做人，踏踏实实干事。""饮食思源"好呀！人，不应该忘本。"饮水思源守初心，砥砺奋斗担使命"这句话正是王友民的真实写照。

饮食思源，"军人"情愫，一辈子也忘不了

陕西省渭南市地处关中平原东部、黄河中游，东与山西、河南毗邻，西与西安、咸阳相接，南依秦岭与商洛为界，北靠黄龙山、桥山与延安、铜川接壤。可以说是关中的"东大门"。渭南市历史上涌现过许多名人，也是一块具有红色基因的土地，渭华起义、荔北战役、八路军东渡黄河等重要历史事件都发生在这里。从这里也走出去了一些著名的开国将领和国家领导人，这些革命故事和人物事迹，对从小习武的王友民有很大的影响。他从15岁起就要求参军报国，因为某种原因，未能如愿，抱憾至今。

虽然没有穿上军装，但他对"绿色长城"的向往与钟爱丝毫没有减少，无论从事什么职业，他始终对军人、军营怀有一份与

生俱来、难舍难分的情怀和眷念。

改革开放的春风吹到了渭南。

"听说修铁路，一米就能挣30块钱，当时在渭南做临时工一个月才能挣30元。"在他的讲述中，时光回到1983年，青年王友民与同伴第一次踏上东北那片黑土地，他是来讨生活的。年轻、身体壮、有的是力气，王友民盘算着一米30元，10米就能挣300元，一天要是能挖上10米，那可是一笔不菲的收入。

"结果，东北天寒地冻，一镢头下去黑土地纹丝不动，一个月都挖不到一米。"如今，王友民再回忆起当年的自己，血气有余，经验不足。头一次出远门的他，哪知道东北的3月依旧天寒地冻，一镐下去，连个坑都砸不出来。在东北干了3个月，工头没给一分钱，其他的工友都陆续回家了，他和两个小伙伴却因为没有路费，只好靠乞讨回乡。他们在长白山里乱转悠，山谷里的北风夹裹着雪花，远处不时传来狼嚎，饥饿、寒冷、绝望开始慢慢侵袭他们……

是"军人"在最关键的时候救了他们的命。

"感觉他应该是个退役军人"，冰天雪地中，王友民第一眼注意到"救命恩人"下半身穿着的那条黄绿色的军裤。这位一直被他铭记于心的恩人李成祥于1976年服役于某集团军，驻守在珍宝岛，退役后来到那尔轰林场工作。

老兵和他的妻子就把这三个流浪的年轻人留在家里，管吃管住3个月，分文不取。"李哥和嫂子把家里的细粮都留给我们吃，他们吃粗粮；我们不吃饱，他们就不动筷子！"王友民回忆起那段日子依然动情，"对待我们，就像对待有血缘关系的亲人一样！"待他们三人一边打工一边赚够了路费，又一一把他们送上返乡的列车……

或许冰天雪地中，当王友民看到那一抹军绿色时，从小埋在心中却未能实现的参军梦又涌上心头，当时年少的他，可能无法解释为什么自己那么想当兵。而与这对老兵夫妻相处的三个月，却让他对军人有了一个全新的真实认识。王友民说："军人，从此在我眼中更成为一个神圣的字眼，包含着坚持、奉献和责任。"

返乡后王友民与恩人失去了联系，经过30余年的艰难寻找，王友民终于与救命恩人见面了！原来当初是他把李成祥的名字错听成"李吉祥"，用一个错误的名字一次次寻找，一次次无果，幸好他从未放弃……找到救命恩人时，李成祥的境遇非常不好，妻子刚刚过世，孙子即将上大学，家里经济困难。王友民百感交集，握着李成祥的手说："孩子上学的事儿，我管到底，一定把他供出来！践行对军人的承诺！"

与时俱进，痴心拥军，
心中永远有一份对军营的眷念

1985年，王友民凭借敏锐的市场嗅觉，东挪西凑，买了一台二手印刷机办起了渭河印刷厂。凭借良好的信誉和不怕吃苦的精神，扛过了初期的艰难。厂子情况一稳定他马上就来到驻军某部慰问。恰遇两位军嫂到部队探亲，因为自己没有工作，要求丈夫转业回家。王友民当即主动找到部队首长，表示愿意安排军嫂就业，让其丈夫安心在部队工作。

他的拥军，完全出于个人自愿。

第一次，他就安排了13名军嫂到自己的印刷厂上班。自此，到军营慰问、接收、安置军嫂成为王友民拥军的主要方式。近40年来，近到驻地部队，远至边关哨所，每逢七一、八一、国庆、春节等重要节日，军营总有他慰问的身影。

1990年，王友民创办了兴秦实业总公司，企业壮大了，他的拥军情怀并没有变。那一年，他听说陕西省委、省政府决定集中力量帮助部队办实事，主动表示自己作为民营企业，也要发一分热发一分光。他找到部队首长，提出个人拿出10万元设立"爱军精武奖励基金"，用以奖励在部队服役期间表现突出的干部战士。他的想法令部队首长很是吃惊，在20世纪90年代，10万元不是小数目，一个民营企业家如此关心军队建设，很难得，了不起。部队向王友民赠送了"兴业不忘拥军，情系绿色长城"的锦旗。

1996年9月，王友民得知驻地部队资金困难，工兵营20年未修缮，于是把公司的建筑队拉到部队帮助修缮装修营房，还免去部队的材料费。

王友民是个有心人，夏天，战士受蚊虫叮咬，他送去杀虫剂；冬天，他给后勤送去腌菜的缸。凡看在他眼里的问题，他总是想方设法解决。

那时，社会兴起了卡拉OK，部队战士有纪律约束，不得进入娱乐场所。为了丰富官兵们的业余生活和帮助部队解决管理的难题，王友民给消防支队建起了军营卡拉OK厅。

1997年春节前，王友民出资与驻地部队联合举办精彩的文艺晚会，他邀请了一众总政歌舞团及陕西省知名演员，如杨洪基、孙丽英、张克瑶、米东风等登场演出，丰富部队官兵的文化生活。

1999年至2000年，他相继在渭南体育馆举办"爱心献功臣"和"金秋双拥晚会"大型双拥慰问文艺演出。

当得知渭南军分区民兵在全省民兵军事大比武中夺得总分第三、个人总分第一的成绩时，王友民兴奋不已，毫不犹豫地拿出

10万元设立"兴秦民兵预备役奖励基金",激励民兵预备役官兵。

此外,渭南籍在外服役官兵的家属也成为他关注的对象,每年他都会选择合适的时间前去探望,帮助他们解决生活中的难题。1985年至今,他每年两次专程慰问在京陕西籍现、退役军人。

"拥军、慰问不只是形式,要与时俱进,多做实事。"王友民总是根据不同时期部队碰到的问题,有针对性地帮助部队解决难题。20世纪80年代,他的拥军重点是随军家属安置;到了90年代,重在文化拥军;进入新世纪后,则是科技拥军;党的十八大后,他在军民融合、文化拥军上动了很多脑子。

1998年,王友民的企业已成为涵盖印刷、矿产贸易、酒店、房地产、制药等产业的大型集团。至2000年,集团累计帮助安置随军家属130多人,为很多部队干部解决了后顾之忧。他除了在容厦集团所属企业直接安置随军家属及子弟外,还想方设法联系渭南市相关单位安置300多名随军家属及子弟,还积极联系为军人子女解决上学等问题,赢得了部队官兵及其亲属由衷的感谢和信赖。原国防科工委某基地云维春少将等9位老同志特地给他写来了感谢信。

1997年春节,解放军原总政治部邀请他参加"春节特别节目",并为他颁发荣誉奖杯。他是6名特邀嘉宾中唯一没有当过兵,而在拥军工作中做出突出成绩的人。

进入2000年后,信息技术高速发展,电脑普及,在科技兴军、强军大环境下,王友民为中国人民解放军驻渭某部及武警消防部队配置了台式电脑和笔记本电脑,帮助部队提升了办公自动化水平。

党的十八大后,随着军改进一步深入推进,王友民发现,退役人员更需要帮助。除了接收一部分退役军人及其配偶到陕西容

☆ 2019年11月，王友民被评为"2018中国双拥年度人物"

☆ 2019年10月，王友民前往延安八一敬老院看望老军人

厦集团工作外，他还为更多退役军人的就业而上下奔走。

王友民对军队和军人的情感，退役军人刘柱感触很深。1994年，刘柱退役后，因安置企业破产清算，原本可以继续等待安置的他，耐不住空耗时光，找到了王友民。让他没想到的是，王友民很爽快地答应了他。

"那时候，退役军人大多瞧不上民营企业，但政府安置时间长，安置企业在市场经济大潮中破产清算的事时有发生，退役军人要么继续等，要么自己想办法。"刘柱说，王友民对退役军人的尊重令他很感动。自此，他在容厦集团工作至今。

在王友民看来，退役军人身体素质好，能吃苦，执行力强，一开始专业能力或许有欠缺，但通过培养可以弥补。刘柱从最基层做起，25年间一路奋斗努力，目前他是集团副总经理兼党支部书记。

在刘柱眼中，王友民拥军最看重实效，他留意社会经济发展与军队建设中的矛盾问题，想方设法解决这些问题。

从2005年始，王友民重点关注老红军、老八路、伤残军人及家属，为他们寻医问药送健康，经年不断。

与此同时，他在陕西容厦集团设立临时党支部，让散落的退役军人党员，特别是农村的，能够找到组织，并得到组织的关爱，这在民营企业中极少见。

开启个人拥军模式，四十多年痴心不改

王友民用军人标准要求自己扶贫济困，在他创办企业的40多年间，拥军几乎与企业发展同步。他用军人的标准要求自己，像军队爱民一样扶贫济困。

最初，王友民扶贫的重点是军属，为军人解决家庭困难，让其无后顾之忧，安心服役。这一时期，拥军与扶贫大多重叠。后来企业壮大后，扶贫工作拓展到贫困村镇。

1997年，他与渭南市临渭区崇凝镇签订《扶持革命老区贫困户脱贫致富协议书》，拿出10万元用于扶持贫困户发展养殖业，历经十年时间，使崇宁老区很多贫困家庭走上致富之路。

在助残、希望工程及社会公益事业方面，王友民也毫不吝惜。特别是资助贫困学生家庭，他做得不露声色。王友民解释说，贫困家庭也有尊严，特别是贫困学生自尊心更强，大张旗鼓地拍照、宣传反而伤害贫困生。

"贫困生家庭大多是问题家庭，各有不同，涉及诸多隐私。"王友民说，"他们更敏感，更需要保护。"

在向我描述资助贫困生之事的过程中，王友民提及一个贫困生家庭，兄妹三人，两个哥哥考上了大学，妹妹毅然承担起供哥哥上学的重担。

得知这个消息后，王友民安排人找到这个困难家庭直接捐助，直至两兄弟完成学业。其中一个毕业于陕西电子科技大学，目前发展很好，逢年过节，还与他走动。

从2010年至今，得到王友民资助并步入大学的贫困学生87人，其中2人在读清华研究生、1人在读北大研究生、13人在读西安交通大学研究生。

"帮贫困生走出困境，等于改变了他们家庭的命运。"王友民说，他都是直接资助，不需要回报，学生们步入社会，有能力把资助贫困生这件事传承下去就是对他最大的回报。

王友民也提醒说，不要搞形式主义，每个人都有尊严，社会力量参与扶危济困不要做过多的渲染，维持资助者和被资助者的道德平衡，道德绑架最终会使扶危济困变形走样。

在军改背景之下，王友民又找到了新时代拥军的新阵地。

2016年末，西部战区驻陕某部队紧急拉动，准备夜宿容厦物流园区。王友民全力配合部队行动，要求园区全体员工全力保障部队需求。

拉动结束后，容厦物流园的保障工作得到了部队的认可和表扬。部队领导认为，物流园区规模、仓储、场地、运输能力与此次拉动规模相匹配，且70%的员工是复转军人，动员响应保障能力和效率基本满足需求，如果换作其他企业，恐怕保障能力将大打折扣。

在这次保障部队紧急拉动中，王友民也与部队领导探索军改背景下拥军与军民如何融合的问题。他对于社会力量参与军民融合，实现有效拥军，提出一些自己的考虑。陕西容厦物流园依托现代化的管理模式，充分发挥员工大多是复转军人的优势，以物流园区仓储、办公用房、场地、运输设备乃至物资、产品为部队提供高效保障，部分员工可作为民兵预备役。他的意见和建议得到驻渭部队和渭南市相关部门的高度重视。

王友民说，民营企业各有侧重，不能要求它们个个都达到陕西容厦集团的拥军水平。我们的基础条件好，可以单独做好相应规模的部队保障，应该探索出一套就近联合的动员保障模式。其他企业可根据各自属性特点，一家企业做不了，几家企业联合起来做。比如，甲企业有场地优势，乙企业有仓储优势、丙企业有运输优势，有针对性地做好某一项保障能力，形成常态模块，各自发挥好各自的融合优势，然后模块化组合，既有效又集约，不增加企业负担。

40年来，王友民崇德扬善，扶危济困，把拥军落在实处，与时俱进。他的事迹得到了中央、省、市、区的表彰和社会的普遍赞誉。但他认为，拥军永远在路上，个人的力量微不足道，需要更多爱国爱军的企业家去奉献情怀，做好军民深度融合，在新时代拥军路上走得更好和更远。

不忘初心，牢记使命，拥军永远在路上

现在的陕西容厦集团，是一家现代化的仓储物流中心，是渭南市最大的电子商务中心。商务中心免费培训复转退役军人技能，提供商业信息，并接受大量退役军人就业，目前70%的园区职工为复转军人或军人子女。陕西容厦集团董事长王友民领导他的企业，40年如一日，爱国拥军，切实为部队办实事，多次被中共陕西省委、陕西省人民政府、陕西省军区、渭南市委、渭南市人民政府、渭南市军分区及驻渭部队评为"拥军优属模范"和拥军先进单位。他的拥军事迹得到各级党政军领导一致称赞。曾经担任党和国家、军队领导职务的乔石、彭冲、廖汉生、迟浩田、李德生等老同志，先后为他题词嘉勉。

2018年11月10日，王友民在容厦集团举办"颂伟大时代，抒将士情怀"老战士书画展，各界人士2000余人冒雨参加了开幕式。

近年来，几乎每年的建党、建军、国庆、抗战纪念日、元旦等节点，王友民领导下的陕西容厦集团，都会举办形式多样的"双拥"活动。自搬迁新址后，在渭南国家高新技术产业开发区管委会的大力支持和坚强领导下，陕西容厦集团以创建"双拥模范城区"活动为契机，与驻地部队携手并肩，深入开展"办实事、解难题、做贡献"主题实践活动，先后组织了一系列丰富多彩的双

拥共建活动，深入践行军民鱼水情，大力推进军民深度融合，真心实意为部队、为军人办实事、解难事，切实当好他们的坚强后盾。

自1987年驻渭某部队到公司慰问演出至现在，每年公司都为部队官兵组织文化演出，特别是在渭南市体育馆的三次演出、金秋双拥晚会、爱心献功臣双拥晚会举办得极为成功。文化拥军，顺应时代潮流，满足了军人对文化的渴望，让红色文化深扎人心。

2017年，王友民被推荐为"陕西省南泥湾精神研究会"副会长，这既是对他多年来心系部队官兵、积极践行"双拥"（拥军优属、拥政爱民）的大爱情怀的肯定，又是其"双拥"路上的新起点、新路标。

一个人干一件好事容易，但一辈子坚持干好事不是容易的事情。王友民说："我的心底流淌着奔流澎湃的黄河之水，我的胸中横亘着云山万重的巍巍秦岭，我的身体里埋藏着古老坚强的秦人基因，我拼尽毕生的绵薄之力，想要将'双拥'及社会公益事业进行到底，我付出全部的赤子之心，想要唤起属于我们民族的伟大精神。"

在2019年7月29日举行的全国双拥模范城（县）命名暨双拥模范单位和个人表彰大会上，中共中央总书记、国家主席、中央军委主席习近平同志指出，我们正在深化国防和军队改革，这是一场整体性、革命性变革，需要各方面大力支持。我们正在推进军民融合发展工作，需要双拥工作为此打下扎实基础。我们正在统筹推进"五位一体"总体布局、协调推进"四个全面"战略布局，也需要对"双拥"工作给予有力配合和支持。要通过内涵丰富、多彩多姿的"双拥"工作积极支持党和国家工作大局、国防和军队建设全局。

"拥军就是筑长城，爱军就是爱国防。"鱼水情深，军民一家，

"双拥"永远在路上。对于自己的"双拥"之旅,对部队有深厚情怀的"老兵"王友民还有着更为长远的规划。他说,未来要联合国内的书画名家,"将我党我军的红色历史全部画出来,编书、刻盘、办展览,要让全民懂历史,让红色基因永相传,让我们的下一代爱英雄。"

吕书全
用匠心扮靓陕西

王晓云撰文

王晓云

中国作家协会会员,中国报告文学学会青创委委员,陕西省百优作家,陕西省青年文学协会副主席。曾在《人民日报》《文艺报》等发表散文数百篇,在《中国作家》《钟山》《小说界》《清明》《北京文学》《延河》《长江文艺》等刊发表中短篇小说多部。出版《读懂浦东》《重庆人在上海》《绿野之城》等作品8部。曾获陕西省首届柳青文学奖,《上海采风》杂志新都市小说奖。

2020年12月，陕建装饰集团董事长、党委副书记吕书全获得了由陕西省委宣传部、省退役军人事务厅、省军区政治工作局、省工商业联合会共同组织评选的"陕西最美退役军人"称号。这份荣誉来之不易，它来自吕书全在新疆当兵的那些难忘的日日夜夜；来自他多年来，在陕建装饰集团的那些无怨无悔耕耘的日子；他奉献的青春年华；它是陕建装饰集团集体的荣耀。

要了解这位"最美退役军人"，让我们检索时光，看看那些他铭记于心的过去、当下，与他正在向往着的未来……

19岁出门远行

吕书全最终会成为一名军人，并成为"陕建人"，与他的家庭与童年生活很有关系。

1965年，吕书全出生在西安一个多子女的家庭，大家庭里那种相帮相扶的氛围为他的性格注入了很多亲和力。

吕书全的父亲是一位地地道道的陕建人，曾经担任陕建三公司一个基层单位的党支部书记。今日的陕建集团，前身为1950年初由万余名中国人民解放军建筑工程兵组建的西北建筑公司，军人们脱了戎装换工装，背起行囊再出征。吕书全的父亲也秉承着这种具有军队化背景企业的思想与传统。他对工作兢兢业业，对子女严加要求。他有四个儿子一个女儿，他从内心期冀孩子们健康成长，有志有为。在他和妻子的言传身教下，几个子女都取得了出色的工作业绩。吕书全的母亲也在陕建系统工作，她就职于当时的西安红旗电机厂，这家企业有着优良的革命传统，是一位全国劳模带着8名妇女奇迹般创建的工厂，至今，仍可在网上搜寻到《一心为革命——西安红旗电机厂艰苦创业记》这本记录着该厂光辉业绩的图书。

在有着优秀传统的家庭里成长的吕书全接受了严格的教育,父母亲总是教育他,要听党的话,要又红又专,在单位要表现好,在学校也要表现好。吕书全是家里最小的孩子,也是受苦最少的,他的哥哥、姐姐付出的比他要多。吕书全为了让自己表现好,从小就非常克己。他们家住在机关大院后院,楼上住着许多老红军、老干部。下雪了,才上小学的吕书全常常会主动去院子里扫雪,给老爷爷老奶奶们送报纸。那时的冬天没有暖气,年少的吕书全经常主动帮老同志家里搬运蜂窝煤,黑色的煤球常让他脸上黑一块白一块的。他还常帮老人们扛粮食,拿蔬菜……今日回想起来,那种机关后院俨然一个温暖的大家庭,在那里,很多老人是看着吕书全长大的。那些老红军都特别喜欢他,常给他讲战争年代的故事。

在学校,吕书全也一直表现良好,从小学到中学他一直担任班干部。小学时是优秀少先队员、少先队大队委,还经常被评为三好学生、学雷锋积极分子。小学毕业后,吕书全升入西安市第89中学,在新生里第一批入了团,担任学校的团支部书记,还被评为优秀团干部。时光匆匆,转眼间,吕书全即将高中毕业,这时,他面临参加高考深造还是参军这样一个重大的选择。当时,参军是许多孩子的夙愿。在吕书全家,无论是父亲家族还是母亲家族,几乎每一代人里都有军人。吕书全的一位舅舅是武警部队的大校。父亲家族里有一位小叔,曾在甘肃某雷达基地工作,是一位优秀的志愿兵,也是兰州军区学雷锋先进个人。到了吕书全这一辈,父亲常说:哎呀,我们这下一代,还没有个参军的!吕书全的三哥当时一心想参军,但最后因名额所限而受阻,父亲觉得有些遗憾。

1984年,面临高中毕业的吕书全跃跃欲试,他一心想参军,因为从小就向往着军队的生活。小时候,父母给他做的服装有很多是军装风格,他特别喜欢穿。那时,吕书全也偶尔会跟父亲去建筑工地,他请那个一直逗他玩的木匠师傅用废弃的边角料做了把小手枪,晚上睡觉都要抱着那个木制手枪才能入睡。少年时期,他听的各种部队歌曲,以及看过的像《小兵张嘎》《柳堡的故事》《英雄儿女》《永不消逝的电波》等等涉及军人题材的电影,故事跌宕起伏,场面震撼感人,给向往军队生活的少年吕书全留下了深刻的印象。他一直憧憬,有朝一日能穿上军装保家卫国,或者是在祖国的边防线站岗放哨。他感到那是一种无上的荣耀。

1984年,吕书全悄悄去武装部报名参军……各种政审、成绩审查、体检都进行得很顺利。参军通知如期而至,梦想这么快就要变成现实,吕书全都有点不能置信!

那时,吕书全还不太确定母亲是否会赞成自己参军,因为他报名参加的陆军炮兵部队,驻地在遥远的新疆,那里,离他从小生活的西安城有几千里路程,那里冬天非常冷,气温常达到零下二三十摄氏度!吕书全担心母亲不舍得让家里最小的孩子去那么远的地方,他便没有告诉母亲报名参军的消息。

还有几天就要出发了,吕书全从莲湖区武装部悄悄领回崭新的军装。那天,有几个同学好友来为吕书全送行。吕书全对母亲说:"妈妈,我同学来了,您帮我们炒几个菜吧。"眼见着要分别,同学们难受地掉眼泪了。母亲好奇地问:"你这是要到哪里去啊?"吕书全说:"我当兵啊!"当得知吕书全马上要到遥远的新疆参军时,母亲当场就哭了。她实在心疼,没想到孩子这么快就要出门远行。

吕书全拿出了崭新的军装,母亲一见,心中更加感慨。但当她看见儿子换上崭新的军装,那军绿的颜色散发出温柔的光泽,母亲一瞬间就被感动了。

几天后，吕书全坐上了开往新疆的列车。那情景就像他多年后听到的那首歌描述的一样："再见吧，妈妈。再见吧，妈妈，军号已吹响，钢枪已擦亮，行装已背好，部队要出发……"

19岁出门远行，吕书全人生的道路通往了军营。

艰苦的军营　淬火的青春

从西安坐火车到新疆某地，经过了两天三夜，还要从那里的兵站坐三天的闷罐子车才能到吕书全所在的部队——陆军某炮兵部队。到达驻军所在地总共用了一个礼拜。到达后，由于乘车时间太长，吕书全连着两三天晚上睡觉，都感觉好像还在车上，持续地摇晃。

部队驻地在新疆南部，在群山环抱的带状盆地之中，周围有天山、达坂和叠山洪沟，几条清澈的河流在境内流过。此地属温带大陆干旱型气候，夏天最高气温达38℃，而冬天的最低气温能降到零下28℃，温差非常大。除了山脉、林地、草场、矿藏之外，驻地还有野生动物马鹿、黄羊、熊、狼、狐狸等与人类和家畜在辽阔荒凉的环境里共生。那里，日后成为吕书全梦里经常出现的第二故乡。

当年吕书全所在的部队是一支曾经鏖战西北，创造过无数光辉业绩的部队，已驻守天山60余年。部队在西北名气很大，曾是机械野战师。

新疆招兵，陕西、甘肃人是主力军，但陕西位于西北靠东南地区，所以陕西人要适应新疆气候需要一个艰苦的过程。入伍之前吕书全对军营生活的想象，大部分来自电影上的浪漫情节，从未想到生活会有这么艰苦。下了火车前往营地时乘坐的是解放牌卡车，车上只有帆布棚，新兵穿着棉衣棉鞋，戴着皮帽子，但仍觉得非常寒冷，一眼看过去的几乎都是荒凉的戈壁滩。新兵欢迎仪式定于星期五，可因为路程远，他们晚到了一天，仪式便取消了。到驻地的时候已经将近下午7点了，炊事班已休息，只好由几位战士动手，把白菜粉条一炖，下了几锅面……军营生活就这样开始了。

茫茫戈壁滩上只有连队孤零零的房子，很少见到放羊的牧民。在西安城里长大的青年，眼里看到的除了戈壁滩就是石头。晚上给家里写信，拿出信纸和笔，写到亲爱的爸爸妈妈时，吕书全的眼泪就掉下来了，这里和他想象中的情况落差很大！但他从小就好面子，只能忍着。睡觉的地方是一个大通铺，没有暖气，只有火墙取暖，和他同住的有7名士兵，大家一人一个小凳子趴在床上写信。吕书全憋着眼泪，而有的战友哭得哇哇的，信纸都被打湿了，几乎写不下去。

西安兵到这儿要接受耐寒训练，以适应当地的气候，早上没有热水就破冰用冰水洗脸。新兵训练，趴在地上学射击瞄准的时候，气温在零下二三十摄氏度，脸挨着枪械，稍不注意，脸上的皮肤就会被揭掉。生活也相对清苦，蔬菜只有白菜和苤蓝，部队自己种了一点菜，但很少能吃到肉。

吕书全离开西安赴新疆参军时，父亲曾对他说：第一要争取入党，第二要争取立功，但父亲可没想到他来这里之后的艰苦。尽管这样，吕书全早已下定了决心：开弓没有回头箭，只能勇往直前。

到部队首先要通过新兵训练考核，那就必须表现良好。吕书全在新兵训练的时候，队列训练和轻武器射击都获得了连队

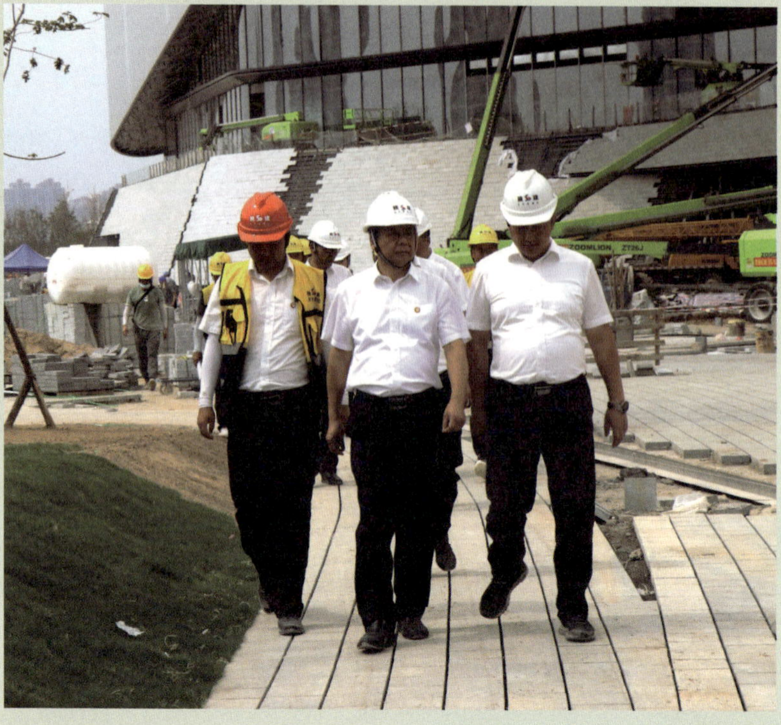

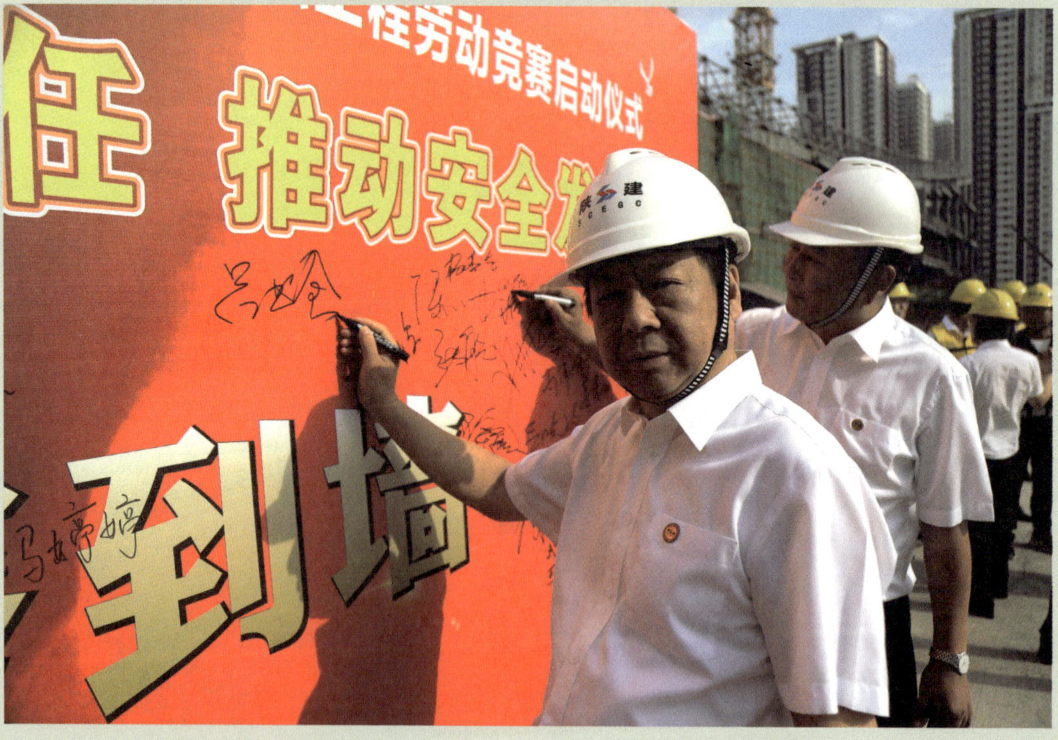

程劳动竞赛启动仪式
任
推动安全
到墙

的嘉奖。

当时吕书全所在的部队是机械化多兵种建制,他被分到了火箭炮营。火箭炮发射速度快、火力猛,在极短时间内可发射大量火箭弹。吕书全所在部队的火箭炮都装在汽车上,火箭炮在发射后5秒内就会出现热光效应,人员需要迅速转移。通过新兵训练后,他作为其中的技术骨干,首先被安排去学驾驶。学会驾驶技术后,他再次回到火箭炮营。

吕书全从小爱写作画画,正好当时部队政治处要选拔一个新闻通讯员,于是就选中了他。之后他除了继续接受训练外,还负责炮兵团的宣传报道工作。他兼任炮兵团驻地《阿克苏日报》和《人民军队报》的通讯员,采写的军营生活稿件,多次在《人民军队报》《解放军报》发表。至今,吕书全还记得他曾经写过的一个稿件:"我们团驻扎在塔克拉玛干沙漠,自然环境较为艰苦,但与群众的关系却相濡以沫。部队参与抗洪抢险,食宿都在杏园,严守群众纪律,秋毫无犯,杏子熟了掉在地下,战士没有一个人吃的,捡起来就放在篮子里。老百姓对军人多有赞美。"

吕书全参加部队训练表现优秀,在内务和军事比武上,曾荣获"双优"学员、连嘉奖、团嘉奖、师嘉奖,并荣立三等功一次。1987年6月,吕书全光荣地加入了中国共产党。在部队历练后,他的吃苦精神、纪律性、组织能力,各方面都得到了锻炼与提升。

情注陕建奉献热血

1987年10月,吕书全从部队光荣退役,回到古城西安。

那时吕书全的父母家人都在陕建集团工作,1988年,他也被分配到陕建集团下属的陕西省机械施工工程公司(现更名为陕西建工机械施工集团有限公司）工作。去单位报到后，他被分到二处开自卸车，常常忙得忘了下班。因为表现好，加之他在部队曾当过通讯员，不久便转岗到二处团委，从事青年和宣传工作。那时，处里有一个内部报刊，可编发一些报道，还有一项工作是在工地搞宣传，经常要在围墙上写标语。他从小爱画画，写美术字也是强项，工作起来便得心应手，搞宣传工作常常通宵达旦、废寝忘食。在团委工作两年，他围绕重点工程开展了青年突击队竞赛活动。凭借出众的业绩，他被评为公司先进个人。

1991年6月，吕书全被选拔到陕建集团总公司团委从事共青团工作，后转岗为集团总公司党政办公室秘书，其后又调到集团总公司工会担任生产部部长，分管劳动竞赛。由于他的辛勤付出和默默奉献，集团总公司获得全省劳动竞赛先进单位荣誉称号。接着吕书全再次被调到集团总公司团委担任书记，其间，集团总公司团委被评为全省五四红旗标杆团委，他本人也被评为全省优秀团干部。那时，集团总公司在八省（区）青工大赛中连年获奖。

加入装饰集团，重担在肩

2003年，吕书全调到陕建装饰集团的前身陕建装饰公司工作，担任副总经理。2005年，公司年签约合约额不到1000万，仅有30多名职工，工资发放率仅为50%，企业资质也从一级降到了二级。

就在这时，集团总公司调整了陕建装饰公司的领导班子，由吕书全接任总经理兼党总支书记。那时，他觉得压力很大，怕自己难以胜任耽误了工作，曾有过打退堂鼓的念头。但是，军营生涯锤炼了他的意志，他深入思考后，认识到自己绝不能辜负上级领导和广大职工的信任。

当时公司欠着外债，还欠交养老统筹金等，吕书全急得整晚睡不着觉。为了揽到任务，他拿出锲而不舍、坚韧不拔的勇气，几乎每天都开着一辆破旧的桑塔纳四处找工程，跑断了腿，磨破了嘴，借钱维持公司项目的前期运转。第7个月，终于接到了咸阳某大厦的内装修工程。紧接着，又接到了黄帝陵轩辕宾馆的内装饰工程。在做这些工程中，吕书全和广大职工同吃同住，带领大家干一项工程，交一方朋友，拓一方市场。

当时，吕书全给自己制订了三年工作计划，第一年，遏制下滑；第二年，负重爬坡；第三年，实现突破。就这样，在全体职工的共同努力下，企业迎来了转机，开始承担省上的重大装饰项目，迈上了稳中求进、跨越发展之路。

2007年，装饰集团接到陕西宾馆10号楼的装饰项目。10号楼是政务接待大楼，代表陕西会务接待的标准。吕书全在全体职工大会上郑重要求：这个项目，直接关系着企业未来的生存和发展，一定要不惜代价，哪怕零利润也要创品牌。要通过这个项目创优夺杯，提升企业的知名度。

经过一段时间的艰苦努力，企业取得了全国室内装饰协会的甲级设计甲级施工资质，此后，又相继取得了建设部的设计甲级、施工一级资质，为公司未来的发展打下了良好的基础。

吕书全坚守着部队的作风：所有重点项目，领导一定亲自部署，身体力行。在艰难的负重爬坡中，企业生产经营实现了突破。随着业务增多，公司不断吸纳人才，注重人才培养，员工队伍逐渐壮大，业务能力得到持续加强，先后承接了多个国家和省上的重点工程。

装饰集团，在团队努力下创造经典

吕书全2003年到装饰集团的前身装饰公司工作，从副总经理到总经理再到董事长，一路走来，18年风雨兼程，他秉承"为客户创造价值，让对方先赢、让对方多赢，最终实现共赢"的合作理念，与经营人员一起跑市场，为装饰集团由小到大、由弱到强奉献了自己的智慧和力量。企业年营业收入从500万元增长到9.03亿元，特别是近五年来，年合同签约额、营业收入和利润等指标连年保持30％左右的增长速度。集团荣获了中国建筑装饰协会企业信用评价AAA级企业、中国建筑装饰行业三十年优秀装饰企业等荣誉称号。集团领导班子被陕建集团党委命名为"四好"领导班子。他本人也被中国建筑装饰协会授予全国建筑装饰行业资深优秀企业家、陕西省建筑装饰行业二十年优秀企业家和陕西建工集团劳动模范等荣誉称号。

多年来，吕书全通过与班子成员一起深入研究，组建了一个个创品牌工程的项目管理班子，编写了一套套项目管理方案，坚持创品牌工程的项目管理模式，"闯"出了一条创品牌工程的必经之路，从而实现了2008年以来企业年年创国优、岁岁捧大奖的目标。企业先后荣获鲁班奖12个、国优奖7个、中国建筑装饰奖19个。编制完成30余项技术创新成果，荣获全国科技示范工程奖6项、全国科技创新成果奖5项、国家专利13项、省级工法8项、省级施工工艺标准10项、省级QC成果12项。

十几年来，当过兵的吕书全干工作始终保持着"不破楼兰终不还"的气魄。为了赢得鲁班奖，吕书全常常到现场蹲点，少则十几天，多则数月。在庄严肃穆的陕西大会堂、气势恢宏的延安大剧院和美轮美奂的开元名都大酒店等创建鲁班奖项目的施工过程中,他坚持与现场职工同吃同住,按照"策划先行、样板引路、过程控制、一次成优"的施工方案,对技术精益求精,对工艺"粗粮细做",对质量"吹毛求疵",追求匠心独运。2018年5月,他从西安交大创新港项目返回时不慎摔裂了肋骨,仅休息三天,便缠着绷带继续前往创新港项目参加战斗。2020年6月7日,省上要求陕建集团承建的所有十四运场馆项目须于6月30日前完工,他二话不说便去现场蹲点督战,带领项目部全体职工经过30余个日夜的鏖战,确保了装饰集团参建的全省开工最晚的十四运场馆项目——韩城柔道馆6月30日顺利完工,赢得了陕西省、韩城市和陕建集团有关领导的高度评价。

作为企业的掌舵人,吕书全深知清正廉洁不仅是党员领导干部的自身追求,更是广大职工的深切期盼。多年来,找他分包工程、推销材料的同学、朋友、亲戚不少,但吕书全始终坚持原则,他从未违规指定、暗示工程分包和材料采购等事项。作为一名共产党员,他深深知道,只有坚定廉洁,才能一身正气,才能把工作做好。

2018年以来,随着陕建一建集团、三建集团、五建集团、七建集团加盟,陕建装饰集团改制为注册资金2亿元的现代企业集团,由此开启了企业高质量发展的新篇章。企业成为拥有建筑装饰工程设计、建筑幕墙工程设计甲级资质,其他各种专业承包一级资质,拥有三个独立法人子公司和200余名一、二级建造师及各类中高级专业技术人员的企业集团。

近年来,陕建装饰集团打造的装饰经典工程数不胜数,像一颗颗璀璨的明珠镶嵌在陕西乃至省外的大地上。在教育领域,有风格各异的各类学校,如西安交通大学科技创新港(全国面积最大的群体鲁班奖)、延安大学新校区、西安高新一中新校区等；在医疗装饰领域有西北妇女儿童医院、青海省民和县人民医院等；有美轮美奂的酒店项目，如陕西宾馆、开元名都大酒店、华山国际酒店、青海临空国际酒店、榆林人民大厦等；有彰显国企担当的惠民工程，如陕西大会堂、延安大剧院、安康大剧院、陕西奥体中心体育馆、韩城柔道馆、延安八一敬老院、长安书院等；有展示企业形象的经典工程：陕西省委综合楼、中西部商品交易中心、陕西监察委员会办公楼等；有展现西安国际化大都市标志性建筑风采的中贸广场、UPARK 国际购物中心、小寨赛格国际购物中心……这里撷取的只是陕建装饰集团近年大量装饰项目中的部分代表，还有更多的项目正在建设之中。

谈及这些年取得的成绩，吕书全很低调，他说，这都是班子成员和全体员工共同努力的结果，也离不开家人的支持。可能军人的气质已经潜移默化融进了我们的企业，在我们企业文化中，令行禁止、言行一致、吃苦耐劳的精神都得到了很好的传承。我们的职工特别能吃苦，干每一项工程就像打一场攻坚战，最终都能拿下高地，而且干得很漂亮！

刘毅是 2020 年 3 月调到装饰集团担任党委书记的。他这样评价吕书全："第一好学，他是当兵出身，后上党校学的经济管理专业，不是专学建筑装饰的，但这么多年面对不断更新的装饰材料和工艺，他持之以恒地学习，从而适应了建筑装饰行业发展的需要。第二敬业，他有着军人'不破楼兰终不还'的气魄。在一个个工程节点，他都到现场蹲点，少则十几天，多则数月。忙起来一天能跑五个项目，现场办公。第三是诚信，他要求装饰集团施工的所有工程，既要保证品质，又要保证时间节点。2021年初夏，集团参建十四运配套项目长安书院，该项目正常工期需半年以上，而建设单位要求的工期只有80天，并且质量目标是争创鲁班奖。为按照时间节点保质保量完成任务，吕书全董事长带领员工日夜规范赶工，为助力十四运增光添彩。第四友善，他关爱公司职工，为大家创造温馨和谐的工作氛围，在坚守原则的情况下，对职工孩子入托、上学、就业和老人看病等困难提供力所能及的帮助，助力广大职工无后顾之忧地投入工作……"

筑梦未来扬帆远航

吕书全的办公室里悬挂着一副"长风破浪会有时，直挂云帆济沧海"的六尺整张行草书法。他说，自己经常用唐代诗人李白的这句诗激励自己，工作中从不敢有丝毫的懈怠。

展望未来，在以十三朝古都闻名于世的西安，根植于这方沃土的陕建装饰集团在多年不断优化和整合的过程中，形成了独具特色的"聚人心暖人心强信心筑同心凝一心"的"和心"文化。企业全体职工心往一处想，劲往一处使，正秉承诚信赢天下的理念，向着"十四五"的宏伟目标阔步前行。

未来陕建装饰集团将会继续以铿锵有力的步伐和敢为人先的勇气，用一座座优质环保、健康智能的经典工程扮靓陕西，传颂陕建装饰人顾客至上、共赢发展的佳话，迈向更加美好的明天！

陕建装饰集团的发展，也正是"最美退役军人"吕书全多年工作全部努力的见证！

曾朝和

一位退役军人的"和平"路

———

王晓云撰文

位于秦巴山区的陕西省安康市紫阳县，是陕西著名的产茶区，这里山大沟深，森林茂密，风光秀丽，云雾缭绕，生长着沁人心脾的"东方树叶"——茶叶，也诞生了知名茶品牌"和平茶业"。

创建守护"和平茶"的是一位退役军人，他叫曾朝和。曾朝和曾履行军人的使命，用青春守护着"和平"梦，而退役后，他用自己的勤劳与智慧，创建了自己新的事业。

遍山"野茶"的童年

紫阳山清水秀，汉江绕城而过，因此紫阳曾是汉江航运上著名的码头，也是安康古文化最为繁盛的地域之一。这里的茶叶在陕西和全国享有良好的声誉，而清越的紫阳民歌，被列为国家级非物质文化遗产，在汉江两岸传唱。

曾朝和出生的和平村，距紫阳县城有 10 多公里的山路。

作为家里四兄妹中的老幺，曾朝和深受父母疼爱。他凡事喜欢刨根问底，年幼时跟着爷爷串门，看着亲戚端来的热茶，茶叶好看的形状和热气升腾带来的清香，让他觉得十分好奇：

"这是什么呀，又香又好喝？"

"这是茶。"

"茶是什么啊？"

"茶就是咱们这里的一种树叶，家家户户都喝的。在古代，还是给皇帝上贡的贡品哟。"

"那别的地方有茶吗？"

"别的地方也有，但和我们紫阳县的不一样。"

"那为什么咱们这里有好茶？还有这么多呢？"

"哪里晓得！老天爷赏的呗。没人知道老祖先里哪个神仙种下第一棵茶树。后来呢,你看,雀儿、松鼠到处捡拾茶种,存起来藏着准备过冬,这里一点,那里一点,藏得多了,也就忘记了。隔年春天,雨水一浇,太阳一晒,睡了一冬的茶种醒过神来,就长出了新茶树。"

就这样,曾朝和认识了这种长在房前屋后、被老百姓称作"野茶"的植物。乡亲们爱喝茶,曾朝和的母亲也爱喝茶,而且懂得手工制茶。在紫阳,手工制茶是家庭主妇必备的技能,夸谁家媳妇出色,就说"茶饭好",好像制茶比做饭更重要。童年的曾朝和眼见母亲制茶、家里人喝茶的种种情形,也慢慢懂得如何手工采摘、炒制茶叶之后用适宜温度的水泡茶来招待客人。但他当时还不知道,在冥冥之中,他的一生将和"茶"结下不解之缘,这种叫"茶"的植物将会根植在他的灵魂深处,成为他日后为之操劳、梦萦魂牵之物。

襄渝铁路民兵和北京铁道兵的华丽转身

为解决大西南部分地区物资匮乏,缺少铁路、公路、电力导致的落后闭塞问题,国家决定修建襄渝铁路这条横贯鄂、陕、川三省的东西走向的重要铁路干线,当时修建襄渝铁路,对发展经济、加强国防的意义不言而喻。

修建襄渝铁路途经处于沟壑纵横的秦岭与巴山之间的紫阳县,这里汉江水流湍急、地势险峻,县城临江街道长不过500米,宽为3米左右,在铁道兵部队入陕之前,紫阳县几十万人,渡船过汉江是紫阳人出行和货物运输的重要方式,这也给修建襄渝线紫阳段带来了巨大的压力。

施工初期,工程机械化程度很低,大量物资需要肩挑背扛,需要大量人力，加上任务重、工期短、物资严重不足，需要当地民兵支援。襄渝铁路修建处从社会招收民工。那时民工待遇是只管饭，工资微薄，几乎是义务劳动。而为了响应国家号召，也为了建设家乡，当时年仅17岁的曾朝和毫不犹豫地报名参加了。

在峰峦重叠，坡陡谷深，水流湍急的山间小路上，他和众多民兵一起肩挑背扛，人工打炮眼，挖隧道，抬石头，不怕苦，不怕累，甚至于不怕牺牲。有一次，和他很亲近的一个乡亲走进隧道点炮眼，由于地质特殊，气候湿潮，炮的引线迟迟不响，这个乡亲走上去查看时，炮突然响了，滚石雷动……

艰辛的劳动，给了曾朝和健壮的体魄，也为他带来更加丰富的人生体验。

由于能吃苦，头脑聪明，乐于付出，曾朝和得到上级认可，在1972年襄渝铁路紫阳段铁路大桥竣工后，曾朝和被组织推荐，光荣地参军入伍了！

他成为铁道兵，所在部队的主要任务是修建铁路。在修建铁路的过程中，曾朝和时刻牢记部队的纪律要求，积极为当地百姓分忧解难，帮老百姓挖水井、干农活。他积极参加部队的各项活动，认真学习毛主席著作，深刻地感受到人民部队为人民的崇高信念，也感同身受地体会到马克思唯物主义辩证思想的魅力。他勤奋学习，积极虚心地向身边的人请教。部队中的学习、生活，和走南闯北的铁路修筑工作都极大地开阔了这位从秦巴大山走出的年轻人的眼界，使他认识到家乡和外面的差距。

一条铁路使紫阳和外界建立了联系，一本《毛泽东选集》让他有了更多的思考：身为军人，应该怎样做人，才对得起"人民解放军"这一光荣称号？怎样做事才能对得起国家，对得起人民？一日入伍，终身为兵！部队的锤炼，知识的储备，胆识的锻炼，眼界的扩展，让这个从大山深处走出来的青年开始了脱胎换骨的变化，为人民服务的信念镌刻在他的灵魂深处。他明白，从此后，无论何时、无论何地，他都会时刻将一名军人至高无上的荣誉牢记在心：军人本色就是为党、为国、为民吃苦在前；军人骨气就是永不服输，永不向困难低头，坚定胜利的信念；军人天职就是保家卫国，与国家利益生死与共。身为军人，当一心为公，一心为民。

回到紫阳绿水青山

1978年，经过了整整五个年头，曾朝和从部队退役回到紫阳。

山还是那么高，水还是那么清，朴实的乡亲们还是过着食不果腹的日子。一个问题始终萦绕在曾朝和心中：怎样才能让老百姓吃饱饭，过上好日子？

有文化、有想法、有干劲、有魄力的曾朝和一回到生产队，就被大家推选为率领100多人的生产队长。

曾朝和小时候曾经遭遇过三年困难时期，深知饥饿的滋味。外面世界与家乡贫困面貌的巨大反差让他郁闷，复员返乡的一腔豪情与路在何方的惶惑，搅得这个铁血汉子昼夜不安。当看到乡亲们劳苦终年，却连基本温饱都无法解决时，他心急如焚，为老百姓分忧解难是一个军人当仁不让的担当！但出路在哪里？

曾朝和面对家乡严峻的状况冷静思考。他清楚地意识到紫阳地处秦巴腹地，山大沟深，灾害频繁，年年冬春抬田修地，努力耕作，却收获很少。原因是这里属中国南北气候交流的高山区域，土层很薄，山高坡陡，倾斜度高达四五十度，夏秋多有暴雨，一场场暴雨常将土地和肥分冲得七零八落。水土流失，石漠化严重，耕种常常连撒下的种子都收不回来。显而易见，紫阳县一带不利于种庄稼，苦干蛮干"学大寨"于事无补。

然而，紫阳特殊的山形地貌却利于茶树生长。茶树根长，能深扎进石缝，不怕暴雨。采茶主要在春、夏两季，雨季来临时，茶叶已采摘结束，恰好避开暴雨。历史上，紫阳正是因为有此优势，才成为传统产茶区。靠山吃山，靠茶吃茶，这里的群众都会采茶，家家有手工制茶传统手艺。早在唐代，紫阳的茶就以"毛尖""芽茶"而驰名。据《华阳国志·巴志》记载，早在西周时，紫阳汉江一带的制茶已十分普遍，东汉时为进贡而兴植茶园，经紫阳的茶马古道在清朝时驿马络绎不绝。

曾朝和居住的和平村自古就产贡茶，享有盛誉。但因政策多年强调"以粮为纲"，茶地已荒芜了很久。曾朝和是细心且有主见的人，他仔细算账，比较种庄稼与种茶树的收入与付出，结果发现种庄稼可能面临暴雨泥石流等自然灾害，而茶树几乎不会遇到灾害。在正常情况下，种粮食的收入仅为种茶收入的十分之一。当地应因地制宜，扬长补短，大力发展茶业才有出路！

说干就干！曾朝和凭着部队生活锻炼出来的胆识，把各种数据、具体事例以及自己的想法列成提纲，去找当时紫阳县委负责农业的副书记李振华。恰逢中共十一届三中全会刚刚召开，改革开放拉开帷幕，种种禁锢被打破，作为主管农业的副书记，李振华也正在寻找着改善人民生活的突破口。

曾朝和不承想到，自己一个普通的复员军人，一个小小的生产队队长的想法，竟然得到了李振华副书记的大力支持！当他步行两小时从县委返回和平村时，乡镇公社的负责人已经在他家门口等着他了！原来是李振华副书记亲自给乡镇负责人打电话，让协调信用社准备了1200元贴息贷款，让曾朝和用于购买几十亩荒地种植茶叶。随之，中共紫阳县委关于大力发展茶业的文件发往全县，掀起了紫阳县改革开放后大力发展茶叶种植与生产的第一个高潮。

李振华书记的支持和信用社雪中送炭的贷款，让曾朝和如虎添翼！他用这笔钱购买了 1000 斤茶树籽，在和平村承包了 20 亩荒地开垦，大力推广栽种茶树，发展茶业。

曾朝和一次次踏上乡间他所熟悉的羊肠小路，认真观察，不断摸索茶树的生长习性，用自己的脚步丈量着这片山水的每一寸肌肤，在崇山峻岭间寻找适宜茶树生长的地方。

在曾朝和的带领下，当时乡镇企业局办的村办企业和平茶厂逐渐兴盛起来，曾朝和与他的团队，那些世代种茶的庄稼人一起，努力钻研茶树的种植技术，摸索采茶、制茶的工艺，实现了紫阳县茶叶加工工艺的重大突破，所制作的茶叶外形漂亮，口味好，深受市场好评。和平茶厂的茶叶售价虽比其他茶厂高，但品质也很高，和平村的村民有了奔头，有了种茶的热情，他们的口袋里第一次有了足够买粮食的钱！

用军人的荣誉担保茶叶的品质

一名军人的义无反顾，一名军人的雷厉风行，一名军人的刚正无私，让和平茶厂生机勃发。

在紫阳县委、县政府领导和相关部门工作人员的支持下，在曾朝和的努力下，和平茶厂的影响力越来越大，渐渐成为附近 12 个村的共有茶厂。农民采了茶，不再自己制作，而是交给和平茶厂的茶把式来制作。而和平茶厂的茶叶制作、加工能力不断提升，产量由曾朝和接手时的年产两三万斤上升为 15 万斤，成为紫阳

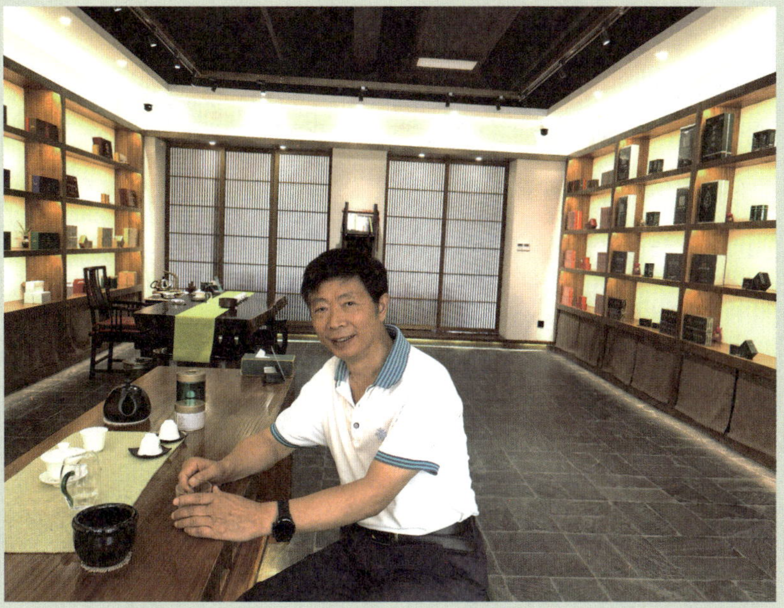

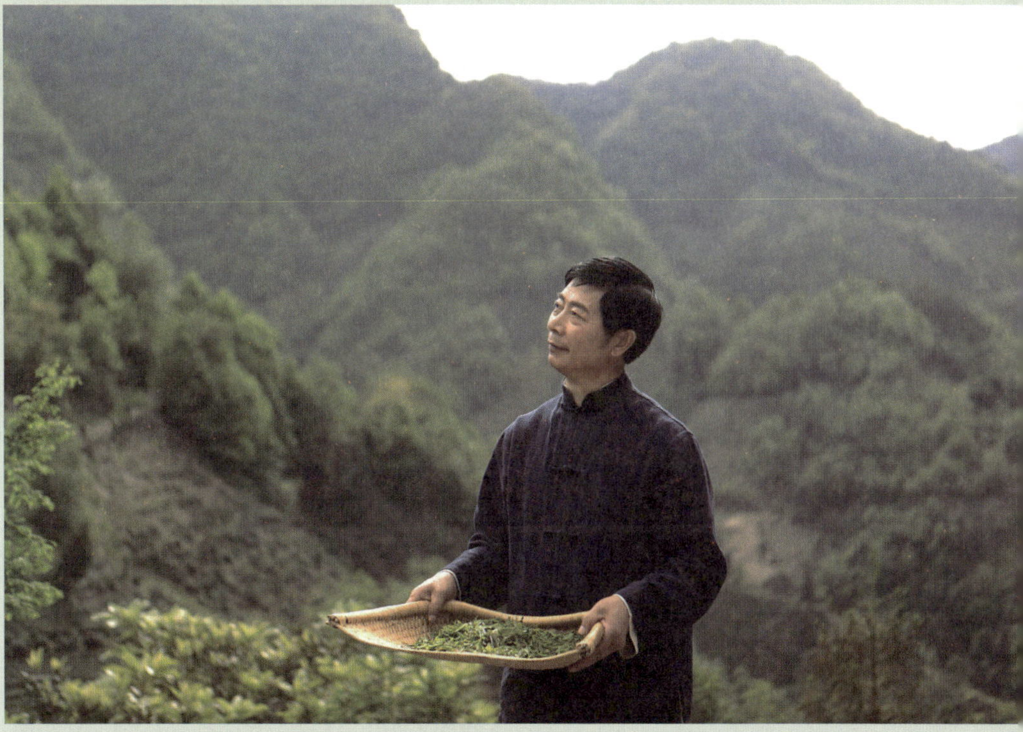

县茶叶行业的领头羊。

为保证茶叶的生产质量，曾朝和一丝不苟地狠抓茶叶质量。他亲自参与茶叶从品种的种植选择、采摘、晾晒、杀青到手工制作的全部流程。1985年，和平茶厂作为技术协作单位，提供场地、原料、人员，紧密配合紫阳县科委开展"提高紫阳毛尖茶品质研究"课题研究，把种茶、制茶，作为一个课题研究。和平茶厂课题研发获得成功，成为拥有知识产权的特殊茶企。

浮云做雪融，世味煮茶浓。曾朝和认为茶道即人道。一方水土养一方人，一方水土也养一片茶园，山水气质与茶叶的气质息息相通。要做茶，必须先做人。

他要求学员先要"懂茶"，知道茶的习性，才能在制作的时候顺势而为，把握火候，掌控时间，做出上等好茶。制茶的工艺光听光看是不行的，不仅要眼到、手到，还要心到。比如杀青这个环节，全靠在炒茶的环节用心，头一天炒的茶与第二天炒的就不一样，要看鲜叶是明前还是明后，一旗一芽还是两旗一芽，茶是阳坡还是阴坡生长的，阴天还是晴天采的。大多数时候，手工炒制一季茶，没有几批是相同的，火大火小，时长时短，多少总有区别，就看炒青人用心了没有！曾朝和认为做茶甚至还和人的心情好坏有关，就跟司机开车一样，同样的汽车，同样的道路，同样的天气，但心情若不好就可能出事。炒茶也一样，鲜叶、炒锅、工具啥都一样，心情不好就不可能用心，就容易把茶炒坏。

曾朝和对茶叶寄予了无限的期待和深情。茶树仿佛和他心意相通。送来的若是鲜叶，他一眼看去就晓得出产于哪面坡上的茶园，是阴坡还是阳坡，是山腰还是坡顶；他到茶园走上一圈，从茶叶黄绿程度立刻就能判断出茶树是缺墒还是少肥，少什么肥，少多少；若是茶农送来炒制好的茶叶，他甚至能从茶叶条索揉搓的松散还是紧凑，知道制茶师傅是站着还是坐着干活的。

曾朝和常对公司的员工说：我以一个军人的原则要求大家，要用自己的信誉为茶叶担保。紫阳人靠茶吃饭，靠茶致富，如不认真研究茶的习性，又怎能依靠品质和信誉立足市场呢？

初心不改，将"和平"进行到底

军人的使命是追求和平，而曾朝和所在的村子叫"和平村"，也像是某种机缘巧合。

作为一名曾经的军人，曾朝和对于自己的品行有着严格的要求。紫阳县制茶的人多，曾朝和将自己的种茶心得写成教材，无偿地传授给那些世代种茶的农人，那些热爱茶、渴望靠茶致富的每一位劳动者。

曾朝和无偿地将自己的制茶手艺公之于众，这是他对茶农的爱心，也是他期望公平竞争，希望紫阳茶在陕西，甚至在全国占有一席之地的一个夙愿。"一花独秀不是春，万紫千红春满园"，紫阳的茶叶，只有紫阳人都重视了，共同保持了紫阳茶的口感、外形和文化，才能无愧紫阳茶的名声，才能让这名声传播得更加久远。

一分耕耘，一分收获，40多年的风雨历程，曾朝和为"和平茶"制作和发展付出的心血没有白费。今日的紫阳和平茶厂已进行改制，变更为股份制公司，山民在山上种茶采茶，成立农业合作社，每一分付出都能获得稳定的收入。

在曾朝和的带领下，紫阳县和平茶厂有限公司已发展为一家集茶叶收购、加工、销售、研发为一体的省级农业产业化企业，其生产的"和平翠峰""紫阳毛尖""和平红茶""和平袋泡茶""和平茉莉花茶""和平白茶"六大系列几十种茶产品秉承"以质量求生存，以信誉求发展"的经营理念，分别在紫阳县、汉阴县、富平县、旬阳市、安康市、宝鸡市、渭南市、西安市等地开设"和平茶业"直营店及"和平茶"专营连锁店，计有30余家。2014年元月，"和平茶"启动网上销售与推广平台，在西安建立网络运营中心，开设和平茶天猫、京东旗舰店，打造线上线下同步推广的销售平台。

与此同时，"和平茶"的一系列荣誉纷至沓来：2001年，"紫阳翠峰"在首届紫阳茶文化节荣获"紫阳茶王"称号。2005年，"紫阳翠峰"荣获第六届"中茶杯"全国名优茶评比特等奖。曾朝和董事长被评为"安康市劳动模范"；同年5月，美国夏威夷大学教授帝伟·沙多慕名专程到紫阳，实地考察和平茶。2007年，"紫阳翠峰"荣获第七届"中茶杯"全国名优茶评比一等奖，被陕西省政府选为最具代表性的地方特产参加在俄罗斯举行的宣传推广活动；同年7月，俄罗斯联邦布里亚特国立大学特地派员到紫阳与和平茶厂签订合作协议，就茶业人才培养、科学研究、生产加工等领域进行合作。2011年，和平茶厂被认定为陕西省著名商标。2012年，"紫阳翠峰"荣获第十届中国国际农产品交易会金奖；同年6月，曾朝和入选陕西省非物质文化遗产项目"紫阳毛尖传统手工制作技艺代表性传承人"。2018年，紫阳县和平茶厂有限公司被陕西省委、省政府授予陕西省优秀民营企业……

紫阳县和平茶品牌已诞生40多年，始终坚持"品质第一、信誉至上""天然、绿色、健康、和平"的永恒主题，目前拥有1500亩良种示范茶园，培养和吸纳茶叶高级农艺师3人，茶叶硕士研究生2人，茶叶农艺师和技术员35人，固定员工近200人，带动当地茶产业向规模化、产业化、科学化良性发展，为紫阳县的区域脱贫攻坚工作提供了强有力的产业脱贫示范。

紫阳县和平茶厂有限公司坐落在紫阳县城关镇和平村，这里山势陡峭，群山环绕，山岭上星罗棋布地分布着大大小小标准化的茶园，像碧绿的地毯，又像绿色的云朵，一直延伸到天边。在和平茶厂所在的大楼边，有一条水声淙淙的小河，河水清澈见底，夏日里带来凉爽的气息，正好契合好山好水好茶的传说。办公大楼非常特别，它的奠基石是一块嶙峋的山石，这块山石有一个神奇的名字，叫作"鲤鱼上山"，鲤鱼怎么会上山呢？因为石头的样子就像一条跳龙门的鲤鱼，而淙淙溪流就是它溯溪而上的动力。鲤鱼上山跳龙门，这象征着"和平茶业"的奋斗。

为了区别于传统的毛尖茶，曾朝和将自己多年研制的外形紧细，色泽嫩黄，通身白毫，汤色黄绿明亮，滋味浓厚清香，余味长耐冲泡，以新工艺烘烤的毛尖命名为"紫阳翠峰"，它几乎成为紫阳茶、和平茶的招牌产品。

追求高品质茶，把紫阳茶的品牌传向世界，让紫阳人因茶而名，因茶而富，是曾朝和作为一名职业茶人、一名退役军人一生的梦想。路漫漫其修远兮，曾朝和说，他会克服一切困难来实现这一愿景。因为，他相信，认准的路就要发扬愚公移山的精神，坚持到底。曾朝和的团队都传承了他的制茶技艺，公司的电子、实体门店都在不断发展，和平茶业成为当地一个重要的品牌，这个品牌凝聚着每一位员工的心血。曾朝和的子女也继承了父亲的制茶手艺，用务实的初心，助力着公司的发展。

一杯茶，让我们联想到山林草木的自然清气。饮着曾朝和的茶，人不禁会想起清代诗人叶世倬《春日兴安舟中杂咏》中所写："桃花未尽菜开花，夹岸黄金照落霞。自昔关南春独早，清明已煮紫阳茶。"日光浮动,"和平茶"透亮的色泽、温润的质地透露着和平的气息,饮之让人仿佛置身静谧而平和的山水间,心中块垒自然放下,化去凡尘琐事,顾念山河春秋。

  一位退役军人的"和平路",让我们体会到自然的茶韵与精神!

王振峰
诠释生命的意义

―――

杨志勇撰文

杨志勇

陕西工人报社工会主席兼编辑部主任。陕西首批文艺创作百人计划人才。中国散文学会会员、陕西省作家协会会员、陕西职工文联理事、陕西职工作协常务理事、陕西散文学会常务理事。迄今出版文学著作 11 部，长篇报告文学《秦巴魂——全国劳动模范、人民好支书张明俊》获得"陕西五一文学奖"。

2021年7月1日。晴。西安。

今年54岁的王振峰，比平时起床早了一个小时，提前赶到办公室，既是为了精心准备好当日党员大会的学习分享内容，也是要组织好全院教职员工收看庆祝中国共产党成立100周年大会盛况的电视直播。

当日上午，学院会议室的气氛严肃而又热烈，并不时响起热烈的掌声。目睹北京天安门广场的喜庆壮观场面，聆听习近平总书记发表的重要讲话，王振峰的心情无比激动，眼眶也是湿润的。

"100周年啊，中国共产党一路走来太不容易，太了不起！"在收看电视直播后的座谈会上，他深情地向全院职工分享了自己的心得体会，特别注重用革命故事和具体史实，分享了伟大的中国共产党的光辉历程以及团结带领中国人民取得的辉煌成就。

让他更感到自豪和骄傲的是，他的爷爷和中国共产党同年诞生，作为一名军人、一名党员，为了民族独立解放，为了建立新中国，在一次战斗中英勇牺牲，被评为革命烈士。

不仅如此，更让他内心激动不已的是，在党的百年华诞到来之际，他历经周折和艰辛，终于找到了爷爷牺牲后的安葬之地，厘清了爷爷的从军经历和英雄事迹。

这对于年过半百的他，对于先后获得陕西省劳动模范、全国模范军队转业干部、西安市最美退役军人、陕西省最美退役军人等众多荣誉称号的他，对于作为西安城市交通技师学院党支部书记、院长的他而言，有着重要而又特殊的神圣意义，爷爷的经历让他完全清楚了自己生命的意义：我从哪里来？为什么出发？又要到哪里去？

考学入伍圆了梦

王振峰1967年出生于河南省开封市一个边远的村庄。小时候，他最喜欢听而又听得最多的就是八路军的故事，因为故事令人振奋，还因为他的爷爷王文林也是八路军中的一员。

他的爷爷1944年参加了抗日劲旅——八路军冀鲁豫军区水东独立团，1949年2月整编入第二野战军参加渡江战役，之后就再也没有回过家乡。父亲在爷爷随大军南下时才刚刚两岁。1952年8月，家里接到政府送去的一份通知，说他的爷爷已经牺牲在四川省某地，并被评为烈士，除此而外，其他情况一概不知，但这并不妨碍爷爷在他心中的英雄形象。

年龄稍长，他梦想自己将来能当一名军人。

1985年，他高中毕业参加高考，被军事院校直接录取，这个学校叫第二炮兵工程学院，即如今的"中国人民解放军火箭军工程大学"，他不仅实现了大学梦，同时也和爷爷一样，光荣地成为人民解放军的一员。

作为一名军校学生，他坚强好学，大学四年吃苦耐劳，同时具有良好的思想、身体素质。1989年毕业后，他以优异的成绩被安排留校工作。截至2003年，他在部队待了整整18年，1987年7月入党，历任排长、连长、参谋、副处长等职，中校军衔。因成绩突出，荣立三等功，多次受到嘉奖。

遗憾的是，直到转业时，他心里藏着的一件事依然没有取得任何进展。原来他认为，只要到了部队，爷爷的事情就能很方便很快捷地打听清楚。没想到，18年也没能了解到爷爷的一丁点儿情况。

无奈，此事只得暂时搁置下来，当下要面对转业之路如何走的问题。

此前一直在部队高校工作的他，经过深思熟虑，结合自身优势，选择自主择业，投入陕西民办教育事业。

之所以这样选择，他的理由是："英雄的爷爷当年参加八路军，跟着共产党干革命，那是为了民族独立解放、建立新中国，让穷苦人家都能过上好日子。而我成长在和平建设时期，投身职业教育，帮助青年学子就业创业，走上家庭脱贫致富之路，在某种意义上，这既是秉持共产党的初心，又和爷爷当年的勇于担当是一致的。"

因此，他的自主创业方向，就这么确定了下来。

把忠孝融于办学

切入职业教育，就要紧紧围绕高质量就业这个目标。王振峰在充分调研后认准了这条路，也铁了心要干下去。

于是，2004年秋季，在中国民办教育史上，一所名叫"西安机电信息技术学院"的学校便诞生了，这便是如今的"西安城市交通技师学院"。

要办好一所像模像样的学校谈何容易？就是国家出手也不是一挥而就，何况是个人创业呢？

从选择办学方向、层次，申请审批、筹资、征地、建房，到招聘行政管理人员、专业教学老师，宣传招生等项事务，每一项都充满了挑战，其间的酸甜苦辣，只有他最知滋味。

任何事业都不可能一帆风顺。面对许许多多的困难，他保持军人本色，把挑战当机遇，以坚韧不拔的毅力和坚定的信念，千方百计想办法克服了前进道路上一个又一个的困难。每次在信心将要动摇的时候，他便这样鼓励自己："如今创业路上遇到这么多困难，至少没有生命威胁，而爷爷当年追随中国共产党参加革命，每一天都身处枪林弹雨中，随时都有生命危险。"

17年来，他带领全院教职员工拼搏进取，开拓创新，走出了一条超常发展的道路。目前学院占地总面积380余亩，建筑总面积约15万平方米，在校学生1万余人。

学院在发展中，先后建成了航空、铁道、电梯、汽车、学前教育、健康医护、智能制造、退役军人培训学院等8个二级院系，开设航空乘务、无人机应用、高铁乘务、高速动车组维修、高铁供电、城市轨道交通运营与管理、电梯技术、汽车运用与维修、健康护理、学前教育、机电一体化、工业机器人等20多个实用技能专业。

走进绿树成荫、花草芬芳的校园中，多块金字招牌在人们眼前不断闪现：省级重点技师学院、省级示范职业技能鉴定站、国家级高技能人才培训示范基地、西安市创业培训定点机构、陕西省自主择业军转干部就业创业基地、西安市军队转业干部培训基地、陕西省退役军人教育培训联盟副理事长单位、国家开放大学西安学习中心、陕西省首批职业技能等级认定试点单位、陕西省退役军人培训基地、西安市退役军人培训基地等。

此外，学院还相继获得全国职业教育先进单位、国家高技能人才培育突出贡献奖、陕西省职业技能大赛一等奖、第二届全国职业技能大赛陕西赛区优秀奖、改革开放30年陕西省职业教育成就奖、第44届世界技能大赛全国选拔赛陕西省赛区一等奖、第46届世界技能大赛"健康和社会照护"项目国家集训队成员单位等多项荣誉。

当然，学校建设规模再大、专业设置再好、获得荣誉再多，都不是王振峰最期盼的结果。他办学的目的在于促进更多掌握了专业技能的学生高质量就业，摆脱家庭贫困。据统计，17年来，他的学院累计为社会培养了5万余名各类技能人才，其中98%都实现了较好就业。

"我院的毕业生每年总是被早早地'抢购'一空。"他十分自豪，"目前有相当一部分毕业生已经成为企业的技术骨干和管理人员，并在企业中发挥着重要作用。"

什么叫"办学质量"？什么叫"技能实力"？这便是最好的诠释。

在推动学院发展，成为一流民办院校的过程中，有一个核心因素在持续发挥着重要力量，那便是学院文化，即学院的八字校训：立德、忠孝、精技、成业。这是王振峰主张推行的办学理念，也是学院已经形成的文化精神。

王振峰认为，立德是立身、成才的基础，否则学生就是无本之木；忠孝，就是对国要忠诚，对家要孝义，讲的是学生对国、对家的责任和担当，家国情怀便体现在这里，只有做到忠、孝，才不会枉费青春，才会不懈奋斗；精技，是培养学生精通技术技能，练就一身真本领；成业，是指学生能依靠技能技术成就一番事业，找到一条属于自己的成才报国之路。

"一个人没有忠孝之心，便不会有家国情怀，更不会有担当。"之所以有这样的办学文化理念，还是来自烈士爷爷给予他的启发："当年爷爷在国家遭受强敌入侵时，义无反顾地参加八路军，投身抗日战争，当时我们村里投身革命的也就他一个人，而且当时他上有父母、下有妻子。作为一个男人，他在大时代前，面对国难，坚决地跟着中国共产党，他的心里藏着的不是自己的小家庭，而是国家和民族，体现出来的，就是担当、就是责任。"

有个"儿子"叫小杰

爱生如子，这是一种责任，也是王振峰的情怀。

这名学生叫小杰，他在学校就像在自己家里一样，感到无比温暖。准确地说，他在学校就像找到了家。如此，在全院师生中就流传着这样一个说法，王振峰有个"儿子"叫小杰。

回想起这个孩子当初入校时的情景，王振峰的心情至今都还难以平静。

那是2017年暑假，距离秋季开学还有一个多月时间，有一名学生早早地来学校报名后，便住下不走了。他提出在学校食堂帮忙干活，只给他管饭就行，而且自此他再也没有回家。这让王振峰感到很奇怪。

秋季正式开学后，他按照惯例主持召开新生代表座谈会，以便了解学生的所想所盼所需等具体情况，恰好这个名叫小杰的学生被班级推荐为学生代表，参加了此次座谈会。他当时一副心事重重的样子，几次欲言又止，最终还是一句话都没有说。王振峰敏感地觉察到这名学生有难言之隐，所以当时并未勉强其发言。待座谈会完毕后，他特意留下了这个孩子，单独与他进行了一次深入的沟通。

看到眼前如同父亲般的王振峰院长，这个学生欲语泪先流。

他来自内蒙古赤峰市的农村，3岁时父母离异，父亲带着他一起生活。因为父亲在煤矿打工，经常要上夜班，家中的一条小狗便成了他最亲密的伙伴。他夜里常常一个人抱着这条小狗睡觉，害怕时常忍不住大声喊叫，以减轻心中的孤独和恐惧。就是在这样的环境中，他一个人慢慢长大了。

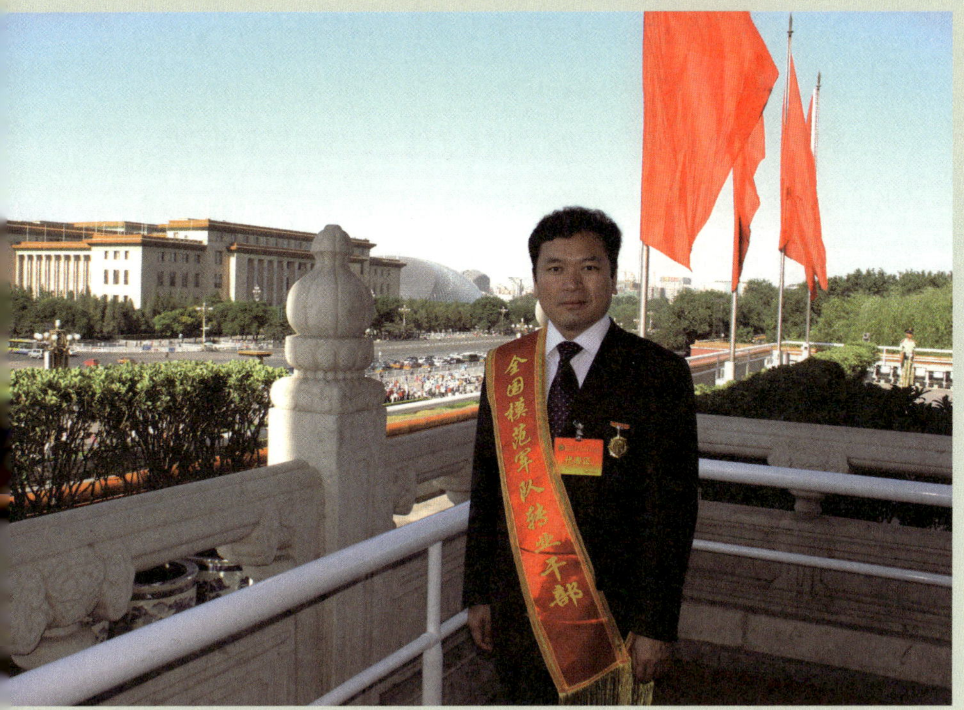
全国模范军队转业干部

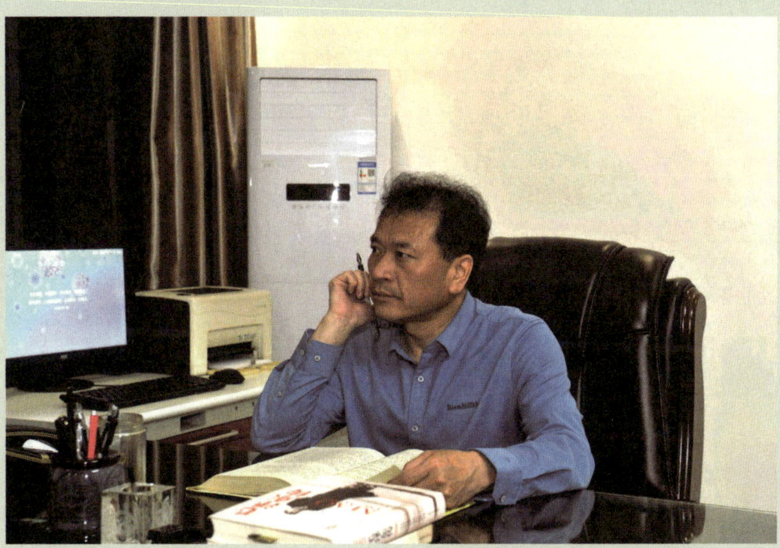

入学前不久，他父亲在北京一个工地上遭遇事故去世了，他所谓的家庭只剩下了他一个人。

失联多年的母亲，得知情况后联系了他。但他的母亲再婚后又生了两个孩子。"要走进那个家谈何容易！"

听完这个孩子的讲述，王振峰的内心早已一片潮湿："世界这么大，困难的人也很多，但是你的困难让我遇见了，我就不能不管。"

当即，他召集了学院财务、教学、学管等方面的负责人，开了一个临时专题会议，针对小杰的学习生活问题做了具体安排——免收小杰在校期间的学费、书费、住宿费等所有费用，还特别强调大家要把小杰作为重点学生进行帮扶，在各方面给予照顾。

他还叮咛小杰："今后不管遇到什么难以克服的困难都要找我，不能不给我说。"

"全校的师生都知道，他是我们学院的学生，我把他当'儿子'一样看待，他同时也得到了大家的温情和友爱。"王振峰说，"孩子很争气，成绩也好，入学后性格、自信心等各方面都得到了不同程度的改变。"

小杰在学院汽车专业毕业后，很顺利地在西安找到了一份汽车销售工作，月薪5000多元，开启了他的人生新里程。

"17年来，我为农村孩子特别是贫困地区的孩子们做了一些有意义的事情，那就是帮助他们走出了一条技能成才之路，让他们开启了幸福生活之门。"王振峰说。

大爱无边界

扶贫帮困对王振峰来说并不是什么新鲜事。在广义上讲，他创办的这所技师学院,对所有学生都是扶贫帮困,让他们通过技能成才,实现稳定就业,改变个人和家庭命运,走上小康之路。

在全国脱贫攻坚战打响后,王振峰积极响应党中央关于精准扶贫的号召,大力开展技能扶贫工作,并相继将西安市的周至、雁塔、高新,延安市的吴起、安塞、宜川、甘泉等9个县区确定为定点联系帮扶区县,为建档立卡贫困户子女到学院学习开通绿色通道,实行"三免三送",即免学费、免住宿费、免书本费,送被褥、送校服、送生活用品。5年来,共为定点扶贫区县的学生减免在校学习期间的应收款280余万元。

此外,学院还选派优秀教师到定点帮扶区县,以"送技能上门"的形式开展农民工技能培训,先后在安塞、志丹、甘泉、黄陵等地共开办育婴员、电工培训班6次,培训学员300余人,积极有效促进了当地农民工依靠技能脱贫。与高新区、雁塔区就业服务中心联合为辖区贫困劳动力、农民工进行育婴员、电工、电梯维修、汽车保养等专业的技能培训,培训贫困劳动力105人,培训农民工400余人。

借力校企合作,利用学院与校企合作单位共建共赢的平台和资源优势,共同扶贫攻坚,优先选送贫困家庭的学生到校企合作单位就业。

在扎实做好技能扶贫之外,王振峰坚持积极伸出援手,主动发起组织和参与其他各种形式的救灾和帮困。

2008年汶川地震发生后,他牵头组织开展"西安市军转自主择业干部救助灾区儿童在行动"活动,为汉中市宁强县地震损毁严重的郭镇中心小学建设了一个信息化多媒体教室,给灾区的孩子们捐赠了学习用品。同时,学院迅速启动对来自灾区学生的救助工作,为120名学生每人发放1000元救济金,并减免学费

40余万元。

2011年"八一"前夕，他发起组织开展了"用爱心温暖战友"向特困战友伸援手、献爱心公益活动，走访探望了西安市三位特困自主择业战友及家庭，并给他们每人各送去了慰问金1.5万元。

2018年9月，为鄠邑区桥尚村捐款安装了58盏太阳能路灯，解决了困扰村民多年的夜晚照明难题。

2020年上半年，新冠疫情暴发，学院向武汉捐赠防疫物资经费3万元。又积极为企业、员工开展线上技能提升培训，为高新区10余家企业提供了培训方案和培训老师，帮助企业线上技能培训600余人。

2021年3月，王振峰捐资20余万元，在他的爷爷王文林烈士战斗牺牲的地方——四川省革命老区古蔺县和叙永县的箭竹乡中心小学、永兴村小学分别捐建了"文林图书室"。

……

拥军优属大作为

2004年退役回乡的贾兴建来自汉中略阳的贫困山区，退役多年的他，先后干过水电、建筑、司机、保安等多种工作，但始终没有稳定的收入来源，其家庭也是当地建档立卡的贫困户。2019年6月19日，省退役军人事务厅党组书记、厅长高中印在略阳调研脱贫攻坚工作期间，专门来到贾兴建的家中了解他的情况，之后，如何帮助贾兴建尽快实现脱贫，就成了高中印厅长时常挂念的重要事情。一个偶然的机会，王振峰得知了贾兴建的情况，便主动请缨和贾兴建"一对一"结对帮扶。

说干就干，王振峰立即找到贾兴建，根据他的实际情况，制订了两种帮扶计划，一是直接为其在学院安排一个工勤岗位解决就业问题，二是让他来学院参加技能培训，最终实现高质量就业。

授人以鱼不如授人以渔。通过和贾兴建的充分沟通，王振峰最终决定安排他来学院参加专门为退役军人开办的技能培训班，让他学习电梯维修与保养技术。细心的王振峰在做出这个决定后，先与其进行了一次深入的思想沟通交流，并让班主任安排他当了班上的学习委员，这使得他在学习上和交流上变得主动而又积极。

结业典礼上，他被推选为学员代表发言。经过精心准备，加上平时在学习生活中的历练，他在典礼上的风采展现，当下便被三菱电梯陕西分公司录用，现在他已经成为带班组长、区域经理，月收入五六千元。

这是王振峰这所学院，和作为退役军人创业优秀代表的他，在2019年省退役军人事务厅组建后，为服务退役军人就业所做的第一件实事。

在贾兴建的心里，他和王振峰之间不仅有战友情谊，很多时候王振峰更如同他的好大哥。

为了更好地服务退役军人，王振峰积极主导，2019年在学院成立了一个二级学院——退役军人培训学院，专职从事退役军人就业培训工作。

牌子挂上了，事情怎么做实？

王振峰的有益探索是，积极寻找并根据企业用人需求，采用校企合作模式，开展"订单式""定岗式"培训。在用工企业选择一批优秀的专业人才、管理人才来校担任退役军人的培训讲师，强化理论与实践间的无缝隙对接，不断提高培训的针对性和实效性。两年来，先后举办了物业管理、电梯维保、电梯安全、中级电工、中级消防设施操作员等专业技能培训班，累计培训退役军人 1800 余人，其中 35 岁以下者就业率达 98%，35 岁以上者就业率达 70%。

其实，服务退役军人就业，王振峰早已有行动。学院创办至今，已吸纳众多退役军人就业，其中在学院担任院领导的 2 人、系部领导 4 人、教师及管理岗位 30 人。可以说学院一直在积极努力地为退役军人创造再就业机会。

在学院建成后，他主导制定了军人子女、后代入学优惠办法，规定凡军队（武警）、烈士子女入学学费全免；老红军和八路军的后代、革命伤残军人子女、军队自主择业干部子女以及省级劳模子女入学，免一年学费。17 年来，学院已为 316 名军人子女、后代减免学费等累计达 300 余万元，帮助他们圆满完成了学业。

"正是从军的这段经历，让我更加意识到拥军优属工作对建设强大国防的重要性。"王振峰坦言。

赓续红色血脉

多年来，王振峰经常会在教学管理工作之余，在电脑上搜索"通许县王文林"这个关键词，希望能再得到些烈士爷爷的相关信息，然而每一次都是失望。

2020 年 12 月 19 日，当他再一次搜索时，突然发现了一篇名为《清明雨纷纷，网祭蔺州魂》的文章，文中提到在古蔺平叛剿匪期间，牺牲的人员中有通许县烈士王文林。

王振峰激动得无以言表，立即与发布该文章的微信公众号主编王娟女士取得联系，并找到了文章作者罗树和其引用的史实资料《古蔺县志》。

经过充分调查，他终于找到了关于他爷爷的记载：王文林烈士，1921年出生，1944年参加八路军，1946年加入中国共产党，参加了抗日战争、淮海战役、渡江战役、成都战役、川南剿匪等。1950年4月在四川省古蔺县剿匪战斗中英勇牺牲，生前任中国人民解放军某军某师某团某营某连副连长。

2021年清明节前夕，他终于在四川省叙永县正东镇，找到了当地老百姓为爷爷修建的烈士墓。

在找到爷爷的坟墓之后，王振峰和父亲原本计划要将爷爷的坟墓迁回河南老家的烈士陵园。但是，当他们了解到，当地许多村民与爷爷素昧平生，却在每年清明节、春节，像对待自己的亲人一样，虔诚地去扫墓祭奠。后来，又重新为爷爷修建了坟墓，这让他们感受到当地乡亲是多么厚道、淳朴，又是多么懂得感恩。因此，他们放弃了迁移坟墓的打算。

"因为那里已经成为爷爷的故乡，那里的乡亲也成了我们的亲人。"王振峰说。

王振峰的爷爷、父亲和他，三代人都是共产党员。他的爷爷是英烈，父亲是省劳模，他本人也是省劳模。他们三代人没有辜负所处的时代，身体力行，为国家、民族和社会做出各自的奉献。

随着对爷爷革命历程的深入追寻，那段红色记忆在王振峰的脑海中不断回响，他深情地说："走过万水千山不忘来时路，无数革命先烈为了建立新中国不惜抛头颅洒热血，不就是要让咱老百姓过上幸福日子吗！我今天不能忘记先烈们的这个'初心'，要为国家和社会做出点贡献，这是对我的烈士爷爷最好的缅怀和纪念。"

至于如何将这种初心落实在今后的办学行动中，王振峰有一段发自肺腑之言：把学校办到企业，把企业引进学校，大力培养更多高素质的技能人才、能工巧匠、大国工匠，激励更多劳动者特别是青年一代走技能成才、技能报国之路，更好地服务全面建设社会主义现代化国家需要，让职业教育更好地点亮劳动者的人生，开启他们生活的幸福之门。

我们有充分的理由相信他。

潘永安
牢记使命不停歇

周养俊撰文

周养俊

中国作家协会会员,陕西省职工作家协会主席,主任记者。所创作的报告文学《魂系山间乡邮路》《大山的儿子》《大漠护线人》《站长》等先后获陕西好新闻奖和全国邮电报副刊优秀作品奖,中篇报告文学《坚守》获1989年全国邮电报副刊优秀作品一等奖。

2020年12月4日，北风呼啸，雪花飞舞。

天气是寒冷的，地处西安南郊的陕西宾馆报告厅却热气腾腾。陕西省爱国拥军模范表彰大会正在召开，省委、省政府、省人大、省政协、省军区的领导都来了。当潘永安从领导手中接过"陕西省爱国拥军模范"奖牌时，台下响起了雷鸣般的掌声，他眼前模糊了。记不清这是第几次获奖了，但是他清楚地记得，这是他退役后的第六个年头。六年来，他和他的战友们摸爬滚打，终于使一个新创办的企业走出了一条属于自己的路子。

初心不改

1969年12月，潘永安出生在陕西凤县一个普通家庭。父亲是乡村教师，母亲是农民，他是姊妹三个中的老大。父母是普通人，对子女的教育却是严格的。潘永安从小懂事，他热爱党、热爱社会主义祖国。17岁那年，他踊跃报名参加了中国人民解放军，从东北到西北，从士兵到军官，从上军校到任处级领导，潘永安始终牢记党的教导，坚持为人民服务的宗旨不动摇。

潘永安在部队服役整整29年。29年里，他参加过新中国成立50周年国庆大阅兵、2008年汶川抗震救灾等重大任务，先后三次荣立三等功、一次荣立二等功。

2014年初，潘永安离开火箭军某部军务处处长这一领导岗位，自主择业回到家乡。可以干的事情很多，许多同学、朋友拉他一起干，还有从政的机会。为此，潘永安也犹豫过一阵子。为了适应变化，潘永安只身走西安，到广东，奔上海，上北京，参观学习，开阔视野，增长见识，学习企业管理和社会知识，使他眼界大开。他决心开辟新领域，走出一条属于自己的路子来。

这是 2015 年的一天，潘永安在网上看到内地一些网民调侃"我在城区看海"的新闻，说的是当地有些老旧路段排水不畅、逢雨必涝，给群众生活带来困难的问题。如何解决这个问题？潘永安查阅了很多资料，终于发现有一种透水性很强的新型地坪，这对市政建设而言是一个好消息，对他来说也是一个创业良机。为了搞清楚新型地坪，他在网上查了许多资料，并且到广东参观了一个地坪展，发现这种新型地坪美观大方、结实耐用。他详细了解地坪的构造、制造方法、特点和功能，根据这些资料提供的线索，他又带着两位战友跑遍了全国知名的地坪企业，进行深入的调查研究。经过三个多月的走访、调研和对比，最终，他决定加盟上海一家地坪公司，并成为这家公司的陕西总代理。

陕西丰邦建材装饰工程有限公司成立后，潘永安任总经理，他干的第一件事就是成立党支部，并且当选为党支部书记。同时，他们确立了"党建引领发展、军魂铸就辉煌"的企业发展理念，建立起"靠军人品质赢得市场，用质量服务打造品牌"的运营模式。

有了党支部这个核心，他们把招工的对象定为以退役军人为主。潘永安是军人出身，他爱部队、爱士兵，他也了解兵，懂兵的心。他知道，部队战士的凝聚力、向心力、战斗力最强，只要你政策对头、领导带头，只要你关心他、爱护他，他们就好指挥，就能打硬仗更能打胜仗。大家也知道，潘永安在部队就是一个爱兵的好领导，办公司绝对不只是为了自己，一定是首先为大家。这样，潘永安的公司不仅很快形成了核心，而且有了一批以退役军人为主的员工队伍。这支队伍重感情、讲友情、能吃苦、不怕累。这支队伍敢打硬仗，能打胜仗。这些都为公司的快速发展打下了良好的基础。

陕西丰邦建材装饰工程有限公司的成立，开启了潘永安人生的二次征程，也显示了他初心不改的决心。

质量第一

万事开头难，起步总是艰难的。头脑一直很清楚的潘永安，首先把产品质量放到了第一位。公司成立的第4个月，潘永安从报纸上获得了宝鸡市要在地标位置建设运动公园，地坪正在招标的信息，他第一时间带上技术员和产品资料去投标。与传统地坪材料相比，潘永安所使用的新型地坪材料更环保，透水性能及美观度也更胜一筹，不仅可以解决雨天道路积水问题，价格也占有一定优势。这个优势，使潘永安的公司承接了创业以来的第一个重要项目。

为了保证工程质量，潘永安从上海请了技术工人，工程初步完工后公司自行组织验收，潘永安亲自到现场检查，他发现路面压花纹路深浅不够匀称，于是毫不犹豫地做出决定，砸碎1200平方米地坪重做，返工的工作量占总施工量的一半。技术员很心疼，劝潘永安说："潘总，按照技术标准，工程已符合验收条件，如果重做损失就太大了。"其他人也觉得损失大，跟着技术员一起劝潘永安。

潘永安虽面有难色，但不为所动，他说："咱们的新型地坪产品首次在宝鸡被采用，高质量是我们企业唯一的招牌，只有高于行业标准、优于同行品质，才能有效赢得市场。我们是宝鸡人，我们必须为这座城市负责，不能犹豫，必须砸！"

潘永安坚定如磐石，1200平方米的地坪很快被砸掉了！为了保证时间，潘永安组织了以复转退役军人为骨干的突击队，又通过同行朋友找了一批有丰富经验的地方施工人员，连夜加班，在短短一周时间里，连续作战，把1200平方米的地坪重做了一遍，直到满意为止。

这一"砸"，公司亏损30多万元，但追求卓越、注重品质的企业形象一下树立起来了，公司在宝鸡赢得了好名声。

丰邦建材装饰公司不但重视产品质量，对员工的业务技术学习也抓得很紧。这样，员工的业务素质提高很快。2015年11月中旬，中铁十六局在行业内招募了4家资质较高的公司现场打样，要选定其中一家承建宝鸡高铁南站停车场。现场考核那天，4家公司集中在停车场比试。时间只有1个小时，比试结束后施工人员全部撤离现场。3天之后，评判组从承压强度、美观度、施工难易度等方面，依次对4家公司的施工地面现场打分。结果，丰邦建材装饰公司施工的地面以凝固快、耐磨好、抗油污、渗透强、环保综合指标优越胜出，顺利拿下了这项重要工程。

12月，宝鸡气温低，西北风硬，吹得人脸都疼，员工干活手脚活动很不方便，施工难度很大。为了保证工程质量，按时完工，潘永安身先士卒，穿上迷彩服、戴上安全帽，卷起铺盖进入施工一线。施工第3天，有一处做好的基础地坪塌陷了5平方米。潘永安发现后，立即请教部队工程技术方面的战友，同时邀请母公司专家来到现场指导。当得知是冻土融化造成的塌陷后，立即"对症下药"，解决了难题。

潘永安就是这样，和战友们一起发扬军人不讲条件、敢打硬仗的工作作风。他所领导的60余名工人都敬业尽职，遇事从不马虎。在这次施工中，大家一天24小时不休息，三班轮流转。他们租用了全省最先进的大型激光整平机，部分骨干员工采用驾驶式收光机，在小切面地段加紧同步作业，有效加快了工程进度。最终，仅用15天就完成了本需要2个月完成的施工任务，2.4万平方米的新型地坪在中铁十六局的验收中，得到了"优质高效"的评价。

2015年12月28日，宝鸡市第一趟动车组列车顺利开出，丰邦建材装饰公司也随之名声大振，寻求合作的企业纷至沓来。地方政府、国有企业、住宅小区陆续向潘永安递来"橄榄枝"。公司先后高质量完成了宝鸡市金台大道提升改造、渭河南岸生态透水地坪、站前公园建设、水系生态文化区等重大项目。

战友情深

潘永安办公司，并不是只为自己发展，他始终把为国分忧、为社会减压，解决战友二次就业放在重要位置。为了出好这一份力、尽好这一份心，他的公司广泛吸纳复、转、退军人。目前，公司的管理人员中，退役军人占比达到87%，其中5名是自主择业的团级干部，11名是士官。

对这些他过去的战友、今天的同事，潘永安不仅提供工作岗位，还积极给他们创造学习机会，鼓励他们为理想奋斗，并且经常告诉他们："只要肯下功夫，就没有学不会的。"

2014年底，陕西渭南籍士官李继舫退役回家，找工作时屡屡受挫，后经人介绍入职潘永安的公司。在部队，李继舫学的是通信专业，初进公司业务一点也不懂，多次想打退堂鼓。潘永安鼓励他不要气馁，并且送他到母公司学习，还让他参观各类地坪博览会开阔眼界。很快，李继舫从一名门外汉变成行家里手，成为公司工程技术部部长，掌握了艺术压花、透水、环氧树脂、固化、耐磨等20余类新型环保地坪的生产施工工艺。他与初进公司的复转军人交流时，总是拿潘永安在他人生最低潮时鼓励他的话勉

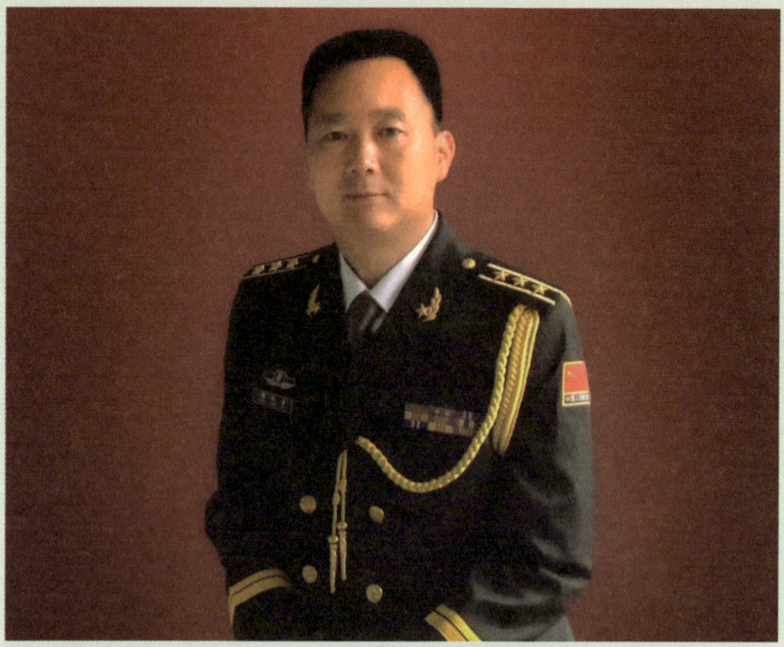

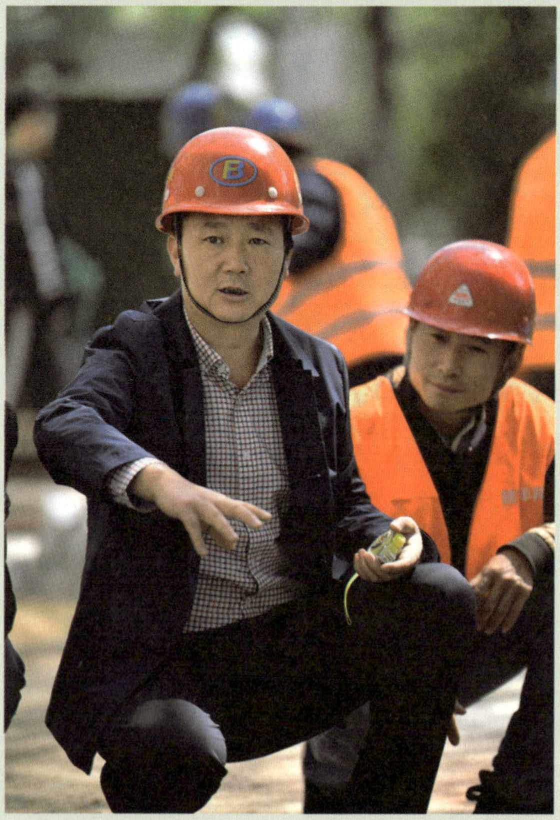

励战友：只要肯下功夫，就没有学不会的！

2015年3月，潘永安的老部下、士官陈诗海进入公司，不到两年，就成长为业务骨干。羽翼渐丰，小陈打算独自创业。潘永安知道后称赞其有志气，不仅将创业心得悉数相授，更是一路指点，使其在家乡河南信阳办起了公司，业务蒸蒸日上。

2019年4月，丰邦建材装饰公司被评为全省所有地级市中唯一一个省级退役军人就业创业基地。如何将志同道合的复转军人有序组织起来，抱团发展，产生"1+1＞2"的裂变效应？潘永安想到了昔日同事、自主择业不久的副团职干部徐永生。徐永生离开部队后，发挥自己影视编辑制作专长，与妻子创办了一家小型文化公司，但公司业绩平平。潘永安打电话邀请他以文创部部长的身份加入自己的团队。徐永生入职后，即以"两条腿"闯事业，一是全权打理潘永安公司的文创内容；二是他自己的文化公司经由潘永安介绍，承接了不少其他公司的业务。没多久，小两口公司的业绩便有了很大提升。

潘永安从这件事中得到启示，他想把复转军人创办的企业与公司链接到一起集团式发展。潘永安把自己的想法付诸实践，经过努力，已与多家公司达成了意向。他的想法也得到了陕西省退役军人事务厅的支持，陕西省退役军人事务厅正在为他们的构想搭建舞台，一批真正惠及复转军人的就业举措正在陆续出台。潘永安曾任职的部队也提出了设想，在每年退役季前夕，用"退役军人就业创业基地"这个平台，有针对性地开展老兵培训和创业指导。

帮困济贫

在自己企业发展的同时,潘永安时刻不忘帮助贫困退役军人渡过难关。

2018年9月战友聚会,潘永安与一位战友交谈时得知退役军人孙建平生活十分困难。他一夜没睡好,第二天早晨起床后,买了些生活用品就直奔陈仓区孙李沟村看望孙建平。孙建平10年前退役回乡,外出打工时出了车祸,导致半身不遂。妻子因病干不了重体力活,老母亲体弱多病,家中仅靠儿子在外打工度日。潘永安和孙建平亲切交谈,帮孙建平分析情况,寻找解决困难的方法,鼓励他重树生活信心,并与他结成长期帮扶对子。孙建平一家非常感动。

2019年5月,潘永安再次去看望孙建平时,发现坐在轮椅上的孙建平养了蜜蜂,心里十分高兴,二话不说便要帮忙推销蜂蜜。孙建平却一脸愁容地说:"不行啊,我这走霉运的人,酿的蜂蜜都是苦的。"

潘永安挖了一勺蜜品尝,果然有点儿苦味。他安慰孙建平说:"莫急,莫急,回头我找专业机构检测一下。"回到单位,他就找蜂业公司技术人员检测,发现苦味出在孙建平家附近的苦菜上,属于季节性花源导致的现象,时节一过,蜂蜜就会由苦转甜了。果然,20天后蜂蜜甜了。经潘永安牵线搭桥,一家蜂业集团承诺,只要是退役军人的蜜且质量合格,他们照单全收。孙建平心中的一块石头终于落了地,生活渐渐有了起色,他脸上也多了笑容。

多次到孙建平家,潘永安发现给贫困户送钱送物只能解一时之困,帮一个党支部、树一面旗帜,才是长远之计。于是,他决定从援助孙建平所在的村庄开始，将一些家庭生活困难的农村复退老兵纳入公司的帮扶名单。同时，公司还出资3万元改建了孙李沟村"党员之家"，投入50多万元改善了范家崖村道和周边居民的生产生活用水，援建了村民文化活动广场。潘永安的做法感动了孙李沟、范家崖村的百姓，也鼓舞了他们克服困难的信心和决心，近几年这两个村的变化很大。

2019年春节前，潘永安和战友郭新法前往郭新法家所在的村子慰问困难村民。在与村党支部成员座谈时，他听说郭新法前两年开了一家"驴肉馆"，因诚信经营、品质出众，生意颇为火爆，但是驴肉多是从邻省采购而来，费时费力。如果本地有合适肉源，既省了路费，又可帮父老乡亲找到一条致富门路。潘永安和郭新法一商量，决定在孙李沟村寻找有意养殖的农户，扶持他们养殖。丰邦建材装饰公司与该村党支部共建期间，一些有困难的复退老兵都被纳入了公司帮扶名单。

潘永安脱下军装，仍心系部队。2019年7月，潘永安出资10万余元为火箭军某部援建硅PU篮球场，为某哨所官兵捐赠执勤训练防护器具，并采购了一批书籍送到老部队的深山哨所。

陕西丰邦建材装饰工程有限公司已经成立七年了。七年来，潘永安坚持"拿起武器是保家卫国的生力军，脱下军装是城市建设的美容师"的宗旨，永远跟党走，奋进新时代。公司党支部连续5年被宝鸡市高新区评为先进基层党组织，被省委组织部评为五星级党组织。他本人先后被评为宝鸡市最美退役军人、百名优秀退役军人之一、优秀党务工作者、优秀共产党员，两次获宝鸡市党建模范人物奖，先后被陕西省评为陕西最美退役军人，优秀退役军人企业家先进个人，爱国拥军模范。

采访附记：

2021年7月13日，一个骄阳似火的日子，我在宝鸡陕西丰邦建材装饰工程有限公司会议室见到了潘永安，这个长相帅气、一脸英气的退役军人，很热情地接受了我的采访，使我对新时代的军人有了新的认识，我从他的身上看到了中国军人的坚毅、果敢、顽强。

因为宝鸡城市建设的需要，潘永安目前正在准备公司的搬迁，他的老父亲又因病住进了医院，他忙得一路小跑。困难是前所未有的，但是潘永安对前途充满信心，他说："要让打胜仗的思想成为一种信仰，没有退路就是胜利之路。"我相信潘永安，因为他经历过许多困难，也战胜过很多困难。他一定会牢记自己曾经是一位军人，他忠于党、忠于人民的初心不会变，他一定会在新时代的路上大步向前！

常建立
"兵支书"的担当

高安侠撰文

高安侠

中共党员,中国作家协会会员,陕西青年作家协会副主席,鲁迅文学院第八届高研班学员。曾荣获延安市有突出贡献专家、三秦优秀文化女性称号。所创作的纪实报告文学作品有《打造腾飞之翅》《石油大动脉》。另有《弱水三千》《我们身边的空缺》《从异乡到异乡》等六部散文集和长篇小说《野百合》出版。获得过冰心散文奖、中华铁人文学奖及工业文学奖。

我驱车行驶在黄龙县四条梁的塬上，乡村的美景令人心旷神怡，一排排干净的农家小院，家家户户门前种着波斯菊、金盏花、太阳花，炎炎夏日里，开得正旺，猩红、金黄、雪白，泼泼洒洒，随风摇摆。

村子旁谁家的菜地里，一畦一畦的蔬菜水灵灵、翠茵茵，西红柿刚刚泛红，像谁举着小小的红灯笼；茄子紫亮亮，像一个个胖娃娃藏在宽大的叶片里；韭菜密密实实，让人想起杜甫的诗句"夜雨剪春韭"。

我要去采访黄龙县四条梁村党支部书记常建立，他是一名退役军人，村里的致富带头人。

绝不搞优亲厚友那一套

在锁子头自然村，我一连敲错了好几家的大门。照我的臆想，他家应该是门楼最高的、最讲究的。

可是，我的判断出错了。常建立的家，门楼不是最高的，也不是最漂亮的，锁子头村比他家气派的有的是。直到巧遇他爱人，我才找到他。

已经66岁的常建立，军人气质犹存，外形清瘦精干，说起当兵的经历，他眼神格外清亮，滔滔不绝说起当年在新疆吐鲁番修铁路的过往：他当过通信兵、工程兵，担任过班组长，由于吃苦耐劳，肯动脑筋，先后受过五次嘉奖，业务水平是连队的佼佼者。

1979年，25岁的常建立脱下军装回到了家乡——依旧贫穷的黄龙县四条梁锁子头村。

部队生活的丰富多彩和家乡的贫穷落后形成了巨大反差，村子里没有什么变化，还是那么穷，彻骨之穷。当年陕北的穷在全国贫困地区都排得上号，而黄龙在陕北又属穷中之穷。由于是林区，耕地面积少，种粮条件差，吃饭都是问题。

当时，改革开放的号角已经吹响，可是锁子头村还是一如从前模样，家家户户的窑洞四壁还是破破烂烂乌漆麻黑，顿顿吃的还是玉米面、糠窝窝，小孩子死活不吃这难以下咽的东西，很多人落下了胃病。生活条件差，吃水更难，挑水一个来回三四里，就是能干的壮劳力，一上午也只能担两回水，民谚说"半世光阴路上磨"。

更难以接受的是，村里人还是老脑筋、老做法，人们习惯了贫穷，习惯了忍受，却从不想办法改变。

这一切，让常建立暗下决心，要改变！

1982年，正逢换届，老支书力荐他来接班，说："我老了，不中了，你有文化、有办法，给咱们上！"

他接过老支书的担子后，感到前所未有的压力，而村里人也对年仅28岁的他能不能胜任感到怀疑。

怎样才能获得大家的信任？他苦苦思索，将心比心，他觉得，首先得一碗水端平，绝不搞优亲厚友那一套。

可是，中国农村本质上是个熟人社会，亲戚套亲戚，熟人找熟人，已经是人人心知肚明的潜规则。做到一碗水端平谈何容易？刚一任职，他就遇到了"麻烦"。

因为修路他的亲妹妹，自家耕地被占用，有个村干部就有意无意地给她多分了两亩好地，作为补偿。这件事引起了村里人的议论，一时间七嘴八舌，有人觉得不公平，这种补偿有优亲厚友的嫌疑。常建立知道之后，立刻让妹妹退地。妹妹很不满，埋怨哥哥不照顾她，沾不上光就算了，还让她吃亏，心里很委屈，说了很多难听话。

"不能偏三向四,让亲戚沾光,这一碗水端不平,大家不服你,干部也就当不成!我这四十年来,一直坚持这一点。"常建立说起往事,没有一丝后悔。

说来容易做来难。为了这一条,他没少被亲友指着责备。亲友觉得他不讲人情忘了本,可是他做到了公平公正,赢得了大家的信赖。

让乡亲们过上好日子是他的初心。刚一担任村支书,他就想法子给村里协调解决通电问题,鞋不知道跑烂了几双,跑项目、筹资金,终于给村子里通上了电,有了电,一切都好办了。

立电线杆子需要村里出劳力,高压电有危险,他就选了村里十几个有文化的年轻人负责栽电杆,最快的时候,白天黑夜连轴转,一天能栽20多根。

人心齐,泰山移。不几天村子里就通上了电,大家看到亮晶晶的电灯下,小孩子做作业,婆姨们飞针走线,由衷地感到这个小伙子踏实能干、肯动脑筋,是块当支书的好料子,对他的种种疑虑也打消了。

要让村里富起来

今天,当你进入黄龙县境内,国道省道旁,到处可以看到核桃广告。这里是全国有名的核桃之乡,出产的核桃皮薄仁香、出油多;深加工的核桃油含有丰富的不饱和脂肪酸,有益于健康,是人们的首选食用油;而琥珀核桃又香又甜,是老少皆宜的休闲食品。外地人一提起黄龙核桃个个跷起大拇指。

可是20多年前,黄龙的老百姓并不愿意种植经济作物,在很多人看来,农民种粮,那是天经地义,更有人形象地比喻:"中国人口众多，把全国人民的嘴巴连起来，能绕地球一圈，不种粮食咱们吃什么？"

可是眼看着乡亲们年年种地年年吃不饱，常建立决心打破这个"魔咒"。

1997年县里号召农民种植核桃，四条梁一带的农民议论纷纷："谁天天吃核桃？那能当饭吃吗？"

"核桃卖不了，咋办？"

"咱农民么，要本分点！"

一时间，不理解、阻力大。常建立早有心理准备，他顶着压力，从外地购回核桃苗子，号召大家抢抓农时赶紧栽种。可是没承想，头一天种下，晚上就被人偷偷拔掉，扔在沟里。

沮丧过、伤心过，一片为大家过好日子的诚心，居然遭到误解和反对。付出不被理解，身后孤立无援……

怎么办？

他躺在炕上辗转，以前都是头一挨枕头就呼呼大睡，可是那几个晚上他目不交睫，难道就这样算了吗？

忽然，灵光一闪，党员干部带头种！

他连夜开会，说服村里的党员干部，自己一马当先种植了10亩。看到支书带头，大家自然不好落后，第一年四条梁核桃种植面积达到500亩。

为了管理好核桃园，他拿起书本开始钻研，无数个日日夜夜的苦学，他成为村里的核桃技术员，在自家办起了辅导班，利用晚上和农闲时间，给群众传授农业科技知识。在他的带领下，四条梁村"人人学科学、人人用科学"蔚然成风，先后有27名农民取得了县科技局颁发的"农民技术员资格证"，全村80%以上的农户掌握了核桃管理的基本技术。

大自然永远给予诚实的劳动者最慷慨的馈赠!

四条梁的乡亲们终于等来了回报,核桃树上垂垂累累挂满了碧莹莹的果实,光是青皮核桃就卖到2元一斤,一亩地3000斤,算算看是多少钱!

乡亲们的热情一下子被点燃,核桃园面积不断增大,现在光是锁子头村就有8200亩核桃园,户均纯收入7000元。而黄龙县成为我国名副其实的核桃之乡。

为了延伸产业链条,增加附加值,村里又办起了核桃加工厂,购买了核桃脱皮机、清洗机、烘干机,一方面大大减轻了人的劳动强度,同时,让村子里有了收入,一年下来,家家户户分红外,剩余的钱用来修路、安装路灯,进行基础设施建设。

现在,四条梁上的锁子头村成为全国核桃种植示范基地。乡亲们做梦也没有想到,昔日面朝黄土背朝天,胼手胝足的自己,居然当上了老师,面对来自全国各地的农民兄弟,熟极而流地讲解核桃的修剪、施肥技术。由于管理到位,操作规范,本地种植的香玲核桃产量大,皮薄肉厚,手捏可碎,出仁率高,出油率也高,在全国各地广受欢迎。

谷贱伤农,怎样让核桃卖上个好价钱?

2007年,四条梁村成立了全县第一个核桃生产销售专业合作社——四条梁圣地红专业合作社,通过互联网注册淘宝网店,架起了农户与市场的桥梁。目前,全村核桃累计种植面积达8430亩,群众人均增收2130.2元,村子成为全县核桃产业发展的示范村。

随着核桃产业的兴旺,修路也被大家提上了议事日程。

出行难,一直是个让人头疼的问题:四条梁村九科塬村组的扬尘土路是连接304省道的最后一公里,坑坑洼洼,极其难走。

喜乐村的巷子一到下雨天，泥水横流，乡亲们出个门都犯愁。

2017年6月，常建立到县上协调争取了80万元，进行路面硬化，现如今，你走进四条梁任何一个村子，那整洁的农家院落，平坦的水泥路，盛开的草花以及写在群众脸上的笑意，无一不体现出新农村的气象。

经济学家有个形象的比喻："不要把鸡蛋放在同一个篮子里。"意思是说经济的多元化发展是保障其健康运行的前提。作为四条梁的致富带头人，常建立始终保持着视野的开阔性和目光的前瞻性。

1999年，锁子头村又开始试种苹果，和种核桃一样，刚开始大家也满心狐疑，好好的，干吗又要种苹果？

为了让大伙儿吃上定心丸，常建立组织乡亲们到临县洛川塬上参观。在京兆乡，乡亲们品尝着甜脆的红富士，听着果农掰着指头算账，1亩地1万元的收入，一年下来，一个果园轻轻松松挣上20多万，哪个心里不羡慕？

现实是最好的老师。

回到锁子头，大家种苹果的热情高涨，常建立因势利导，大力扶持果园经济，并协调县上科技服务队来村里指导，手把手教大家管理果园。

现在果农在正常年份一年下来，怎么也能挣个20万—30万，家家户户买小车、买楼房那都是稀松平常的事。

让乡亲们都有幸福感

眼看村里人腰包鼓起来，有人开玩笑道："常书记，现在你睡觉也能笑醒了吧！"

常建立脸上却看不见丝毫喜悦，他眉头紧锁，叹气连连。原来，

☆ 荣誉

☆ 三岔镇退役军人常建立值守防疫卡点

近几年，村里村外发生很多事让他高兴不起来。

按说，兜里有钱了，仓里有粮了，再也不用为过光景而发愁是一件好事。可是，很多人却迷上了赌博，一到农闲时节，村里的一些人聚集在一起，昏天黑地地赌，刚开始是为了好玩，谁知道越赌越输，心想捞回本钱就收手，可是越陷越深。更有甚者，一个晚上能把半年的收入输光，回到家里老婆闹，娃娃哭，光景过成一地鸡毛。

还有的人更是油天肉地，胡吃海塞。锁子头村交通便利，离城近，开车20来分钟就到。到了晚上，村里的年轻人呼朋唤友开车到城里喝酒烧烤，有的为了显示"有钱"，更是大手大脚花钱，只图脸上有光，满足可笑的虚荣心。醉醺醺地开车回家，不是出事就是家里老婆哭闹。

结婚娶媳妇更是大手大脚，似乎不浪费就没面子，只见席面上杯盘罗列，鸡鸭鱼肉满盘满桌，吃不完呼啦一下倒进垃圾桶，丝毫不觉可惜。要是谁家办事情没有剩下大量的饭菜，还会被人耻笑，说他们小气吝啬穷抠搜。

一时间，婚丧嫁娶，人情往来费用节节上涨，大家都感到吃不消，可是都硬着头皮撑着，谁也不好意思带头节约。

有钱是个好事，可是为什么大家有钱了，闹心事却越多了？

作为一个村子里的主心骨，常建立陷入了深深的思索：农民有钱就够了吗？显然不是，大家还需要更加丰富的精神生活，更为健康的价值取向。

那么，我们还需要做些什么？

他决定在村里成立"红白理事会"，规定村人娶媳妇嫁女儿一桌饭只能在600元以内，烟不超过10元，酒不超过80元，一下子就把这项费用给降下来了，大大减轻了村民的负担。

同时，严禁赌博、杜绝酗酒，大力倡导良好的家风，利用各种手段丰富村民的业余文化生活，致力于打造良好的家风、民风。

村里还组织开展了好媳妇、好婆婆评比，大家坐在一起，民主评议，对孝顺老人的媳妇和开通明理的婆婆均给予奖励，门前挂"五好家庭"的牌匾，以示表彰。

一时间大大改善了村里的风气，家家户户以孝顺老人、家庭和睦为荣，再也看不到为鸡毛蒜皮的小事导致家庭失和、夫妻不睦的情况。

孩子是家庭的希望。常建立非常重视下一代的教育，他深知知识改变命运的道理。有的家庭为了让孩子早早挣钱而辍学，他三番五次劝说；有的家庭因病致贫，无力供养孩子念书的，他总是想尽一切办法帮助，千方百计让孩子回到校园。如今，小小的锁子头村出了十几个大学生，有的还考上了博士。说到这些，常建立脸上是掩饰不住的笑容，他说："不管谁家的娃娃考上大学，我都一样高兴！就跟自己的娃娃一样。"

俗语说"十个指头不一般长"，当大多数人在小康路上朝前奔的时候，总有极个别人远远地落在后面。因为种种原因日子依旧困难的乡亲，一直是常建立的牵挂。

曹家塬村组的孤寡老人何介芝，2012年由于意外事故，儿子儿媳双双亡故，她独自照顾着两个孙子过活。由于缺乏劳动力，家里的18亩地全部承包出去，全家人靠不多的承包款和政府扶持度日，日子过得十分拮据。常建立经常去她家看望，送米送面，并帮着争取各项补助资金。

经过7年帮扶，两个孩子终于长大成人。说起这些，何介芝老人的感谢之情溢于言表："常支书关心我，经常说有啥困难给他说，我孙女胳膊摔骨折了，多亏了常支书相帮寻医问药，渡过了难关。"

谁也说不清常建立为了帮助大家到底自己掏腰包垫付了多少钱。说起这些，他哈哈一笑："各家有各家的事，各人有各人的烦，干咱这工作就要婆婆的嘴，毛驴的腿，橡皮的肚。"

付出终有回报。在常建立的带领下，四条梁一跃成为全县闻名的富裕村，赢得了"黄龙山上第一村"的美誉，先后获得"延安市农民专业合作社示范村""全国科普惠农兴村先进单位"等荣誉。常建立个人也先后荣获"全省优秀共产党员""延安市农村科技致富带头人""延安市劳动模范"等称号。

说到将来的打算，这位老支书信心十足地筹划着：黄龙县在四条梁开辟了工业园区，将来这里要迁入不少工厂，人多了自然要消费，餐饮、住宿自然少不了。他还打算进一步壮大村集体经济，扩建果库，建设一个核桃深加工厂，生产虎皮核桃、挂霜核桃、椒盐核桃，提高核桃的附加值。让小小的核桃给大伙儿带来更大的好处！

后　记

不知不觉，一个下午已经过去，当我告别常建立时，太阳已经偏西了，吃过晚饭的村民们三三两两来到新修的广场上，妇女们跳着广场舞，老人们在一旁闲聊家长里短，孩子们追追打打，而男子们筹划着怎样把核桃、苹果卖上个好价钱。

随意四望，塬地视野开阔，田野上绿油油的庄稼，茂腾腾的果树，苹果已经套袋，核桃垂垂累累，这一切，好像是大地上的巨幅油画。

可以想见，金秋十月，当火红的苹果和金黄的核桃堆成小山，省内外的客商纷纷前来收购，一辆辆货车将收成运送到全国各大城市的超市，为千家万户的生活带来多少惊喜。

晚风吹来一阵清凉，令人溽热全消，看到这一切，你会觉得新农村真美，孟浩然的诗句"绿树村边合，青山郭外斜"油然涌上心头。千百年来，中国人向往的那种安宁、小康的田园生活不就在眼前吗？

崔世民
军人本色

―

高安侠撰文

崔世民坐在我对面，目光沉静，内敛安详。虽然早已脱去了军装，但是那股干练果决的军人气质清晰可感。他说："早都退役了，但心里觉得我还是个军人。"

采访崔世民那天正是盛夏季节，太阳当头照着，热得人好像背着个小火炉，可是室内安静清凉。一杯清茶在手，他慢慢地述说往事，那一刻，仿佛时光倒流，兵营里的青春渐渐呈现于眼前，细致而富有质感。

部队六年塑造了我

1983年10月3日，家住黄河岸边的农家子弟崔世民光荣入伍，这在延长县雷赤乡尚罗村是件大事。临走那天，乡亲们送他到村口那棵千年老槐树下，在全村娃娃大人羡慕而充满期待的目光里，17岁的崔世民胸戴大红花离开家乡，赶赴武汉，开始了他六年的军营生活。

喝着黄河水长大的崔世民天生有一股子能吃苦不怕累的韧劲，没过多久，他凭着过硬的基本功脱颖而出。

说起军营往事，崔世民的眼睛顿时亮起来："最难忘的是我六年的军营生活，我们部队是快速反应部队，命令严、要求高，从来没有过年过节一说，别人放假都休息了，我们反而要比平时更加警惕，因为我们承担着保卫大武汉的责任！"

"1986年在广州军区湛江靶场打靶，目标是射击飞机的拖靶，拖靶由飞机肚子上的一根钢丝绳吊着一个帆布袋，钢丝绳有1000米长，那个帆布袋被风刮起来，左右摇摆，非常难打。"

说起军营生活，崔世民变了一个人似的，话明显多起来，眼睛闪闪发亮，往事仿佛历历在目。

妻子在旁边笑着插话道："我们掌柜的（陕北女子对丈夫的敬称）就爱看军事题材的电影电视剧，有的看了一遍又一遍，就没个够！"

崔世民笑着不说话，端起茶杯喝了一口，接着说道："我们每天训练，目标是击落飞机拖靶，我们部队从来没有击落过拖靶。但是在 1986 年的湛江实弹演练中，我们成功地击落了拖靶，这意味着我们打中了飞机！当时中国人民解放军司令员王海和我们合影，大家的高兴劲别提了！"

这件事对不到 20 岁的他来说，有着不同寻常的意义，他深深领悟到，一个人只要把自己的事干好了就能得到大家的认可！在整个采访过程中，他多次说，军营塑造了我，六年的部队生活给了我太多的东西！

空军战士本应服役四年就要退役，由于崔世民在部队中表现优异，业务过硬，领导看好他，就延长了他的服役时间。

为老百姓做事，是真正的光荣

1988 年，崔世民迎来了人生的第一个高光时刻，作为军人他参加了武汉著名的黄孝河清淤工程建设。

黄孝河，人称"武汉的龙须沟"，是流经汉口地区的唯一一条河流。但它并不仅是通常意义上的河流，多年来，它是汉口最大的排水兼排污河。随着人口的不断增长，黄孝河的排水排污功能严重滞后，长年累月淤泥堵塞、臭气逼人。尤其一到夏天，在烈日的炙烤下，那种难以描述的气息简直令人晕眩，市民路过都以手掩鼻，行色匆匆。

1983 年，被称为武汉历史上最难的清淤工程启动，历时整整八年，数万人参与开挖搬运，一时间黄孝河两岸人头攒动，人们挥汗成雨，举锹为林，工程之浩大可想而知。

崔世民所在的部队也参与了这场武汉城市建设史上最壮观的工程。武汉名列中国"四大火炉"，炎热的夏天，大太阳的炙烤之下，年轻的战士们汗流浃背，背上的皮肤被晒伤，留下深深浅浅的痕迹，肩膀被重担压烂，垫上毛巾继续，汗水顺着额头流淌，糊住了眼睛，一天下来，很多战士顾不上吃饭就沉沉地睡了过去……

高强度的劳动并没让这个来自黄土高原的子弟兵退缩，他知道，做个神炮手是职责所在，为武汉老百姓开挖河道也是军人的职责！1988年，崔世民和所在的部队荣立集体二等功。

当他们在颁奖大会上披红挂花的时候，台下的观众掌声雷动，经久不息，武汉三镇的老百姓用掌声表达对子弟兵的由衷感谢！

年轻的崔世民站在台上，心潮澎湃，心情久久不能平静，他深深感到，为老百姓做事，是真正的光荣！

宝贵的六年光阴，在部队经受千锤百炼，一个不谙世事的17岁农村少年被锻造成稳重成熟的优秀青年。更为重要的是，这六年，他形成了自己的世界观和价值观，无疑，这对任何一个人来说都是至关重要的。

他们叫我老战友

脱下军装的崔世民回到了家乡延长县，在距离县城50多里的张家滩乡政府，成为一名民政干部。

那时候的张家滩，只有疏疏落落几排窑洞而已。天一擦黑，窄窄的小街上就没有了人影。一条坑坑洼洼的乡村公路穿过镇子，要是某一天有汽车驶过，镇子上的娃娃们就会追着撵着看稀罕，人称"点上一支烟，张家滩镇绕三圈"，言其荒凉偏远。

可是对于崔世民来说这一切已经令他很满意了。当笔者问他："从九省通衢的大武汉来到小镇张家滩，难道不觉得失落吗？"他面色平静，沉思良久说："我是一个农村娃，因为在部队上锻炼了几年，国家就给我分配了工作，我的心里充满了感激，根本没有失落感。"

于是，怀着一颗感恩之心，崔世民开始了他13年的民政干部生涯。

民政干部的工作当年被陈毅元帅总结为"上管最可爱的，下管最可怜的"。服务对象既有老八路、老红军，也有低保户、五保户，以及聋哑呆傻的残障人士，无父无母的孤儿，可以说大都属于弱势群体。作为一名民政干部，重要的就是把党和政府的温暖与关怀送到每个人身边。

世界上的很多事说起来简单，做起来难。

张家滩乡政府管辖的面积371平方公里，有125个自然村。20世纪八九十年代，交通极为不便，此地山山峁峁，沟壑纵横，有很多地方根本不通公路。

而他负责的150多名老军人散居在各个村落，他们当中有参加过二万五千里长征的老红军，有抗日战争中与日军英勇作战的老八路，有跨过鸭绿江保家卫国的志愿军老战士……

当战争的硝烟散去，昔日的军人放下武器，解甲归田，回到家乡以种地为生。几十年过去了，他们大都年逾古稀，有的在战争中落下了残疾，行动不便，再加上陕北自古地瘠民贫，生活大多拮据。为了及时把补助金发放到他们手里，崔世民硬是靠着一辆破旧的自行车在羊肠小道上翻山越岭，走村串户，从炎炎夏日

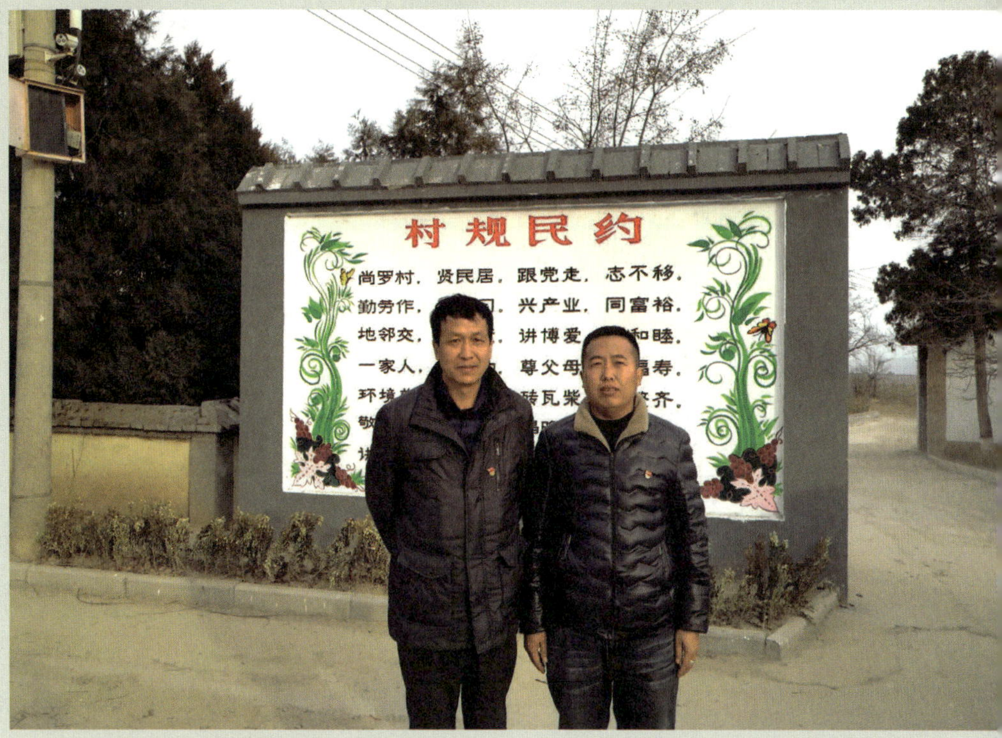
村规民约
尚罗村，贤民居，跟党走，志不移。

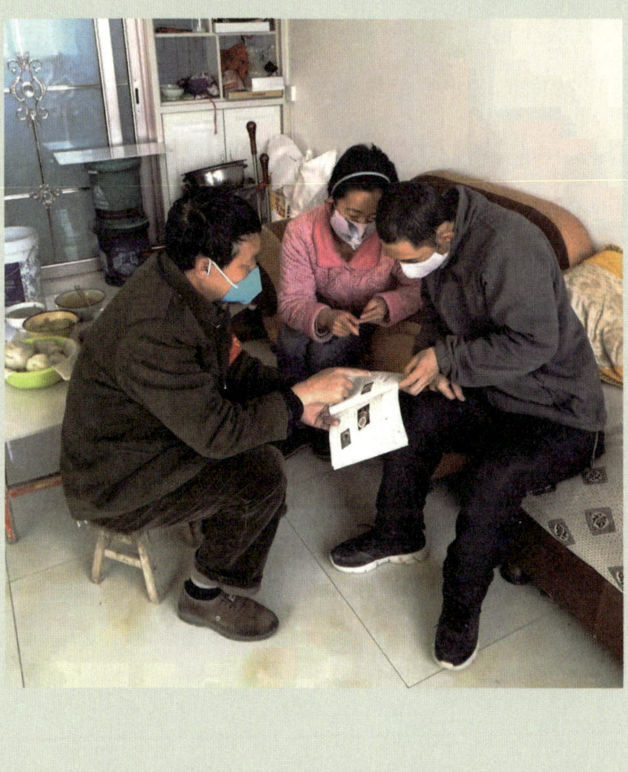

到数九寒天，每月日子不错地把补助金交到老红军、老八路手上。时间长了，那些白发苍苍的老军人一看到他，都亲切地称他为"老战友"。

说到这里，崔世民笑了，说自己对军人有一种难以割舍的情怀，看到那些曾经和他一样穿过军装的人，他打心眼里觉得亲切，时间长了不见，还有些想哩！

除了及时发放补助金，他对老红军、老八路的生活也尽量悉心照顾。他知道很多老人住房难、治病难、生活难，就想尽办法帮助解决。在张家滩政府危房改造项目实施过程中，他充分利用政策，挨家挨户协调，耐心说服老人的子女，将他所管辖的所有老军人住的危房进行了改造。当那些老人们住进敞亮雪白的窑洞，昏花的眼睛里露出喜悦的光芒，他的心里感到无比欣慰。

崔世民说："我们要怀着一颗崇敬的心为这些昔日的功臣服务，他们为新中国的成立立下了汗马功劳，我要通过我的工作，让这些老人家感受到国家没有忘记他们，要让他们打心眼里感受到昔日付出的热血和汗水是值得的！"

有人开玩笑说：民政干部上管天文地理，下管鸡毛蒜皮。的确是这样的，他的工作事无巨细，为了切实保护孤儿、残障人员的合法权益，他在全乡进行了细致的摸排，吃清了底子，做了详细统计，并发放了救助资金，帮助学龄儿童及时联系学校，保证了孩子及时上学。

13年的民政干部工作，他帮助过的人不计其数，对于有些因为各种原因不能享受政策的，他干脆自掏腰包，为他们买药买米买面。

妻子王毅说："我们这人心软，见不得别人受苦。"

村里光景不好，我心里难受

崔世民的家乡尚罗村，位于黄河岸边，黄河流过村庄，村人每天枕着黄河的涛声入眠，过着一种世外桃源的生活。

这几年延长县开始大面积推广种植苹果，农民的收入普遍提高了，生活有了起色。

可是尚罗村是个例外。

原因很简单，这里不适宜种苹果。

原来，尚罗村海拔约900米，每年苹果花开的时候，总是要遭受霜冻，有的家庭一连几年受了霜冻，连吃饭都困难，有的人不得不借高利贷维持一家人的生计。

这无异于饮鸩止渴。

一个偶然的机会，他听说村子里马上要换届选举，可是因为农村党员的流动性大，很多人到城里打工去了，剩下的人要么年纪大，要么能力弱，一时间，组织上还没有物色到合适的村支部书记。他心动了，要回家为乡亲们做点事的念头又一次浮现出来。

他回家跟妻子商量，当他把自己的想法说出来时，妻子睁大了眼睛，像不认识他一样，盯着他看，半晌说道："你疯了？现在人人都是从农村往城里跑，你怎么反而从城里往农村跑？"

崔世民说："我们村的光景不好，我心里难受。"

妻子理解丈夫对家乡的眷恋之情，沉默良久，点了点头，算是默许了。

就这样，2019年12月3日，崔世民拿着简单的洗漱用品、几件家常换洗衣服，回到了阔别已久的尚罗村。

在村里的支部委员会上，他直截了当地谈了自己的看法，算是新官上任的"施政纲领"。全村1800亩苹果园，但是因为地理位置特殊，常年不是霜冻就是干旱，收入远远不及其他地方的果园，总体来说，产量、质量都很低，苹果的价格自然也上不去。大家纷纷点头，觉得他说到了病根上，可是，下一步该咋办？

看着乡亲们期待的眼神，崔世民简洁有力地说："我们不要吊死在苹果树上。"

大家深受鼓舞，决心调整全村产业结构，不再眼睛只瞅着苹果。说干就干，崔世民带领村里的30名果农，过黄河专门跑到山西运城参观学习，对山西运城市"中农乐"总部、平陆县风口桃基地、临猗县桃联盟户进行了考察、学习。村民们大开眼界，这里光桃子的品种就上百种，各种口味琳琅满目，最后经过反复比对，大家决定引进一种叫作"枣油桃"的新品种。这种"枣油桃"有四种口味，头茬吃到枣子的味道，中间又成了水蜜桃味儿、油桃味儿，最后居然又变成杏子的味道。

崔世民给大伙算了一笔账，这种桃子一亩地可产6000斤，全村可种280亩地，而且不用套袋，节省大量人工成本，一年下来收益怎么说也远远胜过苹果！

别看崔世民外表温文尔雅，但是他骨子里有一种敢于冒险的精神。说干就干，他多方奔走，协调了56万元的扶贫资金，完成了老园改造，全村统一栽植了市场前景看好的最新品种"枣油桃"。

他们的选择是对的，枣油桃这个新品种成熟期早，产量和价格都高，经济效益好。尚罗村的苹果价格最高卖到3元一斤，但是枣油桃的收购价就高达7元一斤。在北上广的超市里一斤可售20多元。

现在尚罗村的人都爱说这句话："以后咱们就和桃子说话！"

于是，尚罗村成为西北五省（区）最大规模的枣油桃种植基地。良好的示范带头作用之下，原先种苹果的乡亲们纷纷开始改种枣油桃。近几年，农村电商遍地开花，尚罗村人乘着这股东风，依靠电商平台把油桃卖到了全省，卖到了全国。

"让我们每个村民、每个果农的腰包鼓起来。"崔世民信心满满地说。

而对于经营苹果园的乡亲，他也时时牵挂，尽心尽力想办法。为了更好地适应市场，避免苹果集中上市，价格太低，果贱伤农。他又多方奔走，争取上级资金支持，组织村里修建了果库，对苹果进行反季节销售，争取效益的最大化。

让咱们村美起来

乡亲们的腰包鼓起来之后，崔世民并没有满足，他又开始打量古老的尚罗村。

尚罗村地理位置独特，位于延长、宜川两县交界，村口坡底下，沿黄观光公路蜿蜒而过。站在垴畔上远眺黄河，滔滔不绝的九曲十八弯，一路迤逦南下，不远处就是赫赫有名的壶口瀑布。尚罗村像一颗璀璨的珍珠，点缀在这条"金腰带"上。

要把这个有着深厚文化内涵的村子，打造成美丽宜居的乡村示范村，让更多游客在这里驻足停留，了解黄河沿岸的乡土文化！

经过深思熟虑，和村委会干部反复研究后，他又开始了新的奋斗。在上级镇政府的支持下，尚罗村打造了集观光、采摘为一体的"十里桃花廊带"景观。投资80余万元修建了生态广场、村史馆、排洪涵管和美化亮化工程，使村容村貌、人居环境得到极大改观。

如果有一天，你沿着沿黄观光公路旅行，当你途经尚罗村，一定要停下来，在全国人民脱贫致富奔小康的奋斗之路上，尚罗村堪称是新农村的样本：整齐的屋舍，干净的街道，雪白的墙壁上是乡村艺术家的作品，有倡导移风易俗的村规民约，有富于生活气息的农民画，还有劝善行孝的壁画……村口的古槐，虬曲盘旋、枝繁叶茂，微风吹来，飒飒作响，似乎在诉说着千年光阴里的故事。

古色古香的凉亭里，乡亲们坐在一起拉呱聊天，谈今年的收成，谈明年的打算。当你行走在村子里，你会深切地感受到中华传统文化的根脉深深地扎根于民间，扎根于普通老百姓的日常生活里……

如今，尚罗村最后的 24 户贫困户 59 人已全部脱贫。2020 年，顺利通过国家验收，彻底摘掉了贫困的帽子，新时代脱贫攻坚任务如期完成！在可以预见的未来，老百姓的生活会越来越美！

后　记

在采访的过程中，笔者顺着延河一路驱车，沿途看到曾以贫困而闻名的陕北发生了巨大的变化，延河越来越清，昔日浊浪翻滚的情景再也看不见了，山山峁峁越来越绿，山川沟壑一片浓翠深碧，似乎把空气都染成了绿色。延长县的大街小巷一改旧日脏乱差的模样，车水马龙、繁华热闹，人们的脸上挂着惬意的微笑。当你看到这些，一定会和我一样，深切地感受到这个美丽古老的国度正在发生的巨变，你一定会和我一样坚信，这变化昭示着千千万万中国人在小康路上奋斗的决心，而始终不改军人本色的崔世民正是他们中的一员！

高玉红
在希望的田野上

米宏清撰文

米宏清

中共党员。陕西省作家协会会员。著有散文集《山那边的故乡》。报告文学《六朵野山花》发表于《陕西农村报》。

一

炎热的伏天时节，还不到上午九点，天气就闷热得像个大蒸笼，田间地头到处滚动着热浪，人人脸上都冒着汗珠儿。

伏天也是庄稼疯长的一段时间，只要雨水充足，庄稼一天一个样。杏子河川宽阔的川道两岸，到处是绿色的庄稼。玉米、豆角、南瓜、小瓜、田麻等各种农作物，绿蓁蓁地在村庄的庄前屋后生长着。村庄掩映在绿色的海洋中。

在安塞区枣湾村的一户院落旁，路边培出一小块田垄，栽着类似韭菜细叶的植物，开着小花。

"这是摘蒙花，是农民自己从山上采回来，栽在自家院子的，是特别香的佐料，现在正是开花的时候。"高玉红指着一片人工栽植的摘蒙花，给我们介绍。

摘蒙花也叫细叶韭，耐干旱、喜阳光，其花白里透红，细小如野山菊，清香扑鼻。"摘蒙花晾干一斤能卖 160 元左右，不过这是农民自己吃的，吃羊肉的时候，在调制的萝卜菜里加点摘蒙花，味道太香了。"高玉红采了一瓣摘蒙花，一遍一遍地闻着花香。

我们走进枣湾村高生明家。院子非常宽敞，一排平房贴着白色瓷砖，玻璃窗户透着阳光，灰色房檐中间是红色的夹层屋顶，整个房屋色彩明亮、格调清新。院子有几棵高大的核桃树，浓荫罩了多半个院子。院子用红砖铺过，另一半是菜园，辣椒、西红柿、黄瓜等郁郁葱葱。

高玉红走到院子的核桃树下，拧开乳白色的水龙头，水哗哗地流出来，他用水洗了一下脸，又冲了一下胳膊。他说，这是从山上接来的山泉水，山泉水清澈、甘甜。原来枣湾村人全部吃的是山泉水，但近几年来，随着村上产业的发展，外来人口增多，山泉水到了旱季，便不能够保证村人的生活用水了，于是，每家每户院子里铺设了两套供水管网。

"这套管网是2020年，经多次与区水务局协调，投资70万元建成的农村饮用水改造项目。"高玉红说着，打开一处水井盖，跳进水井，拧开另一套管网的水龙头。他说，这套管网从招安镇自来水厂引水，如果山泉水断流，那么村民可以饮用自来水。

两套供水管网，能够保证村民有足够的水源。

缺水严重制约着农民群众的产业发展，这是高玉红2019年当选村支书之后，首先想到的要为群众解决的一个难题。他多次奔走于镇上，通过镇上协调区水务局，当一套崭新的供水管网从镇自来水厂铺设到枣湾村，清澈的水汩汩流淌到村里的家户和农田时，高玉红脸上洋溢着喜悦。他带领乡亲发展产业的劲头更大了。

二

高玉红出生于枣湾，成长于枣湾，枣湾与他有着无法割断的情感联系。

他的父亲高振贵是典型的庄稼人，一辈子勤劳务实，在土地上劳作。小时候，放学后，高玉红有时帮父亲种地，有时帮父亲挖沙。每年，从4月份天气暖和起，父亲就开着他的四轮车，拿一把铁锨，在杏子河边挖沙、洗沙，家境虽然不富裕，但也和普通农家的生活一样，基本能过得去。

2004年，高玉红高中毕业后想去当兵。年底，他如愿以偿，入伍成为一名无线电报务兵。从小在农村里长大，他养成了吃苦耐劳的品质。在五年的军旅生涯里,他苦练军事本领,作风优良,训练有素,多次受到连里的好评,并成为一名党员。2007年,他所在的部队在宁夏贺兰山开展野外适应性训练,由于贺兰山风沙比较大,通信保障较为困难;尤其在天气不好的时候,保障通信接收上级命令更是难上加难。高玉红努力克服恶劣天气带来的困难,始终如一地坚守在自己的岗位上,凭借着军人的韧劲和过硬的本领,和战友们顶着强烈的大风下车加固天线,常常被风沙吹得眼睛都睁不开。战士们要闭着眼睛摸索着找到天线,然后进行加固,确保通信畅通,保障演习任务圆满完成。正是部队严格的训练,培养了高玉红能吃苦、勇挑重担的精神。

2009年12月,高玉红退役后,在南泥湾采油厂工作,先后干过井下作业调度等工作。2018年3月,他回到枣湾村,和乡亲们一起投身于脱贫攻坚工作,被选为枣湾村党支部副书记;2019年1月,被选为枣湾村党支部书记。

杏子河发源于志丹县杏河镇,河流蜿蜒曲折,流经志丹县杏河镇,安塞区王窑乡、招安镇、沿河湾镇,注入延河。

杏子河在流经招安镇的时候,川道逐渐开阔,河流转了一个弧形大弯,形成了比较肥沃的河台地。长期以来,这里的人们对土地的依附性比较强,肥沃的河川地也为发展农业提供了便利的条件。

但是,近年来由于枣湾村产业没有发展起来,产业结构单一,传统的农业种植使土地的产出率较低,因此,村里大部分人出去打工,导致发展缺乏劳动力,给脱贫攻坚带来极大的难度。

高玉红当选村支书以来,把发展产业作为带动农民脱贫致富、增强发展能力的重要抓手。

他瞅准了位于枣湾村河边的一块荒地。这里以前是石子地,土壤少，地里大部分是石头块，不适宜种植，但是如果能加以改造，整成农田，发展产业就好办了。

经过多次争取，2019年底，枣湾村被纳入全区山水林田湖改造项目。

项目对枣湾村杏子河边土质为沙土石子的地块进行了改造，全部填土，整理出农田共计120余亩。这块地原来由个人承包，招安镇政府此次引进了陕西果业集团。陕西果业集团经过考察，认为该地块水源充足，交通便利，周边农业基础较好，便将120亩地承包，建设枣湾现代农业采摘园。

枣湾现代农业采摘园共建成日光温室连栋弓棚1座（10亩），为樱桃观光采摘园；建成新型日光温室大棚12座（50亩），棚体采用钢架结构，墙体采用保温板材料，配备自动卷膜机、滴灌、增温、补光等设施，种植小瓜、西瓜、甜瓜以及辣椒、西红柿、番茄等蔬菜，换茬栽植樱桃和油桃。陕西果业集团安塞有限公司与枣湾村农民建立合作互助协作机制，长年为村上的果农和菜农提供技术服务，优先帮助农民促销水果、蔬菜。高玉红以村委会的名义，积极与陕果集团合作，在枣湾村兴建拱棚50个，引导农民发展产业，激发内生动力；同时，积极扩大就业扶持，把村内剩余劳动力安排在园区务工，让村民有了收入的同时，也学到了技术，为村内发展产业奠定了基础。

三

在枣湾村川台地，农民利用充足的水源灌溉，庄稼长得非常繁茂。

一片一片的葡萄园，葡萄叶子在阳光下闪着碧绿的光芒。两行葡萄树中间的土地上，花生苗全部开花。

"你的葡萄可以套袋了，这几天抓紧套袋。"高玉红在葡萄园子走着，给农民说。

他接着说："葡萄枝太长了，要从这里把多余的枝剪掉，要不葡萄没有营养。你数一下，留八片叶子，其他的枝都可以剪掉。"他数了一下葡萄叶，随手剪掉了多余的枝。

"这是偏枝，也要剪掉，否则影响葡萄发育。"他边走边剪了一些葡萄枝。

一位农民问高玉红，葡萄套袋之前要打什么药，高玉红说："你给李龙打电话，他知道。"

农民将手机递给高玉红说："你把李龙的手机号码给我存上，我不会存。"

高玉红将李龙的手机号码给他保存好，接着介绍说："李龙是村上聘请的葡萄技术员。村上每年举办葡萄种植培训班，李龙给农民教授套袋、点花、剪枝等技术。"

他笑着说："我的这点知识就是培训的时候学到的，也不精通。"

枣湾现代农业采摘园的引进，让农民看到了产业发展的希望。但是，真正让农民脱贫，必须大力发展家庭产业。2019年，枣湾村党支部向全体村民提出，不管哪家哪户，只要愿意发展葡萄产业，村委会免费提供葡萄树苗，并由村委会聘请技术员提供指导服务，为农民培训葡萄种植技术。

在村支部的动员下，当时报名的有30多户，共栽种葡萄90多亩，今年已全部挂果。村民在自家的葡萄园里忙着套袋，葡萄颗粒饱满，一串一串地挂满藤架。这里距离延安较近，不愁卖不出去。

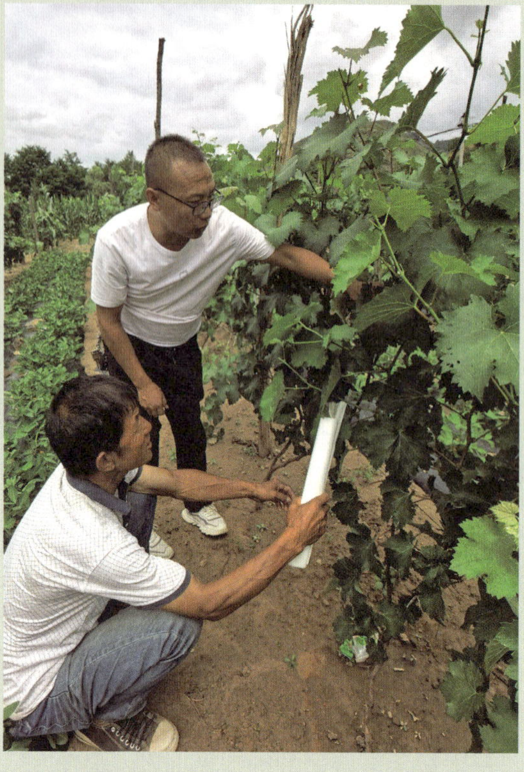

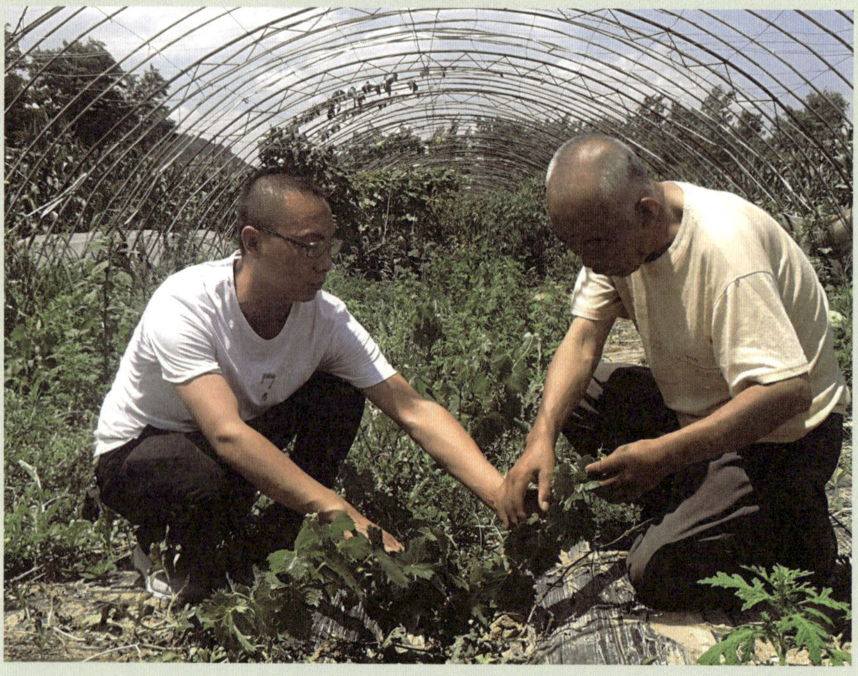

要带领乡亲致富，小打小闹显然是不行的。无论是引进陕西果业集团建现代农业采摘园，还是引导村民种植葡萄，对枣湾村经济发展的带动都有限。

在招安镇党委、政府的大力支持下，通过多次协商，区蔬菜技术推广中心将大棚蔬菜产业示范基地放在了枣湾村。

项目占地240亩，以现代农业设施配套，高标准建设蔬菜产业种植、休闲观光、采摘体验与产业示范为一体的综合产业园。

在农村，尤其是土地条件比较好的川道，农民对土地看得比金子都贵重。其他事情都好谈，但是一旦涉及土地，就触及农民的核心利益，不好谈。镇政府领导、镇上的包村干部、区上下派的第一书记多次开会，反复给农民做工作。大家都认为这是好事，是扶贫事业，项目建起来后不仅有土地流转收入，还可以分红，吸纳群众就业，带动餐饮、住宿、运输等等。高玉红作为村支书，更是到每家每户，耐心细致地讲道理、做工作。那段时间，他每天都是晚上12点以后才回家。240亩土地，涉及73户。最后，大部分村民都同意流转土地，有一户却怎么也不同意。这次涉及他的流转土地有5.35亩。这家农户不同意流转的理由是，他发展养牛产业，这块地他要种玉米，给牛提供饲料。如果土地流转出去，他就没有土地种玉米了。

高玉红听后，马上拍了一下自己的胸脯，他将自己的4.15亩地当场兑换给这户人家。

经过镇干部、村干部苦口婆心地做思想工作，73户村民240亩土地全面流转出去。

晚上，村民凑在一起，纷纷在土地流转协议上签了字，按了手印。

村上成立了枣湾村股份经济合作社，高玉红担任董事长。他给村民算了一笔账，240亩地由乡村振兴局投资建63座大棚，一座大棚一年按照1万元价格对外承包，承包费收入63万元。这63万元除了运营管理费之外，结余可以给村民分红。

四

枣湾村因枣树多而得名。之前，在靠近河边的滩地生长着大片枣树。后来这些枣树渐渐消失。枣湾村以前是独立的行政村，2016年与周尧村合并，现共有枣湾、周尧、道渠湾、井塔4个自然村，全村有村民323户，1087人。

相对于杏子河川道的其他几个行政村，如侯沟门村、龙石头村、茶坊村，枣湾村无论是产业发展，还是村容村貌、乡风文明、人居环境等，都落后于这几个行政村。要带领群众全面完成脱贫攻坚任务，不光要发展产业，人居环境的改善、乡风文明的建设也非常重要。为此，高玉红和村支部一班人提出，要对照周边行政村的发展，全面追赶超越，唤醒村民创造美好生活的信心，激发群众内心的动力，鼓舞起农民群众全面奔向小康的"精气神"。

2020年，区人居环境办公室投资200多万元，对枣湾村人居环境进行改造。原来家家户户门前的小路全是土路，一遇下雨，泥泞不堪。改造后，小路全部用红砖铺过。村上还在杏子河边的土坡地上修建了两个凉亭，栽种了花草，安装了体育健身器材。群众也都将自家的院落进行修葺、改造。安装了新门窗，房屋的墙体也贴上了瓷砖，铺了地板，院落统一铺砖，改造下水道，种植果木蔬菜。如今，走进枣湾村，家家户户粉墙黛瓦，错落有致；道路整洁干净，两旁绿树成荫。商店、小餐饮店生意红火，人们拿着扇子坐在大树下乘凉，脸上挂着幸福的微笑。

傍晚时分，劳动了一天的村民回家吃过饭，洗了脸，便携儿带女，三三两两，在村头的广场上散步，或者到凉亭的步道边聊天。他们有时一起扭秧歌，有时交流葡萄种植技术，讨论农产品价格，了解产业发展最新动态。

这个时候往往是高玉红最为忙碌的一段时间，他要趁着村民休闲的时间和村民聊家常、聊产业，了解全村的生产生活状况，帮助群众解决生产中遇到的各种困难，为群众提供服务。村民李世斌1977年参军入伍，1981年退役回乡。他这两年因患病不能劳动，看病花了不少钱。高玉红三天两头跑李世斌家里，了解他生活上的困难，向区退役军人事务局反映李世斌的生活情况，为他争取救助。李世斌的妻子超过60岁了，按照陕西果业枣湾有限公司的规定，超过60岁不再用工，高玉红向公司说明了李世斌家里的困难，让他妻子继续务工，让家庭多点收入。公司答应了，每天付给李世斌妻子工资120元。高玉红还帮助李世斌种了3亩葡萄，葡萄长势很好，全部挂果。高玉红说，我是一名退役军人，对所有退役军人的生活要全力关注，要让每一名退役军人生活得更好。2020年，他在村委会建了全区第一个退役军人活动室，逢"七一""八一"等重要节日，会组织退役军人开展座谈、走访活动，让退役军人有了归属感和荣誉感。

高玉红还利用一切时间给群众办事，我们去采访的时候，他正在院子里给一名老人用微信办理养老注册认证。老人名叫张凤英，84岁。办完注册，老人拿出一颗小瓜，执意要高玉红收下，高玉红再三推让，老人还是把小瓜留下了。类似这样的事每天都有。村民都说，高玉红书记是热心人，村民办事只要打个电话，不管是谁，他都会第一时间回到村委会给予办理。

采访结束的时候正是傍晚，夕阳的余晖在杏子河宽阔的水面上洒下道道金光。河川两边，一座一座的大棚里，各种蔬菜、瓜果已开始采摘。而川道里的葡萄园，葡萄也已由绿色转成淡紫色。高玉红匆匆地走进川道里的葡萄园，又一期葡萄种植培训班即将开班……

这时，我们听到远处传来一阵歌声，"我们的家乡，在希望的田野上，炊烟在新建的住房上飘荡，小河在美丽的村庄旁流淌……"歌声婉转悠长，传得很远、很远。

希望的田野，那不正是乡村振兴的田野吗？

张保祥

创业梦，在果乡飞翔

米宏清撰文

一、节水灌溉

天刚蒙蒙亮，张保祥就醒了。他翻来覆去，怎么也睡不着，就索性穿好衣服，走出了院子。这是他多年来形成的生活习惯，每天坚持早起，去果园走一走。

宜川县秋林镇位于黄河岸边，距离著名的壶口瀑布只有15公里。这里山势平缓，绵延起伏，形成一块一块的塬地。塬地上农田多以梯田分布，在塬上行走，偶尔翻一道沟，便上了另一道塬。

从秋林镇南侧沟里进去，沿坡而上，不一会儿就到了塬上。塬上土地平坦，绵延数里。一个一个的村庄就坐落在塬上，有瓦硷村、宋家村、西窑科村、卓家村、牛家佃村等。村庄掩映在塬上的果树、核桃树林里，远远看去，只能看到白色的墙、红色的屋顶。

早晨的空气非常清新，塬上吹来阵阵山风。7月是入伏时间，塬上受旱了，玉米卷曲了叶子。可是果树由于充足的灌溉，长势很好，成片的果园，一排一排望不到头，果树庞大的树冠形成浓荫，覆盖了整个果园。苹果已全部套袋，浅白色的套袋在阳光下泛着淡淡的光芒。

早上七点的时候，果农就开始在自家的果园里劳动。有一辆卡车载着十几吨羊粪驶进果园。一方羊粪210元，果农拿着卷尺，在车上测量着羊粪的方量。

一位村民在三轮车上装一个大水桶，装满水，拉到田边，把果园里的水管直接连接到水桶的阀门上，水就流到了田里。

张保祥拉起果园里的水管说："这是我经过多年摸索引进的节水灌溉设施，这种灌溉的特点是省工、省时、省料。每行果树下铺设两根水管，每根水管都有管阀，浇水的时候开阀，不浇水的时候关阀，这样能保证给每一棵树都浇到水。"

他接着说："将果园里的水管直接连接到三轮车的水桶上，可自由浇灌。水管是地埋式的，灌溉果树的时候，人可以干其他农活。"

他又说："村里的果园，以前是把村子东头小坡上蓄水池里的水引过来，实施滴灌。但是，由于土地高低不平，灌溉时，地势低处的果园有水，高处的果园阀门开着，却没有水。这该怎么解决？村里只有一个蓄水池，都有果园，总不能让低处的果园有水浇，高处的果园受旱吧？"

某次，张保祥路过榆林，看到沙漠上种着庄稼，用的是地埋式节水灌溉设施。他想，这个技术为何不能在果园推广呢。回村后，他首先在自家果园里试验，结果非常成功。这种灌溉法比较灵活，遇到旱季，在河里拉一车水，随时可以浇灌果树，不受任何影响。

2012年，张保祥通过山东中际公司引进地埋节水滴灌管，经过自己的摸索，独立探索出果农打药泵罐和滴灌管道相结合，灌溉和施肥融为一体的水肥一体化新技术。该技术操作简单、省工省力、节水省肥、增产提质，受到了广大果农的欢迎。

他给村里种植苹果的贫困户、退役军人铺设地埋滴灌208亩，当年每亩增产720斤，户均增收1.2万余元。

2016年，省农业厅包扶壶口镇曹家庄村，将张保祥的节水灌溉技术进行推广，为40亩果园铺设地埋式灌溉管。县上领导去调研，认为这种灌溉技术好，就在全县的贫困村进行推广。原来每亩果园产量一般是4000斤左右，引进节水灌溉设施后，每亩产量达到6000斤，增产2000斤。从2018年到2019年，全县贫困村累计推广1.2万亩，亩均增收可达1200元，受益贫困户600余户，贫困户共增收350万元。

张保祥在解决自家果园灌溉问题的过程中，摸索引进的灌溉技术极大地带动了全村果业的发展。村民从张保祥的节水灌溉实践中汲取经验，果园普遍实现增产增收。这一灌溉技术正在周边镇、村得到推广。

张保祥生于1956年，延安市宜川县秋林镇瓦硷政村卓家村人，宜川联益果业合作社理事长。2020年8月28日上午，陕西省退役军人"新征途"创业大赛在西安曲江举行，经过6天的培训后参赛角逐，张保祥带领的宜川"水肥一体化地埋节水灌溉"项目团队在专项赛中荣获二等奖。参加创业大赛，张保祥收获颇多，这一活动既开阔了他的眼界，又坚定了他带领群众脱贫致富的信念。

二、果树情缘

张保祥的创业，源于他的果树情结。他大半辈子都与果树打交道，可以说，是果树成就了他的人生。

而他的创业动力，则源于他贫困的童年。家族的流离颠沛，让他从小就不甘平庸，渴望出人头地，自强自立。

他祖父是陕西韩城人，长期做账房先生，给别人管账。战乱时代，祖父逃到宜川，不久去世。一家人居无定所，四处漂泊，后来，张保祥的伯父来到宜川县秋林镇卓家村，给一个寡妇人家当了上门女婿，张保祥的父亲也随之来到了卓家村给地主家打长工。1949年宜川解放后，张保祥的父亲才成了家。张保祥兄妹5人，从记事起就过着吃了上顿没下顿的贫苦生活。

为了让家里能多点收入，从13岁起，张保祥就利用寒暑假参加劳动。1971 年，他小学毕业后，参加生产队里的劳动。在村上修水电站的时候，他学会了石匠活，修水渠、建石桥，干活非常出色。

1977 年，张保祥穿上军装，成为中国人民解放军某部队的一名汽车兵。部队驻扎在青藏线上，气候恶劣，道路条件非常艰苦，这五年的军旅生涯，培养了张保祥坚韧不拔的意志和顽强拼搏的精神。1982 年，他退役回乡。

回乡后，他扎根农村，发展种植业，是宜川最早的一批苹果栽植户之一。1983 年他开始种苹果，第一块苹果林 1.5 亩，种的是从礼泉县调的"青冠"果苗。当时宜川还没有"青冠"品种，他是最早引进这一品种的果农。"在部队养成的认真、不服输的性格让我做什么事都很投入，敢于尝试。"他说。由于运用新技术、引进新产品，他的果园管理水平一直走在全村前列。

1989 年起，他率先引进苹果套袋技术。套袋后，苹果果面干净、充满光泽度，也减少了农药残留污染。当时，一个袋 0.12 元，他第一年套袋 1000 个，果商收购价格高出其他苹果 0.5 元。大家看到套袋技术能增收，于是，其他种植户开始大面积引进。

1994 年起，他把自家所有的 13 亩地都种了苹果，当年收入 5000 多元。当时村里其他村民都在种烤烟，他们从张保祥这里看到种苹果比种烤烟收入高，于是纷纷开始大面积种苹果。

2017 年 11 月，他参加第 24 届中国杨凌农高会，接受中央电视台《新闻联播》栏目记者采访。当被问及他是如何带动乡亲们发展果树产业时，他说："我个人实践，获得利润，乡亲们从我身上看到了产业发展的希望，由此我才能带动他们共同发展。"

一句朴素的话语，讲出了深刻的道理。

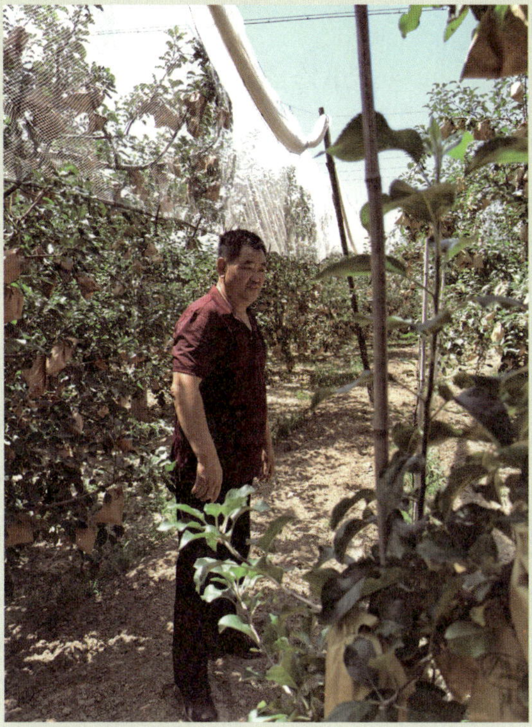

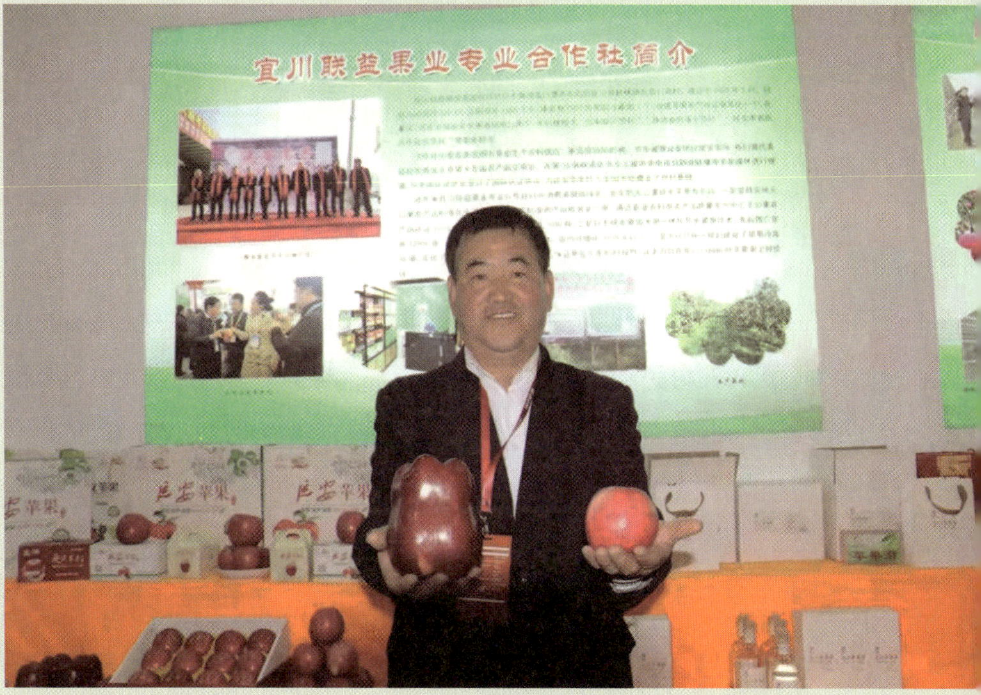
宜川联益果业专业合作社简介
延安苹果
延安苹果

三、小冷库

对于苹果产业来说，销售始终是一个难题。如果价格好，市场稳定，苹果会一售而空，果农脸上挂满笑容；如果价格下滑，苹果滞销，造成积压，收入降低，甚至会遭受损失，果农脸上愁云密布。

在引进新品种、新技术大力发展苹果产业的同时，张保祥积极开展苹果营销。随着村里的苹果产业逐步壮大，每到秋收季节，外地果商纷至沓来，集中收购当地苹果，销往外地。张保祥见多识广，办事雷厉风行，很快赢得了外地果商的信赖。他受果商委托，帮助收购苹果，组织货源、洽谈价格、发货等等，一系列事情办得非常稳妥。

但是，当苹果价格下滑，造成苹果积压的时候，苹果的存放便成了难题。

2012年，陕西省农业厅有关同志在瓦硷政村调研，计划建一个大型冷库，帮助果农存放苹果。当时，张保祥建议，大型冷库从管理、苹果存放等方面讲，都不方便，不如给果农各家建个小冷库，比较符合农民生产实际。

走进卓家村，几乎每家每户都有一个小冷库，这些冷库都建在村民自家院子里。可以看到，有的平房外部安装着一个很大的制冷设施。每走几步，张保祥就把制冷设施指给我们看。

有的冷库建在院落的拐角处，外人根本看不出来，还以为是车库或者厨房。小冷库的特点是就近、便利，方便管理，村民随时随地将苹果存放于自己的冷库，也减少了很多生产纠纷。2012年初建的时候，村上有8户村民报名建小冷库，每户可获补助2.5

万元。当年，这些村民以每斤1.45元的低价收购苹果贮存，第二年春天以每斤2.85元价格出售，一个冷库可赚5.6万元。

见有人从小冷库建设中获得了良好的收益，村民们纷纷报名建小冷库。几年来，卓家村共建设了小型果品冷藏库52座，实现了苹果"现销和储藏"并行，将果品销售主动权掌握在果农自己手中，每座冷库每年可为果农增收2万至6万元，冷库成为群众的"聚宝盆"。

四、富了山乡

在宜川联益果业专业合作社理事长张保祥办公室的墙上，挂满了各种牌匾和证书。

2010年9月被陕西省果业协会评为"陕西省果业优秀合作组织"。

2011年3月被陕西省农业厅评为"陕西省农民专业合作社百强示范社"。

2017年3月被陕西省农业厅、陕西省发展和改革委员会等单位联合认定为"陕西省农民合作社示范社"。

2020年11月，宜川联益果业专业合作社经农业农村部、国家发展和改革委员会、财政部、水利部、国家税务总局、国家市场监督管理总局、中国银行保险监督管理委员会、国家林业和草原局、中华全国供销合作总社共9个部委联合监测审定，被授予"国家农民合作社示范社"称号。

合作社还多次被宜川县委、延安市人民政府授予"农民合作社示范社""优秀农民专业合作社""宜川县民企先锋"等称号。

一个一个金光闪闪的牌匾和证书，那是对黄河岸边这个农民合作社的褒奖。

为了提高贫困群众的收入，带动全村共同发展，2008年，张保祥注册成立了宜川联益果业专业合作社，截至2020年底，合作社先后吸纳农户360户，其中贫困户26户、退役军人11户。他从强化培训、规范生产流程、推广关键技术、建设产业基地4个方面入手，开创和完善了自己的特色产业致富模式。

合作社长期聘请两名农艺师，每年深入田间地头，从果树的修剪、施肥、病虫防治、无公害生产技术、果品的贮藏销售、市场形势分析等方面对群众开展果业技术培训，提高了群众的苹果种植和管理水平。

如何才能把苹果卖个好价钱，是张保祥天天在想的问题。他通过外出学习、查阅资料、请教专家，最后认定，必须走无公害生产的路子。他要求合作社的4000亩生产基地全面执行无公害苹果生产规程，选用高效、低毒、低残留农药，积极推广杀虫板、扑食螨、杀虫灯等新技术，投资建立了检测室，建立了完善的质量可追溯体系。在他的努力下，秋林镇卓家村2016年被农业部农产品质量安全中心认定为"无公害农产品生产基地"。

在2019年12月的陕西贫困地区农产品南京产销对接会上，一位朴实的陕北人吸引了大家的视线，他热情洋溢地向与会者介绍着陕西苹果、宜川酥梨，挺拔笔直的站姿、信手拈来的数据、通俗易懂的语言，让大家对他的身份充满了好奇。

他就是宜川联益果业专业合作社理事长张保祥。

几年来，他先后到陕西杨凌、南京、深圳、北京、上海等地，参加各种国家级的农业产业博览会、农高会，大力推介苹果、宣传苹果。在每一次参展活动中，他都能将宜川的苹果、花椒等特色农产品介绍得清清楚楚，受到了各级领导和参展群众的高度好评。2017年的杨凌农高会上，他代表宜川联益果业专业合作社与美国认证公司签订了美国认证合作协议，将宜川苹果品牌推广到了大洋彼岸。他始终注重加强自身学习，经常在洛川、千阳、山东等地参观学习苹果管理技术，2018年自费去德国、荷兰、比利时、法国学习苹果苗木及果园管理技术，并对德国知名企业的管理模式进行了考察学习。

在积极参加县上组织的宜川苹果宣传推介活动的同时，张保祥始终牵挂着自己身边的贫困群众。他下大力气开展果品销售，先后在重庆、雄安新区设立了果业直销窗口，开拓了上海、福州等果品市场，近年来帮助贫困户销售苹果350吨，实现销售收入280万元，为贫困群众脱贫增收提供了有力保障。

五、苹果红了

宜川，黄河岸边，果园绵延数里。无数的农民凭借果树产业致富了，过上了幸福生活。秋林镇瓦碥村，家家户户住的都是宽敞明亮的平房，房子里有独立的卧室、厨房、卫生间，院落很大，栽着葡萄，葡萄长长的绿枝爬满了房间的窗户，小燕子在窗前的葡萄绿叶间翩翩飞舞。夜晚，坐在葡萄架下乘凉，月亮从黄河大峡谷升上来，月色笼罩着远远近近的果树林，一片清幽。

张保祥坚持每天早起，起来就在他的果园里流连。他的果园正在培育一个新的品种，唯一的一棵"芽变"苹果树，他把它命名为"花红"，所产的苹果可以不套袋达到全红，味道脆甜，口感非常好。芽变育种是果树产生新变异的方法之一，它丰富了果树的品种，为苹果品种培育提供了新的种植资源。张保祥说，这个品种如果培育成功，将极大地降低生产成本。现在，套一个袋是 0.12 元（一个袋成本 0.04 元、人工 0.08 元），如果不套袋品种能够培育成功，将减少很大的生产成本，从而提高收入。

"现代农业必须降低成本，降低人工。"张保祥指着这棵"芽变"树说，"等苹果红了，市果业局组织专家来鉴定。不能看果子，要看母树，如果能够培育成功，就可以进行嫁接，那将会给果农创造更多财富。"

他骑着三轮车，"突突"地在果园里行驶。现在他的果园里以红富士、嘎拉、红星三个品种为主。嘎拉品种树龄太久，有 20 多年了，明年将全部更换为一种新树种。"要根据土地条件，劳动力的老龄化条件，不断引进新品种新技术，"他说，"这是从河南引进的'断切技术'，特点是能够提高苹果的营养价值，改善苹果的质量。产量也明显增加，1 亩能产 1 万斤左右。"

他又带我们看了一片果园。这片果园采用的是"矮化高密植技术"。他说矮化高密植栽培苹果，采用宽行、密植的栽植方式，可以实现机械化、规模化种植，有效降低成本，这是未来果业种植发展的方向。

走进另一片果园，他说，这些苹果再有 20 天左右，就可以上市了。

我随着张保祥在果园里走了好长时间，这位黄河边长大的陕北汉子，说起果树，滔滔不绝，对果树有着无限的情感。他创业在果乡，成功在果乡，他的理想和追求，始终飞翔在黄河边那绿油油的果林里。

    苹果红了，熟透的山岗盛满希望
    绿叶掩映着红彤彤的色彩
    地里的泥土一片晶亮

山岗上蜿蜒着铺满果叶的小路
双手托起幸福的光芒

一箱箱苹果搬上卡车
一颗颗苹果好像游子离开故乡
它的果汁里饱含着这块土地的阳光和水分
春天里的绿叶闪烁着它遥远的梦想
……

临行，我忽然想起了我去年写的一首诗，《在红彤彤的苹果地行走》，我给张保祥朗诵了一遍，他无比开心地笑了，像个孩子。

王新发

脱下绿军装,依旧把责任穿在身上

王洁撰文

没有了边城狼烟，远去了鼓角争鸣，和平年代，从军之旅——王新发的双手并没有拿过枪，却掌了12年的军营饭勺……身在绿营，后勤保障他从未掉过链子；人在社会，他又用这双手创建了一个拥有饮食、超市、物业、酒店等为一体，辐射陕、甘、宁、苏、晋、京、冀、川等省市的多元化集团，为退役军人提供了7000多个岗位，带领数万人征战团膳领域，筑起食品安全墙。

王新发本人，在2007年底被解放军总政治部评为"支持社会化改革先进个人"；2009年获得由共青团中央、人力资源和社会保障部联合举办的第五届"中国青年创业奖"；2013年1月，荣获陕西省十大杰出青年创业奖、支持社会化改革先进个人等荣誉；2019年7月，被评选为"全国模范退役军人"；2020年5月，被推荐为陕西省2020年全国劳动模范和先进工作者人选。

"是部队的生活留给我太多宝贵基因，它已深入我的骨血，让我坚韧不屈、认真不苟，克服了一道又一道难题。我依旧觉得自己是个军人，做过的每件事都不能让人质疑，要承担起更多的社会责任。"王新发这样总结现阶段的自己。

一

一进王新发退伍后一手创办的鸿金鹏集团大门，就感受到一种紧张有序又饱满昂扬的氛围。员工清一色的蓝色工服，肩背挺直，精神焕发，走路生风，让人感觉像是走进了军营。

"我们董事长是一个严谨又温暖的人，我们也受到感染和教育。我们新入职的员工都要参加军训的。"90后员工赵霜说。

王新发生于1971年，是陕西扶风人，他的哥哥就是一位优秀的军人，从军是他年少时的梦想。1990年3月，王新发入伍了，他暗暗下定决心，别人做 90 分，自己要做 100 分。新兵第一年他被评为优秀士兵、受嘉奖一次，随后又以优异的成绩考上了某士官学校的司务长专业。1993 年，王新发以优异的成绩完成士官学校的学习后，主动要求分配到北京军区当时条件最为艰苦的某军械仓库。

这座军械仓库坐落在深山老林里，王新发成了哨所炊事员。一到地方，他就傻眼了——秃山锁哨，百里荒芜。"呀！连老鼠都觉得寂寞，找着战士们做伴，就根本不害怕人！"

有一年大雪封山，物资无法抵达，厨房只剩了半袋土豆和半袋黄豆。王新发就用这两种食材做饭，还乐观地告诉战士们，"8 个黄豆就好比一个鸡蛋！"大家也学会了这样苦中作乐式的自我打趣，"我今天吃了 5 个鸡蛋！""我吃了 6 个！"其实，也就是 40 或 48 颗黄豆。日子就这么熬着，终于等到了物资。

半年炊事班的摔打后，王新发提前走上了司务长的岗位。而经过"黄豆鸡蛋"事件，王新发也决定发挥自己的主观能动，没有烟火气就自己打造！他把荒地垦成田园，兴致勃勃地给驻扎地养上了鸡和鸭，当哨所第一次传来公鸡的打鸣声时，大家高兴地轮流跑去看。

王新发还开垦了菜地，打理菜地，拉鸡粪做肥料，施肥，成了他每天的活计。他的出色表现，为哨所争得了荣誉，年底哨所被仓库评为"农副业生产先进单位"。他个人也荣立了三等功。

1995 年，王新发被调到了仓库人员最多的连队任司务长。

在这里，他琢磨出了当时没有的分装餐盒，让战士们结束了吃"大烩菜"的历史，这个成果很快在仓库系统得到推广。他又组织连队开垦种植了 11 亩菜地，连队 70 多人的日常生活第一次得到了保障。这一年，连队炊事班养的猪出栏 23 头，年底连队被仓库评为"农副业生产先进单位",王新发个人再次荣立三等功。转年,连队又被军区评为"农副业生产先进单位",王新发荣立个人二等功。

大家戏谑地口口相传,有王新发的地方,营地就变成了村子。

二

2002年,王新发退伍了,告别绿营,却带走了崖柏峭松的品质。

在王新发办公室正中央的墙上,挂着一幅字:事虽难,做则必成。"这是二炮工程学院的原副院长杨慧中少将给我写的,我也一直按照这句话来做事。"正是怀着这样的信念,王新发最终走过了退伍创业路上的几次困境。

转业后,他被安排到电力系统工作,但这并不是王新发的选择。他胸中有着当时无法为人理解的壮志,因此他辞掉高薪工作,自主择业。

万事开头难,王新发的开头似乎更难。他的第一份职业,便是卖"环球优惠卡",走在大街上,面对陌生人进行推销,这样的工作,不仅"不体面",更是收入微薄,一月下来多则千把块,少则几百元。

一次偶然的机会,王新发从一同事口中得知一家餐饮保障公司专门招收退伍军人,他便去面试了。这是一家民营企业,老板亲自面试了王新发,短暂的交流后,老板表示让他第二天就来上班。

换一种工作换一种精神,在这个新岗位上,王新发如鱼得水。仅半年的时间,他便从一名普通员工做到了西安片区的总经理,连续两年做到了全公司综合考评第一。

就在这时，意外发生了！他片区内两个餐厅相继发生了食物中毒事件。王新发主动写出书面检查，请求对自己进行处理。老板却爱才，给了他第二次机会。接着，又有一名员工早起炸油条，操作不当，将整个操作间付之一炬。

接二连三的团队内部问题，让严于律己的王新发羞愧不已，他主动提出了辞职，离开了单位。

2004年5月，王新发的妻子拿出了家里所有的积蓄，让他和朋友共同合资注册了鸿金鹏饮食文化有限公司，他踏上了创业之路。作为一家资金有限的新公司，开拓市场的难度可想而知。

西安的夏天，溽暑如蒸。王新发每天天一亮就顶着烈日从西安高新一路跑到高新六路，再从科技一路跑到科技七路，挨门逐户地寻找合作对象，敲一个门遭白眼，那就多敲几个门，但绝不放弃！每天回到家他都累得连衣服都没力气脱，倒在沙发上就睡着了。

2008年初春时节，王新发终于迎来了自己人生转机——公司的一位员工家属提供了一条信息，说某知名企业要就餐饮保障进行招标。

王新发探知，该企业有近8万名员工，而参加招标的有18家餐饮保障企业。拼！不拼永远没机会！在其他企业一轮一轮的陈述之后，王新发铿锵有力地开始了自我陈述，"我曾经给你们守过东大门，我在娘子关当过兵……"他从当司务长时讲起，讲部队管理模式，讲军人特有的品质，讲专业人做专业事的精神，讲独具特色的饮食保障模式，讲自己将近千种陕西名小吃带到富士康。本来半小时的陈述时间，拉长到了1小时21分钟。

评委们被眼前这位退伍军人展现的坚毅品质所打动，王新发成功中标，群雄逐鹿的餐饮商海，从此鸿金鹏迅速崛起。

目前鸿金鹏已发展成为跨陕西、山西、宁夏、内蒙古等省、

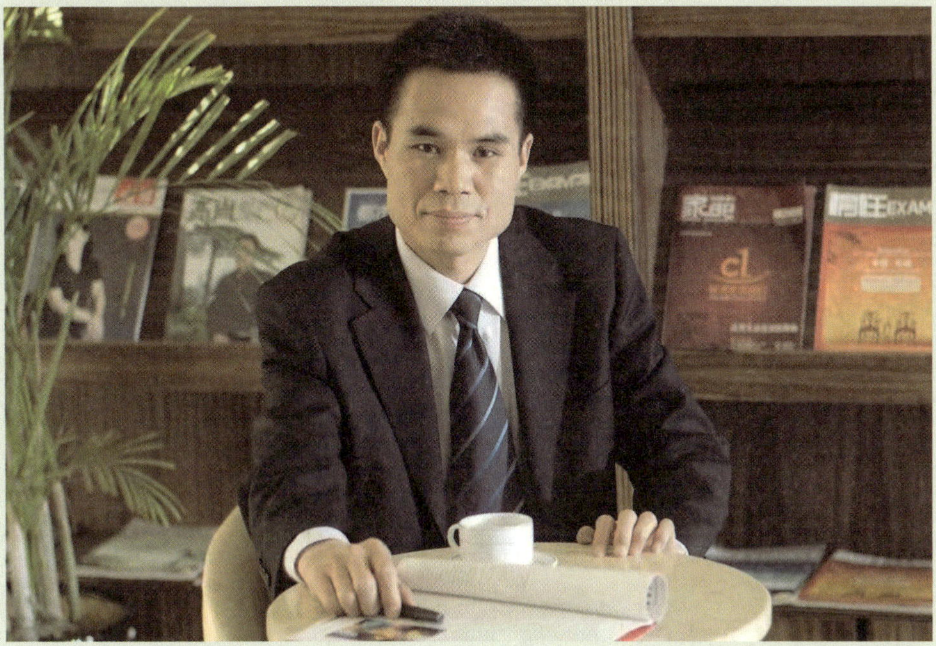

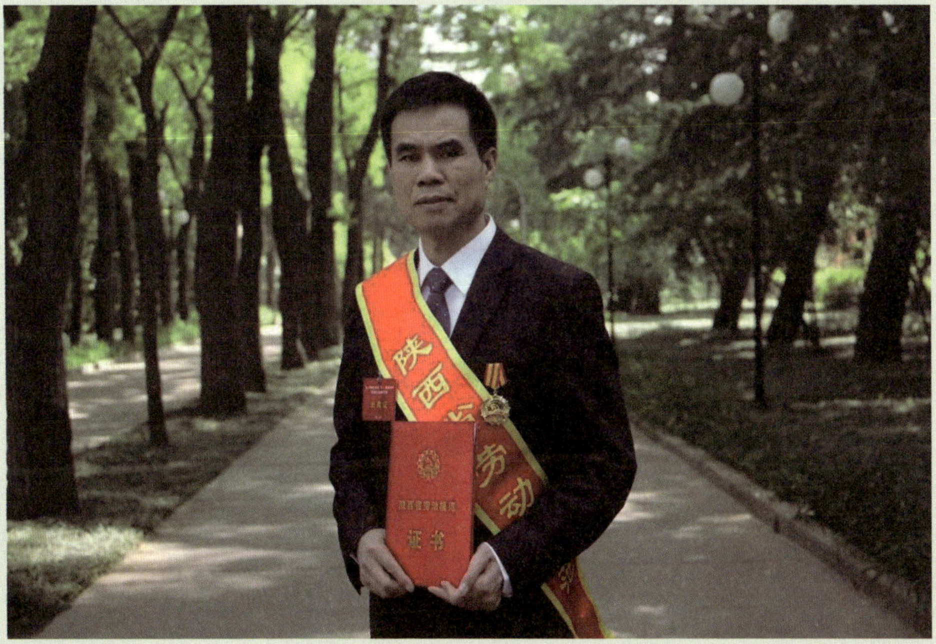
陕西
劳动

自治区，下辖12个管理中心、58个餐饮中心和13个便利超市，现有员工3000多名，保障15万人就餐的大型团膳单位，公司的保障规模已位居西北地区同行业首位。

"如果没有在部队的磨炼，我可能早就被打倒了。"想起创业之初的情景，王新发总是这样感叹。

三

公司越做越大，已经从餐饮拓展到酒店、物业、培训等多个行业，员工越来越多，数以万计，大多数来自农村。如何把这支队伍带好、管好，让曾经震动自己的食品安全事故不发生，成了摆在王新发面前的第一道难题。

王新发采取了半军事化管理方式，是军人品质培养了自己，那自己就把这种品质传递给他人。

在员工宿舍里，被子要折成豆腐块，几点几分做什么，都一丝不苟地标注清楚。一遍一遍、一轮一轮培训，团建用拉练，课堂拨思想，管理重执行，执行看细节。终于，一支"散兵游勇"，被培养成餐饮保障领域的专业正规军，这么多年，数百万人的饮食，鸿金鹏从未发生过一起不安全事故。

笔者走访了鸿金鹏供餐的西安中学食堂，看到每一种食材的检测信息、价格明细、管理流程、责任都被公示。食堂从取饭到送餐盘的每一个环节，都有智能化的精准计算和服务。

"肉菜就是肉菜，要用好肉！纯肉！要每一份都足量！"王新发总是要给每个经理强调这一点。有一次，一个食堂经理将鸡块面的鸡块换成了鸡排，节省了一点成本。王新发得知后火冒三丈，当场罢免了餐厅经理，"我不是赚这种钱的人！鸡块就是鸡块！不能用满是骨头的鸡排代替！那是正在成长的孩子！"

说起做事风格，大家说王新发是个"细发人"。公司的《管理细则》就有几百页厚，细致到一把菜刀怎么摆放，一根土豆丝要切多长多宽多厚。

但面对食品质量，王新发却被叫"大方人"，他舍得下本，从不偷工减料。鱼肉禽蛋奶类都必须是信得过的大品牌，蔬菜要跟踪到田间地头。大米这种最基础的食材，一般的公司并不会太在意，可王新发却一定是要口感和品质最好的，哪怕进价比其他大米贵一倍多，也坚持要用东北和宁夏的米。调味品要精包装、小包装。"小包装一次用完，不存在打开包装用不完而腐败变质的问题。"公司的全体员工对领导的责任心和坚持心服口服。

四

"吃水不忘挖井人"，是部队练就的真功夫为王新发插上了成功的翅膀。感恩部队、感恩社会，是他想得最多、做得最勤的事。这些年，鸿金鹏公司累计安排了32名师、团职军队转（择）业干部、上百名退伍军人和军嫂，先后招收了应届毕业生和下岗人员200多人，解决农村富余劳动力1300余人。近年来公司陆续安置的126名复转军人多成为企业发展的骨干。公司还曾行程3万多公里，前去慰问边、海防战士。他们所做的一切，让公司被陕西省退役军人事务厅确定为"陕西省退役军人创业就业基地"。

在西安市龙首北路四季玉兰精选酒店门口，一块写有"军人驿站"四个大字的醒目牌匾，吸引着过往市民的目光。这家酒店承诺，每天向现役军人、烈士遗属、消防人员提供三间免费房。这是王新发在西安推出的首家"军人驿站"，该酒店通过企业免费或让利的形式，向广大现役军人、退役军人提供拥军便利服务。

走进一间"驿站"，只见屋内摆放着军人造型玩偶、海军陆战队小公仔、绿色军用口杯、军人水壶等，这些"军旅"元素物品，折射出浓浓的爱军拥军情怀。

"我从部队出来……"每当说出这句话，王新发坚毅的眼神总会变得柔软。在他看来，鸿金鹏的翅膀无论多硬，它的巢永远在绿营。那嘹亮的军歌曾经响彻军营，如今他也喜欢在集团播放，"听到那歌声，我好像又回到了部队……"

2019年在庆祝中华人民共和国成立70周年、中国人民解放军建军92周年之际，王新发获得"全国模范退役军人"的光荣称号，受到了习近平总书记的接见。

五

"一个成功的民营企业家的标志，不是看他挣了多少钱，而是看他为社会做了多少贡献。"王新发如是说，也如是做。

王新发在企业内实施员工关爱行动，近年来走访了130个困难家庭，设立了"鸿金鹏帮困基金"，累计为员工发放资助资金620多万元，让员工们感受到了公司的温暖和关爱。他积极参加精准扶贫攻坚战，帮助困难群众消化滞销农副产品10万余吨；捐赠100万元，发起并成立"陕西省红领巾基金"；为汶川、玉树地震灾区捐赠价值37万元的救灾物资。多年来，王新发累计为社会慈善公益事业捐助1300多万元。

2020年，魔疫突袭武汉。看到百姓身陷困境，部队也奔赴抗疫前线，身在西安的王新发因为鞭长莫及，急得坐立不安："武汉人正在遭受苦难，我能为他们做点什么？怎么才能以最快的速度帮助武汉人？"

一番斟酌后，以王新发为首的鸿金鹏人火速驰援武汉。集团第一时间通过共青团陕西省青少年发展基金会，向疫区人民捐款 10 万元。1 月 29 日，王新发又在集团内发出倡议，动员全体干部职工伸出援手，向疫区捐赠善款。两天后，集团内部共捐款 227796.7 元，他们将这些善款捐给陕西省慈善协会，用于支援抗击疫情工作。2 月 9 日，在了解到陕西许多医院的防护物品出现严重短缺，防控任务十分繁重的消息后，王新发响应秦商百人会倡议，个人捐款 2 万元，用于为各大医院筹集医疗物资。2 月 4 日，他又带领集团职工，免费给西安市第三人民医院奋战在一线的医务人员提供了 1100 份"爱心午餐"。

2021 年岁末，西安又突发疫情，防控形势趋紧，物资短时间内出现调度困难。王新发紧急部署下属单位鸿金鹏食品科技有限公司，要求员工返岗，为负责疫情防控的相关单位配送盒饭 9000 余份。这一次，由于符合要求上岗的人不多，王新发自己亲自上阵，有时累得瘫睡在沙发上。

"我就是个做饭的，也帮不上什么大忙，只想用自己的方式为西安抗疫做点事。"王新发这样评价自己。事实上，他向西安市灞桥区红十字会捐赠了 10200 只医用 N95 口罩；向浐灞生态区疫情防控领导小组办公室捐赠了防护服 600 套、医用 N95 口罩 10200 只；向延安市红十字会捐赠了价值 11 万元的防疫物资；向商洛市红十字会捐赠了价值 10.1 万元的防疫物资；向咸阳市秦都区教育局、咸阳彩虹学校教育集团捐赠了 240 套防护服、9000 只医用 N95 口罩……

坚韧生沃土，沃土发劲松！12 年，青春无悔，退军不退责。王新发的拥军情怀，深埋在他的灵魂深处。